이효석
문학상

수상작품집 2020

이효석
문학상

수상작품집 2020

생각정거장

일러두기

단행본은 《 》, 단편소설과 시 등은 〈 〉로 표기했습니다.

차례

소유의 문법

최윤

1953년 서울에서 태어났다. 1988년 중편 《저기 소리 없이 한 점 꽃잎이 지고》를 《문학과 사회》에 발표하며 소설가로 등단했다. 소설집 《저기 소리 없이 한 점 꽃잎이 지고》《회색 눈사람》, 《속삭임, 속삭임》《열세 가지 이름의 꽃향기》《첫 만남》《숲속의 빈터》를 출간했다. 장편 《너는 더 이상 너가 아니다》《겨울 아틀란티스》《마네킹》《오릭맨스티》, 중편 《파랑대문》, 수필집 《수줍은 아웃사이더의 고백》을 출간했다. 동인문학상, 이상문학상을 수상했다.

우리 가족은 어떤 면으로 보아도 이 아름다운 계곡에 위치한 전원주택에서 삶을 누릴 만한 자격이 없다. 그것이 비록 한정된 기간이라도 말이다. 그러나 우리의 인생에는 불행한 일만 지속적으로 닥치지는 않기에, 위로도 받게 되고 덕분에 삶은 그럭저럭 참을 수 있을 정도로 계속된다. 그러나 세상이 보는 불행이 실제로도 불행한 것일까. 나와 아내는 동아가 태어나고 몇 주가 지나지 않아 아기에게 문제가 있다는 것을 알아차렸다. 그렇지만 가까이 들여다보면 우리의 딸은 얼마나 예뻤던가. 아이를 가까이 들여다보며 눈을 맞추고 있으면 세상의 모든 불행을 잊는데, 문제가 있는 딸을 둔 것이 꼭 불행한 일인가. 아내는 동아를 '삼십 센티 미녀'라고 불렀다. 아이를 통해 우리는 큰 기쁨을 누리고 그 아이 덕분에 우리는 겸손해졌으며 불행한 사람들을 민감하게 바라보게 되었으니 우리는 딸 덕분에 행복한 생을 누리고 있다고 말할 수 있지 않겠는가. 이건 우리가 진심으로 그렇게 생각하고 있는 단순한 진실이다. 그렇다고 가슴 한구석에 응어리가 없다고 말할 수 없다. 특히 먼 훗날 우리가 떠나고 난 다음에 돌보아줄 사람 없이 버려질 아이의 미래를 생각할 때면 갑자기 복장뼈에 대못이 박히는 아픔이 끼어들곤 했다. 그러나 그 먼 훗날이 오기도 전에, 딸애와 같은 문제를 가지고 있는 아이들이 흔히 그렇듯이, 짧은 생명을 부여받아 우리보다 먼저 세상을 뜬다면…… 우리를 하루 종일 우울하게 하는 그런 상상까지는 절대 하지 않는 것을 원칙으로 하자고 아내와 굳은 약속을 한 바 있다.

그런데 가끔 딸애 덕분에 예기치 않은 선물을 받을 때가 있다. 아이가 자라 열세 살이 되었을 때 우리 부부는 까마득하게 잊고 있었던 대학 때 은사 한 분으로부터 한 가지 놀라운 제안을 받게 되었다. 우리가 절실하게 필요로 하던 선물이었다. 서울에서 그다지 멀지 않은 K산 초입의 아름답기로 유명한 계곡에 은사 소유의 집이 두 채 있다고 했다. 그중 한 곳이 비어 있으니, 괜찮다면 그곳에 와서 살면서 집이 상하지 않게 돌보아달라고, 어쩌면 어려움을 겪고 있다는 딸아이에게도 좋을 것이라는 제안이었다. 꼭 필요할 때 은사에게서 연락이 온 것도, 그의 제안을 받게 된 것도 우연이 아니라는 생각이 든다. 누가 우리가 직면한 문제를 은사에게 얘기한 것일까. 왜냐하면 우리는 바로 그때 딸애의 한 증상이 더욱 도드라져 기필코 해결 방법을 찾아야 했기 때문이다. 불안장애인지 우울증인지 동아가 갑작스러운 고함을 치는 것은 동아 같은 처지의 아이들이 공통으로 겪는, 우리가 잘 알고 있는 증상이었다. 그러나 십대로 접어들면서 그 증상은 점점

심해져, 일상적인 공간에서의 삶이 불가능해졌기에 걱정스러운 시간을 보내고 있었던 것이다.

그러나 모든 선물이 다 행복과 연결되지는 않는다는 것도 우리는 안다.

우리의 은사인 P교수는 알 만한 사람은 다 아는 유명한 조각가이다. 서울에서만도 그가 세운 조각품이나 조형 작품을 수월하게 만날 수 있다. 조각가의 모든 행복의 조건을 다 가지고 있는 사람이 있다면 P교수가 바로 그런 사람이라고 할 수 있다. 그는 아주 어릴 때부터 조각가의 꿈을 키워왔고 당시에 국내의 대표적인 조각가들이 그를 제자로 키우려고 대학 때부터 욕심을 냈다는 것은 졸업생이라면 누구나 다 아는 사실이었다. 그는 일생 동안 그의 작품을 경애해온 영어 교사를 만나 결혼했고, 그의 대학 시절 작품을 미술관에서 사들일 정도로 일찍이 매우 값이 나가는 예술가의 길을 걸었다. 그가 꼭 많은 시간을 불필요한 행정 일에 빼앗기는 교수직을 고수할 필요는 없었을 것이라고 사람들은 생각했다. 하지만 그는 좋아하는 선후배와 같은 학교에서 후학 양성하기를 원해 교수가 되었다. 무엇보다 그는 배움의 과정에 있는 청년을 사랑하는 훈훈한 인품을 지녔다. 충분한 시간이 지나자 그는 많은 사람이 예상한 대로 작품에만 몰두하기 위해 대학교수직을 내려놓았다고 들었다.

아내와 나는 그가 교수로 있을 때 대학에서 선후배 사이로 만나, 일 년 반의 연애 기간을 거쳐 결혼했다. 우리는 재능이 뛰어난 학생들이 아니었다. 그건 신입생 딱지를 벗고 나면 확연하게 구분이 된다. 우리는 둘 다 다른 학과였기에 필수과목이었던 P교수의 강의를 딱 하나 듣고 졸업했을 뿐이었다. 그런데 어떻게 그런 분이 우리를 기억하고, 우리의 사생활을 알게 되었으며, 우리에게 딱한 마음을 품어 연락을 취했는지 놀라울 정도다. 도대체 누가 우리 얘기를 은사에게 전했을까, 궁금했지만 나는 은사에게 실례가 될 것 같아 감히 질문하지 못했다.

대학 졸업 후의 우리 상황은 어땠던가. 우리는 재능은 없었지만 열심은 있었다. 아내는 졸업 직후에는 화가로서의 야심을 키웠다. 어느 정도 재능을 인정받기도 했지만 그건 곧 희미한 옛 추억이 되고 말았다. 결혼 삼 년째에 딸이 태어나면서 모든 계획을 수정하지 않으면 안 되었다. 자폐 경향과 그에 따르는 발달장애를 겪고 있는 아이를 돌보는 일은 하루 종일이 소요되는 힘겨운 일이었다. 그렇다고 아이를 특수학교에 보낼 재력이 당시의 우리에게는 없었다. 아내는 화가의 길을 접고 생활에 도움이 되는 도예 쪽으로 방향을 돌렸지만 그것도 마음먹은 대로 되지는 않았다. 친구와 함께 작은 인테리어 회사를 차린 나는 틈틈이 여러 장인을 쫓아다니며 목공을 배워 손수 제작한 의자를 알음알음으로 주변에 팔아 수입에 보태고 있었다. 아내는 우여곡절 끝에 친구들의 부탁으로 동화책의 삽화가로 참여하다가 이제는 그것이 직업이 되었다. 그러다 보니 몇 년 전에는 동화책 한 권을 온전히 자기 이름으로 출간하기도 했다. '창이의 나들이'라는 제목의 동화책의 주인공 소년 창이의 모습을 가만히 들여다보면 우리 동아의 얼굴이 슬쩍 배어나온다. 튼튼하고 명랑하고 엉뚱한 성격의 어린 소년 창이가 집에서 먼 곳으로 친구들과 나들이를 떠나, 길을 잃었다가 다시 집을 찾아오는 간단한 이야기를 보면서 나는 아내의 숨겨진 열망을 읽을 수 있었다. 그러나 무책임한 심리 분석을 더 멀리 밀고 가지 않기로 하자.

　동아가 고함치기를 시작한 것은 열 살 무렵부터였는데 그것이 점점 심해졌다. 의사 말대로 사춘기를 앞두고 감수성이 불안정해진 동아 나름의 성장의 표현이었다고 치자. 그러나 그 고함의 방식과 빈도는 그렇게만 이해하기에는 지나친 감이 많이 있었다. 동아는 무언가를 다 아는 듯, 세상의 모든 고통을 짊어지고 소리지르듯 정성을 다해 온몸으로 고함을 치는데, 때로 그 시간이 몇 분씩 지속되어 아이가 정신을 잃고 쓰러질 것을 우리는 가장 두려워했다. 아내는 그때면 나에게 전화를 하지 않고는 배기지 못했다. 그러나 우리는 알았다. 우리까지 견디다 못해 혼절할 듯 두려움을 감염시키는 동아의 고함은 일 분, 혹은 십 초 후에는 멈추리라는 것을. 부모로서 가장 힘든 것은 그때 동아가 무슨 생각을 하는지, 정확히 무엇을 느꼈는지를 알 수 없다는 것이었다. 점점 잦아지는 동아의 고함소리에 아파트 경비실로 민원이 적지 않이 들어와 우리는 전셋집을 내놓고 정말 세상에서 동떨어진 산골의 우사라도 개조해서 살아야겠다고 장소를 알아보던 중이었다. 그런데 부동산을 따라 집을 보려고 온 사람들은 동아를 보고는 마음을 바꾸기가 일쑤였다. 그래도 다행히 알맞은 때에 전세 계약이 성사돼 우리는 떠날 수 있었다.

은사의 배려로 이사하게 된 S계곡 마을은 우리에게 실제보다 수십 배 더 아름다워 보였으리라. 그것도 막 봄의 파릇한 기운을 풀어놓으려 하는 겨울 막바지였으니 말이다. 그 이유가 무엇이건, 아름다움이란 원래 늘 최상급인 것이다. 절박한 상황에서 구원투수로 등장하지 않았다 해도 S계곡에 위치한 P교수의 자그마한 집은 단연 최상급이 없이는 묘사가 불가능했다. 집에서 내려다보는 경치는 어떻게 이런 곳을 택해 집을 지었을까 싶을 정도로 비할 바가 없는 경관을 제공했다. 해외여행의 경험도 많지 않고, 도시에서만 살아온 우리 가족에게 딱히 비교의 대상이 있지도 않아서, 우리에게 이곳은 절대미 그 자체였다. 더욱이 아무것에나 감사와 감탄을 할 준비가 되어 있던 격앙 상태의 우리에게 계곡 옆의 이 집은 하늘에서 거저 떨어진 기적이나 다름없었다.

우리는 은사를 만나지는 못했다. 그는 그즈음 부인과 함께 자녀들이 살고 있는 해외에 거주하는 시간이 많았기에 겨우 두어 번 메일을 주고받으면서 그간의 소식을 나눈 것이 다였다. 이상한 일이지만 은사는 우리를 기억하고 있었다. 하기는 학교에서 늘 붙어다녔으니 그의 눈에 띄었을 수도 있었을 것이다. 실제적인 일은 은사의 작업실을 관리하는 비서라고 하며 내게 연락을 취해온 젊어 보이는 영진 씨를 통해서 이루어졌다. 그가 우리를 대동해 장소를 안내해주었고, 마침내 '산밑 집' 열쇠를 전달받았다. 나는 그 집을 그렇게 부르기로 했다. 영진 씨가 부탁한 주의사항이란 별것이 없었다. 마을 사람들에게는 우리와 은사의 관계를 말하지 않으면 좋겠다는 거였다. 그저 부동산을 통해 전세 계약을 했다고 하라고 해서 우리는 정말 그런 것처럼 살기로 했다.

　마을의 집들은 다소간의 차이는 있지만 크기나 외관이 지나치지 않았고, 마을 주민들도 가까이 만나서 얘기를 나누지는 않았지만 다들 친절해 보였다. 우리가 머물게 된 집은 자그마한 단층집이었다. 누군가가 세 들어 있다는 은사의 또 다른 집은 우리집에서도 한참 올라가면 나오는데, 둘러싼 전나무들로 자연스러운 경계를 이룬 오솔길을 따라 더 올라가야 집의 면모가 드러났다. 이삼 층 정도의 멋진 현대식 집을 상상한 나는 의외로 조촐한 한옥집이 나타나 놀라지 않을 수 없었다. 외관은 한옥이지만 어딘지 현대적 미감이 깃든, 별장이라는 말이 어울리는 단아하면서도 수줍게 숨어 있는 듯한 집이었다. 집 앞에 차 두 대가 주차되어 있는 것을 보고 나는 서둘러 온 길을 내려갔다. 집 측면의 커다란 유리 전면에 우람한 전나무들이 반사되어 한 폭의 그림 같았다. 그 집에는 누가 살까? 우리에게 선심을 베풀었듯이 그렇게 은사의 배려를 받은 지인이 살고 있는 것인지도 몰랐다. 영진 씨는 은사의 집이 저기라고 처음 방문했을 때 손을 들어 가리켰을 뿐 아무 얘기도 해주지 않았다. 한번 안에 들어가 봤으면 좋겠다는 호기심이 일었지만, 곧 그 마음을 스스로 꾸짖었다.

　이 드넓은 계곡 양편에 기껏해야 이십여 채의 집이 서로 멀찍이 떨어져 지어져 있기에 이곳은 동아에게는 물론 나에게도 이상적인 장소였다. 동아가 아무리 고함을 쳐도 들을 사람이 없었다. 아니 설령 들린다 해도 방해가 될 정도로 들리지는 않을 것이 분명했다. 영진 씨는 이 마을의 흠이라며 계곡물 소리를 언급했지만, 우리에게는 계곡의 물소리도 오로지 동아의 고함소리를 약화하는 데 도움이 되는 고마운 장치일 뿐이었다. 사실 환경이 바뀌다 보니 동아의 고함이 서울에서보다 조금 더 빈번해진 감은 있었으나 설령 밤에, 그런 경우는 사실 매우 드물지만, 동아가 한밤중에 깨어, 설령 우주를 향해 외친다고 해도 그걸 듣고 불평할 사람이 없다는 것은 눈물이 날 정도로 고마운 일이었다. 이 작은 집에서 가장 가까운 두 채의 집도 계곡을 오륙 분이나 걸어내려가야 하는 거리에 있었으니 말이다. 동아가 고함칠 때 말을 걸면 동아는 한 손을 높은 곳을 향해 들고 크게 크게 원을 그린다. 그것도 여러 번. 아내는 한번 동아의 그 모습을 스케치해 '우주를 향해 외치는 소녀'라는 제목을 붙여주었다. 나는 그림을 여기까지 가져와 부엌 선반 위에 세워놓았다.

나는 이사한 날 오후에 동아의 손을 잡고 계곡의 양쪽 집들을 한 바퀴 둘러볼 수 있었다. 한편의 집들을 다 둘러보는 데 한 시간이 넘게 걸렸을 정도니, 느린 동아의 발걸음을 감안하더라도 그 계곡이 얼마나 큰지를 상상하기 어렵지 않을 것이다.

나와 동아의 생활은 단조롭지만 평화로웠다. 동아는 하루 종일 음악을 듣는다. 그 아이가 듣는 것은 한동안 늘 같은 곡이다. 그렇게 듣고 나서 어느 날 동아의 목소리가 터져나온다. 고함이 아니라 똑같이 따라 한다. 놀랍도록 똑같이 가수를 따라 한다. 한 계절에 한 곡쯤…… 아니 일 년에 두 곡쯤. 그러고는 그전에 부르던 곡을 잊는지 다시는 부르지 않는다. 매일 아침 나는 다짐한다. 그러고 나면 못 참을 것이 없다.

'나는 이곳에 동아를 보살피러 왔다. 우리의 실험 기간이다.'

동아에게 아침을 차려주고 뒤꼍에 설치한 작업실에서 주문받은 의자를 만들면서 점심거리를 생각한다. 점심 후에는 동아를 차에 태우고 할인 마트에서 장도 보고 동아가 좋아하는 숲이나 냇가에 차를 세우고 동아가 다 놀고 일어설 때까지 가만히 기다린다. 동아는 조약돌, 이파리, 씨앗 같은 것을 오래오래 바라본다. 동아에게는 주머니 달린 옷이 필요하다. 동아의 모든 옷에는 주머니가 있다. 동아는 자주 그렇게 오래 바라본 것을 우리에게 보여준다. 때로 주머니에 넣어 집으로 가져온다. 동아가 왜 그날은 이것이 아니고 저것에 집중하는지, 어느 것은 왜 주머니에 넣고 어떤 것은 버리고 오는지 우리는 알 수 없다. 우리는 그 물건들이 무슨 암호가 되는 것처럼 내가 짜놓은 나무 박스에 조심스럽게 넣어 모아둔다. 작고 미미한 그것들은 어느 날 언어가 되지는 않는다. 동아는 그것들을 다시 찾지 않는다. 그러나 동아가 숲속이나 산책길에서 그날 주운 물건에 집중하는 시간 나는 나무들을 유심히 살핀다. 이 계곡과 주변의 등성이에는 의자를 만들기에 좋은 목재용 나무들이 풍성하다. 참나무, 단풍나무는 물론이고, 오리목, 가문비나무, 편백나무 들도 눈에 띄었다. 다 내가 이따금 사용하는 재목들이다. 욕심이 안 나는 것은 아니지만 엉뚱하고 멍청한 욕심이다. 나 같은 소규모 작업을 하는 목공이 욕심내보아야 큰 의미가 없다. 설령 그 나무를 구입한다고 해도, 누구에게서 구입한단 말인가. 게다가 나무를 자르고 기계로 절단하고 나르고…… 지금 하는 것처럼 의자 제작용으로 준비된 목재를 주문하는 것이 저렴하고 수월하다.

몇 개월을 살다 보니 계곡 양쪽에 있는 사람들과 산책 중에 인사를 하게 되었다. 이곳에서 터를 잡고 살고 있는 사람들과는 눈인사 단계를 지나 가끔 날씨나 인근의 오일장 같은 것에 대한 정보성 대화를 나누었다. 근처에서 사업을 하는 분들, 주말 별장으로 사용하는 분들, 귀농자들로 이들을 분류해 기억하고자 했다. 자세히 묻지는 않았다. 다들 어느 정도 나이 있는 분들로 사십대 초반인 나는 오히려 젊은 축에 속했다. 아내는…… 그사이 딱 한 번 들렀을 뿐, 주로 동아와 나 둘의 삶이 시작되었다. 동아에게도, 또 내게도 쉽지는 않은 일이었지만 이 계곡에 있는 동안에 나는 아내가 친정에 가서 휴식을 취하고 단 일이 년만이라도 동아에게서 온전히 놓여날 것을 제안했다. 동아를 보살피느라 생긴 디스크 치료도 아내가 나의 제안을 받아들이는 데 한몫을 했다. 그러나 나는 말은 하지 않았지만 아내가 다시 화가로서 재기하기를 속으로 기대하고 격려했다.

이 마을에는 이름이 없었다. 그저 S계곡 G마을이라는 공식적인 지명으로 불렸다. 나 같으면 이곳에 어울리는 멋진 이름을 지어주었을 텐데. 아마 아내가 이곳을 좋아했다면 계곡의 길마다 이름을 붙여주었을지도 모른다. 그러나 잠시 지나갈 사람인 나는 그저 '산밑 집'이 있는 이곳을 '산밑 마을'이라고 불렀다. 왜냐하면 산책 중에 가까이 다가가본 거의 모든 집이 바로 산밑에 바짝 붙어 지어진 듯한 기이한 느낌을 주기 때문이었다. 서로 친하게 지내기에는 집들이 멀리 떨어져 있었지만 그럼에도 이 산밑 마을에는 흥미로운 전통이 있었다. 어떻건 새 식구인 우리가 이사온 지 두어 달 후, 이장으로 있다는 이 지방 토박이 B씨의 주선으로 그 집에서 모두 모여서 소위 상견례를 했다. 나는 동아를 데리고 간단한 저녁식사로 이어진 모임에 참석했다. 나와 동아까지 포함해 모두 여덟 집이 모였는데, 대부분 자녀들을 독립시킨 나이 지긋하고 젊잖아 보이는 사람들이었다. 아이는 당연히 동아 혼자였다. 동아가 어색할 때면 하는 버릇으로 연속적으로 쉭쉭 소리를 내자 분위기는 썰렁해졌다.

B씨가 고향 사투리를 섞어 마을의 내력에 대해, 자신이 이곳에 집을 사서 정착하게 된 경위에 대해 설명했다. 인근 지역의 공무원이었던 B씨는 부인이 원하지 않았기에 홀로 온 귀농자였다. 그러나 잘은 몰라도 대단한 농사를 짓고 있는 것 같지는 않았다. 그는 상당히 큰 집에 혼자 살고 있었다. 이장은 우리를 광고회사에 근무하다가 사표를 내고 귀농해 유기농 아로니아 재배를 시도하면서 면사무소 근처에 찻집 '보니보니'를 차렸다는 내 나이보다 살짝 어려 보이는 부부와도 인사를 시켰다. 남자가 피리를 잘 분다는 이 부부에게는 아이가 없다고 했다. 또 한 쌍의 부부는 나이가 지긋이 든 사람들로 한때는 매우 잘나간 전력이 있는 듯 거동에 관록이 붙어 있었다. 이장과는 호형호제하는 것으로 보아 이장보다 나이가 살짝 더 든 듯했다. 아마도 이장의 권유로 계곡 마을을 터전으로 삼지 않았을까 추정했다. 나는 그날 끝까지 이 사람의 전적에 대해 듣지 못했거니와 정식

거주민이 아닌 처지인 나로서도 개인적인 질문은 삼갔다.

사실 모인 사람 중에서 내가 가장 관심을 가진 사람은 부인 없이 혼자 온 오십대 정도의 남자로, 바로 은사인 조각가 P의 집에 기거하고 있는 사람이었다. 머리에 들어간 컬하며 어딘지 이국적인 옷차림도 눈에 띄었는데 역시나 자신을 '장 대니얼, 대니얼 장'이라고 소개했다. 잊어버리기 어려운 이름이었다. 동아가 어렸을 때 친척이 강아지를 키워보라고 한 마리 보내주었는데 그 강아지의 이름이 대니얼이었기 때문이다. 대니얼 씨는 상쾌한 표정으로 일어서서 내게로 와 악수를 청했고, 친절하게 동아에게 이름을 물어봤다. 그는 어디선가 본 듯한 친숙한 인상을 주었다. 연예인들이나 유명인 중에 저런 제스처, 저런 외모를 가진 사람이 많지 않던가. 장 대니얼은 자신을 백수라고 소개했다. 사람들이 와아 웃는 것으로 보아 백수라는 말은 농담이 분명했다. 연주자나 성악가 같은 예술 쪽이 아니면 해외를 자주다니는 국제 펀드 매니저…… 같은 전문적 직업을 상상했던 나는 다시 한번 대니얼 씨를 주목해 보았다.

나는 나를 간단히 소개했다. 동아 아빠로, 의자를 만드는 목공으로 소개했다. 은사의 비서인 영진 씨가 준 주의사항이 생각나, 질문이 나오기 전에 나는 짧게 설명했다. 이 지역의 산세가 좋아 전세 놓는 전원주택을 찾다가 인터넷 광고를 보고 계약을 하게 되었다고. 그들은 이상하게도 내 말에 모두 갑자기 침묵했다. 마치 그들이 내 거짓말을 꿰뚫어본 것 같은 느낌을 받았다. 이장은 '자, 자……' 하면서 준비한 차를 돌렸다. 그날은 이장과 그 친구 부부가 준비한 차와 다

과로 그들끼리 주로 얘기를 나누었다. 참석하지 않은 가정들에 대해서도 알려주었다. 이 계절에 밭일이 많아 못 왔다는 것을 보면 진짜 귀농자들인지도 몰랐다. 사람들은 내가 어떤 의자들을 만드는지 궁금해했고, 나는 핸드폰에 저장되어 있는 의자 샘플 몇 개를 보여주었다. 이장은 비상한 관심을 표시했고, 티스푼으로 컵을 두드려 좌중의 관심을 모으더니 동의를 이끌어냈다.

"우리 다음번 모임에는 동아 아버지가 하시는 목공일에 대해 들어볼까요. 이번에는 장선생 댁에서 모이면 어떨까요."

마을 사람들은 달마다 일정의 회비를 내어 겨울 눈사태나 여름의 장마 대비나 계곡길의 미화 사업 같은 마을 공동관리를 하고, 이따금 구청장이나 지방 유지들 혹은 이 지역을 방문하는 유명인사들을 초청해 도움이 되는 이야기를 들으면서 친목을 다진다고 했다. 그래야 일 년에 서너 번 정도. 사람들 얘기를 들어보니 동네 의사를 불러 건강 상식 듣는 것을 특히 즐기는 것 같았다. 이장은 돌아가면서 하는 거니 부담 갖지 말라고 했고, 다들 한마디씩 거들었다. 예정됐던 보니보니 찻집 주인의 대금 연주는 이미 여러 번 감상했기에 순서가 바뀐 것을 미안해하지 않아도 된다면서. 동아의 인내심은 한계에 달해 벌써 얼마 전부터 내 옷자락을 잡아당기고 있었고, 동아가 내는 특유의 소리로 곧 고함이 터질 것을 우려해 나는 경황없이 수락하고는 저녁식사를 마다하고 급히 자리를 떴다. 그날 저녁에 동아는, 아비의 심장이 고통으로 터질 것 같은 애달픈 목소리와 고성으로 족히 오 분이나 되게 몸을 비틀며 외쳐댔다. 이럴 때는 고성이 동아의 몸을 떠나기를 기다리는 수밖에 없다. 저애는 무슨 말을 하고 싶은 걸까. 저애는 누구에게 저렇게 전언을 보내나. 동아의 절실한 전언은 수신자에게 닿기는 하는 걸까.

아내는 저녁마다 전화를 걸어 동아와 동영상 대화를 했다. 동아는 말을 하지 않으니 아내가 일방적으로 자신의 상황을 나와 동아에게 자세히 알리는 식이었다.

"동아야, 엄마는 어제 동아가 너무 보고 싶어서 네 사진 보면서 이거 그리기 시작했다."

캔버스를 들어 보여주자 동아는 흐흐거리며 기쁨을 표현한다.

얼굴은 보이지 않지만 장모님의 목소리가 들렸다.

"글쎄 다시 그림을 그릴 거면 등에 디스크 교정 조끼는 뭐하러 입는 건지. 동아야 할머니도 한번 보러 와아."

그러나 동아의 고함을 가장 못 참는 분이 장모님임을 나도 동아도 너무나 잘 알고 있다.

나는 은사에 대한 고마움으로 아마도 자주, 장기간 방치되어 있었을 집에서 발생하는 배관에 스는 녹이나 누수 문제, 여기저기 허물어진 부분들을 인테리어 전문가의 눈썰미와 실력을 발휘해 보수하고 가꾸고자 최선의 노력을 다했다. 그렇지만 내 집이 아니니 많은 부분에 손을 댈 수가 없었다. 내가 머무는 곳은 그저 평범한 작은 집이었지만 특이하게 지붕에 너와가 덮여 있었다. 나는 낡거나 바람에 날아간 부위에 새 너와를 덮었고, 모든 나무 재질 위에 오일 스테인을 발라두었다. 마치 은사를 옆에서 모시는 것처럼 정성을 쏟았다는 것을 은사가 알아주었으면 좋겠다는 생각을 하면서 말이다. 단기간 내에 집은 몰라보게 달라졌다. 그것이 마을 사람들의 비상한 관심을 끌어, 나는 내가 인테리어 회사에서 일했다는 사실을 밝히지 않을 수 없었다.

봄이 무르익자, 나는 이 계곡 마을에서 흥미로운 사실을 관찰하게 되었는데 그것은 이 마을의 유행이라고 할 수 있는 것이었다. 몇 집을 제외하고는 지어진 지 상당 기간이 지났으니 보수가 필요한 것은 이해하겠는데 마을 사람들은 거기에 그치지 않았다. 대부분은 경사지에 평지를 만들어 집을 지었는데, 옆으로 건물을 들이고, 본채를 늘리고, 테라스를 집 주위에 두르고…… 무엇보다도 계곡의 경치가 잘 보이고 빛이 더 잘 들어오도록 재래식 집의 작은 창문이 있던 벽을 헐고 거기에 통유리를 끼워 집 모양이 모두들 조금은 이상했다. 더 현대적이며 더 단열이 잘되고, 풍경을 더 투명하게 드러내는 재질의 좀더 큰 통유리로 교체하는 것이 그해의 마을 유행인 듯했다. 마을 사람들이 대목이라고 부르는 옆 마을 사람은 일 년 내내 이 계곡 마을의 공사만 해도 바쁠 지경이라, 작업이 많은 봄, 가을 두 계절은 아예 이 마을에 와서 사는 듯했다. 그가 경험 많은 대목인 것은 한눈에 알아볼 수 있었다. 건너편의 집들은 그가 젊을 때 지었다니 그의 나이도 지긋할 것이었다. 그런데도 그는 어깨가 떡 벌어졌고, 부리부리한 눈에 권위가 넘쳤다.

벌써 두 계절에 걸쳐 인부를 데려와 일하는 그를 본 나는 질문이 생겼다. 저 대목께서는 이러한 구조변경이 위험할 수 있다는 것을 모르시는 걸까. 그러나 그의 침묵의 권위 앞에서 나는 아무 말도 하지 못했다. 사람들이 요청하는데 마다할 수 있었겠는가, 정도로 생각했다. 마을 사람들은 계곡 아래로 펼쳐진 숲과 그 위의 하늘이 시시각각 새롭게 제안하는 빛과 색채와 선으로 구성된 눈앞의 아름다움을 그들의 집안으로, 실내로 들여 소유하고 싶어한다. 그래서 수시로 건물에 새로운 문과 창문을 내고 테라스와 난간을 설치하며, 이듬해가 되면 다른 세부를 바꾸는 것을 일견 단조로울 수 있는 계곡의 삶의 취미로 삼고 있다는 것을 나는 이해하고도 남았다. S계곡의 여름은 이루 말로 표현할 수 없을 정도로 풍요한 모습을 보여주어 나는 마을 사람들을 좀더 잘 이해하게 되었다. 이곳에 살다 보니 내게도 욕심이 폴폴 일어나는 것을 느꼈던 것이다. 이 계곡에서 오래 살면 동아의 병이 나을 것 같았다. 이곳의 생활에 익숙해지고 아빠인 나와도 더 친하게 되면서 동아의 고함소리는 실제로 빈도가 낮아졌기 때문이다. 나는 계곡에 집을 지을 만한 빈 땅이 있는지를 이장에게 메일로 문의하기까지 했다. 답을 받지 못한 것이 다행이랄까. 우리의 처지에 가당치도 않은 일이었다.

나는 이장이 그저 지나가는 말로 의자 목공일에 대해 들어보자고 제안했나보다 했는데 한 계절을 훌쩍 넘겨 가을이 무르익은 어느 날 날짜가 잡혔다면서 연락이 왔다. 여러 세대의 주민들과 시간을 정하는 일은 쉽지 않았을 것이다. 어떻건 나는 장 대니얼 씨의 집에서 모이는 날을 기대 반, 두려움 반으로 기다렸다. 정확히 말하면 우리가

24

존경하는 은사의 (진짜) 집을 보고 싶은 기대가 점점 커지는 것을 느꼈다. 나는 밖에서 볼 때 단아했던 그 집의 실내를 보고 싶었지만, 다른 한편으로는 내가 만든 의자의 사진을 프로젝터에 띄우면서 설명할 일에 두려움을 느꼈다. 한 번도 해본 적이 없었다. 사진을 찍어 몇 목공들이 모여 운영하는 사이트에 올려본 것이 다였다. 또한 동아도 걱정이 되었다. 물론 몇 시간 정도는 혼자 있을 수 있을 정도로 컸지만 아이가 혼자 있는 사이에 무슨 일이 일어날지 안심을 할 수 없었기에, 또 나도 아내가 그리워 동아를 핑계로 와달라는 도움 요청을 했다. 다행히 아내는 흔쾌히 수락했고, 며칠 와서 우리와 같이 지내기로 했다. 이상하게도 아내는 이곳을 그다지 좋아하지 않았다. 기차, 버스, 택시를 갈아타고 가파른 계곡을 올라와야 하는 번거로움이 있지만 나는 지난 방문 때 버스 정류장까지 동아와 함께 아내를 맞으러 갔고, 동아는 동물 같은 신음을 내지르며 엄마를 만나는 기쁨을 표현하지 않았던가. 그러나 나는 아내의 취향과 입장을 존중했다. 이런 별거의 시간은 우리 모두에게 중요한 경험일 것이었다. 특히 동아가 좀더 성숙한 소녀로 성장하는 데 꼭 필요한 시간이었다.

아내가 왔고 다음날 나는 편안한 마음으로, 내가 제작한 다양한 의자의 사진, 작업하는 과정을 찍은 사진이 들어 있는 USB를 주머니에 넣고, 혼자 장 대니얼 씨 집, 아니 은사의 집으로 올라갔다. 건물 가까이에 서자 광활한 계곡 아래의 풍경이 단번에 시선을 끌어당겼다. 주차한 여러 대의 차가 풍경을 가리지 않을 정도로 앞뜰이 넓었다. 현관문이 열려 있어서 나는 조심조심 안으로 들어갔다. 집 자체는 밖에서 보는 것과 다르지 않은, 언뜻 보기에 거의 평범하다고 할 수 있는 단순한 구조를 가지고 있었다. 인테리어 전문가의 감식안으로 보면 그다지 높은 점수를 주기 어려웠다. 그러나 이 집에서 눈에 띄는 것은 실내가 아니었다. 주말 오후에 이 계곡의 빛이 신비롭다 못해 바라보는 사람들을 거의 마비시킬 정도로 매력적이라는 것은 알았지만, 이 집의 실내가 자리 잡은 방향이나 통유리의 위치, 크기, 각도 같은 모든 세부는 계곡의 다른 집에서는 도저히 볼 수 없는, 자연의 빛과 경관이 가장 놀라운 아름다움을 드러낼 수 있도록 세심하게 고안된 것임을 알아차렸다. 이 지역을 잘 알고, 이 계곡의 자연을 오래 관찰한 사람이 지은 집. 나는 얼빠진 얼굴로 감탄을 머금고, 사람들의 목소리가 들리는 쪽으로 이동했다. 주말 오후의 황금시간대에, 무명의 목공이 만든 의자 사진 몇 장 보겠다고 모이는 이 마을 사람들은 대체 어떤 삶을 사는 사람들인가.

타샤 투더의 정원을 훌쩍 뛰어넘는 자연스러움과 고상함이 어우러진 뒤뜰을 배경으로 놓인 큰 테이블 주변으로 사람들이 앉아 있었는데, 내가 들어서자 모두 하던 말을 멈추고 나를 맞았다. 뒤뜰 양쪽에 서 있는 아마도 쌍으로 제작한 듯한 조형물이 눈에 띄었다. 그러고 보니 이장의 집 거실 모퉁이에도 비슷한 분위기의 조각품이 자리를 잘못 잡은 듯 뻘쭘하게 서 있던 것이 기억났다. 그러면 그렇지. 장대니얼은 은사와 인연이 있는 명색이 조각가일 것이고 그의 작품이 이들에게 선물로 주어졌거나 싼 가격으로 팔렸겠지. 훌륭한 작품이라고는 할 수 없었다. 나는 무언가 궁금한 것이 풀어지는 느낌이었다. 그사이 한두 번은 보아서 익숙해진 얼굴들에 나는 목례를 했다. 대니얼 씨는 나를 테이블 끝에 준비된 노트북 앞으로 안내했다. 그 발표 시간은 경황없이 지나갔다. 사람들 얼굴에서 무언의 조바심이 읽혀서, 나는 속도를 내가며 가끔 안정성, 견고함, 조화, 실험, 독창성과 친근함…… 이런 단어들을 섞어가며 의자 사진들을 설명했다. 나중에 생각해보니 정말 단 한 사람의 관심도 끌지 못한, 그날의 모임에 어울리지 않는 한심한 발표였다. 그러면 나는 왜 그 자리에 불려 갔던 걸까.

결론부터 말하자면 S계곡의 주민들은 장 대니얼이 계획하는 한 소유권 소송을 진행하기 위해 나의 서명이 필요했던 거였다. 그날 나는 오랫동안 못 본 우리의 은사에 대한 놀라운 이야기를 듣게 되었다. 게다가 대니얼 씨가 소유권을 인정받고자 하는 집은 내가 은사의 집으로 소개받은 바로 우리가 모여 있는 이 집이었다. 적어도 이날 모인 사람들은 대니얼이 승소해서 정당하게 이 집의 소유권을 넘겨받아야 한다는 데 '당연히' 동의하고 있었다. 대니얼 씨에 대해 칭찬이 쏟아지는가 싶더니, 주민들의 입에서는 내가 국보급으로 생각하는 조각가 P이자 나의 은사에 대한 험담과 검증할 수 없는 소문들이 띄엄띄엄, 그러다가 점점 더 적나라하게 튀어나오기 시작했다. 나는 하마터면 나의 신원을 밝히고 이 험담에 종지부를 찍을 뻔했다.

얼마나 마을을 우습게 보았으면 몇 년 동안 한 번도 들른 적이 없고, 들러도 인사 한 번 한 적이 없는가. 서울뿐 아니라 뉴욕에도 집을 소유하고 있다는 사람이 이 계곡의 집이 왜 필요하겠는가. 그는 절대 여기 살 사람이 아니다. 장선생, 그들은 대니얼 씨를 모두 장선생으로 불렀다, 우리의 장선생은 반면에 무엇이 아쉬워 이리로 왔겠는가. P씨가 자기 입으로 이 집이 필요 없으니, 이렇게 비워두느니 이 집을 좋아하는 사람이 쓰면 고맙겠다고 하면서 장선생을 이리로 불러들인 것 아닌가. 그렇지 않고서야 잘나가는 사업 놔두고, 가족 놔두고 장선생이 왜 이리로 와, 왜! 게다가 장선생이 지난 삼 년간 집수리에 들인 공이 얼만데. 그래서 집이 이만한 건데. 여러 사람이 집중적으로 나를 쳐다보며 흥분을 섞어 은사를 주제로 험담 꼬리 잇기 놀이를 하는 것만 같았다.

고개를 숙이고 곤혹스럽게 사람들의 얘기를 듣고 있던 내 눈앞으로 옆자리의 이장이 문건 하나를 들이밀었다. 나는 천천히 한 장 한 장 넘겼다. 향기나지 않는 음모에 한 발을 들여놓은 것이 틀림없었다. 거기에는 내게 보냈던 것과 유사한, 은사 P교수가 대니얼 씨에게 보낸 메일의 인쇄본이 들어 있었다. 메일에서 은사는 그를 '장군'이라고 부르고 있었다. 내게 했듯이. 다음 장에는 장○○의 이름으로 지불한, 아마도 그 집의 수리나 공사 비용이 적힌 내역서의 사본이 여러 장 첨부되어 있었다. 그리고 마지막 장을 펼쳐들고 나는 다시금 대니얼 씨를 넋이 빠져 바라보았다. 그는 슬프고도 난망하다는 표정을 짓고 고개를 숙이고 앉아 있었다. 은사에 대한 험담은 내가 문건을 읽는 사이 잠시 멈추었다.

'S면 G리의 주민들은 ○○○번지 소재의 집의 현 소유주 P○○씨가 현재 삼 년째 거주하고 있는 장○○씨에게 아래에 명시된 가격으로 집을 양도하기로 구두로 약속한 것을 모두 들었고 알고 있으므로, 이에 다음과 같이 주민들의 서명을 통해 하루속히 적법한 매매 절차를 거쳐 소유권이 이전될 수 있도록 선처를 구하는 바입니다.'

당황한 내가 몇 번을 읽고 나서야 겨우 이해한 탄원서는 대충 이런 내용이었고, 그 맨 끝에 내 이름이 적힌 난이 한 줄 비어 있었다. 나는 울상을 짓고 먼저 이장을, 이어 이제는 그 이름을 알게 된 이장의 친구 M씨 부부를, 끝으로 장 대니얼 씨를 태연함을 가장하고 바라보았다. 우리집 아래쪽에 가끔 주말에 들르는 이웃이 다시 은사에 대한 '따끈따끈한 소문'이라며 좌중에게 험담을 선사했다.

"우리가 몰라서 그렇지 장선생이 불려오기 전에 이 집을 P씨가 그 당시 불법한 애인과의 밀회 장소로 썼다는 소문을 내가 서울 가서 듣고 왔어요."

이런 식이었다. 여러 사람이 각자의 입장에서 P씨를 잘 아는 사람들을 통해서 최근에 알게 된 새로운 사실들이라며 은사를 공격하는 이야기를 늘어놓았다. 나는 뒤통수가 깨져나가는 듯한 갑작스러운 두통으로 잠시 눈을 감고 이 상황을 모면할 묘수를 찾아 머릿속을 뒤졌다. 그러던 중 예기치 않은 깨달음으로 나는 여유를 조금 되찾았다. 이들은 은사를 이곳에서 내쫓을 각자의 이유가 있을 것이라는 깨달음. 한 귀농자는 은사의 정치 성향을 들먹이면서 열변을 토했고, 그가 무슨 문화 관련 잡지에 쓴 에세이를 증거로 대며 거들먹거렸다. 그런 잡지를 읽을 것 같지 않은 저 사람에게 정보를 준 사람은 대체 누구일까. 또 다른 사람은 은사의 종교적 성향을 자신의 종교적 관점으로 비난했다. 고향인 이곳으로 귀농하러 온 지가 십여 년이 넘었고, 이 계곡에 집을 구해 정착한 진짜 귀농자가 결론조로 말을 맺었다.

"원래 이 지역에서는 임대했던 땅이나 집을 맘대로 팔 수가 없어요. 그건 대대로 내려오는 배려예요. 그렇지 않고서야 남의 땅 부치던 사람들이 어떻게 살았겠어요. 그게 조선시대 때부터 우리네의 지혜였답니다. 담주에 천호응 어른께서 그 점에 대해 아마 자세하게 써주실 거예요. 그 어른의 성함이 소장에 들어가는 건 장선생에게도 힘이 될 겁니다."

은사의 집과 지역 어른을 인용한 귀농자의 결론 사이에 대체 무슨 관계가 있는가. 나의 다음 행동에 사람들의 관심이 쏠리는 걸 느끼면서 나는 그만 눈을 감아버렸다. 나도 인테리어 사무실을 경영하면서, 또 새롭게 뛰어든 목공 세계의 사람들과 경쟁하면서 억울한 누명도 써봤고 모함도 당해봤지만 은사에 대한 이 주민들의 정열적이고도 체계적인 혐오의 근원은 알다가도 모를 일이었다. 그러나 눈을 감고 있는 짧은 시간 안에 나는 결정을 내렸다. 이유는 단 한 가지였다. 은사는 분명 장 대니얼에 대해 잘 알고 있을 것이다. '장군'이라고 부른 것으로 보아 그는 나처럼 어쩌다가 은사로부터 그의 삶의 어려운 한때 선물처럼 이 집에 살라는 제안을 받았을 것이다. 그는 아마도 나처럼 은사의 무수한 익명의 제자들 중의 한 사람이었을지도 모른다. 은사는 대니얼 씨가 꾸미고 있는 이 일을 아마 나보다 더 잘 알고 있을 것이다. 그럼에도 불구하고 은사는 나에게 그의 두 번째 집을 제안한 것이다. 정말 내가 꼭 필요할 때 말이다.

이장이 나를 부르며 볼펜을 내 쪽으로 밀었다.

"동아 아버지, 이건 아주 단순한 거예요. 장선생이 이 집을 이렇게 좋아하는데, 주민들끼리 이 정도 못해줍니까? 이렇게 한 계곡에 모여 살게 된 것도 귀한 인연 아닙니까."

나는 그날 서명을 조용히 거절하고 그 방을 빠져나왔다. 장 대니얼이 그토록 원하고, 주민 모두가 동의한 서명에 내가 무슨 말로 거절했는지도 기억에 남아 있지 않다. 도망자처럼 그 방을 뛰쳐나오던 나를 무언가가 멈춰 서게 했다.

그사이 낮이 기울고 가을의 따가운 빛이 살짝 누그러지며 만들어내는 노을의 찬란한 향연이 거실의 한 면을 가득 채운 투명한 유리 화폭 안에서 막 펼쳐지려 하고 있었다. 오 분, 혹은 십 분 후, 저 건너편의 산으로부터 이 집을 가장 빛내기 위해 다가올 빛, 어느 시인이 '밤의 커튼'이라고 부른, 스러져가는 황혼의 빛의 조짐을 보면서도 나는 기다리지 않았다. 노을이 피어나는 그 순간을 오히려 피해, 서둘러 그 집을 나왔다. 밖에 나와서 보는 동일한 풍경에는, 바로 직전에 실내에서 본 그 농밀한 감동이 없었다. 이게 대체 무슨 조화람! 영원에서 오려낸 최선의 순간. 나는 처음으로 조각가 은사의 미 관념의 정수의 한 귀퉁이를 맛본 듯했다. 미는 위험한 것이야!

이후 계곡에서의 나의 삶에 큰 변화는 없었다. 다만 사람들과 덜 마주쳤고, 계곡 특유의 산물을 나누어 받는 특혜를 누리지 못했고…… 나는 한마디로 따돌림을 받았다. 나는 하루속히 동아가 사춘기를 벗어나고 동아의 고함 증세가 멎어 가족이 다시 모여 사는 삶을 기다렸다. 늦가을 어느 날, 갑자기 인터넷이 되지 않았다. 오랫동안 울리게 내버려두다가 마지못해 받은 듯 이장은 짜증이 섞인 목소리로 말했다. 원래 우리집의 인터넷은 자기 집에서 선을 (불법으로) 따서 연결해주었던 것인데, 그게 적발되어 끊게 되었노라고 했다. 적발되었던 건지, 이장이 내게 베푼 (불법) 배려를 철회한 것인지는 알수 없는 일이었다. 이 지역 '공동체'의 전통에 따라 이제는 별도의 선을 매설해야 했지만 개별 인터넷 설치는 의외로 비용이 많이 들었고, 그것을 은사가 좋아할지 싫어할지도 알 수 없었다. 영진 씨의 전화번호로 여러 번 전화를 시도했지만 해외 로밍 정보만 들려올 뿐 한 번도 통화가 되지 않았다. 깊은 계곡이다 보니 휴대폰 통화가 원만하지 않을 때도 있었다. 다행히 찻집 보니보니에 가면 동아가 좋아하는 동영상을 볼 수 있었다. 동아와 산책 중에 가끔 들르게 된 찻집 주인의 배려였다. 계곡에 사는 대부분의 사람들처럼 이 피리 부는 남자도 대화에 굶주려 있어 계곡에 사는 사람들에 대한 깜짝 놀랄 사생활의 비밀을 내게 털어놓았다. 그러나 그것을 어디까지 믿을 수 있단 말인가. 나는 동아를 적당한 거리를 두고 감시하면서 한 귀로 남자의 고독의 서사를 흘려들었다. 알고 보니 아내나 나보다 조금 더 위 연배인 그 남자는 어느 날, 자신이 담근 머루주에 한껏 취해 있었다. 자주 그렇듯이 손님도 없고, 부인도 나오지 않은, 사방이 흐릿해 더욱 고즈넉한 늦가을 오후였다. 동아는 좋아하는 영상을 이어폰을 끼고 보고 또 보고 있었다. 피리 부는 남자는 지나가는 말투로 이렇게 털어놓았다.

"사실 우리는 부부가 아니에요. 직장에서 눈이 맞아서 이곳으로 도망쳐왔어요. 같이 살지 않으면 못 견디겠더라고요. 뭐에 씐 거죠. 서로 이혼 수속 중이지만 마음이 들쑥날쑥해요. 어느 날 어떤 여자가 와서 여기를 난장판을 만들어도 놀라지 마시라고요."

나는 이제 더 이상 어떤 얘기에도 놀라지 않는 나 자신이 오히려 놀라웠다.

산밑 계곡의 겨울은 혹독했다. 작은 용량의 기름보일러는 가득 채워봐야 오래가지 못했다. 이곳까지 유조 트럭이 올라오려면 돈을 더 얹어주어야 했다. 여분의 기름을 여러 개의 플라스틱 통에 채워두어야 안심이 되었다. 그래도 나는 동네의 모든 사람들이 설치해 가지고 있다는 난로를 설치할 수 없었다. 늦겨울에 이곳에 온 우리에게 이장이 말했었다. 여러 해 전에 이 지역의 누군가가 개발해 산간 마을에서 사용하고 있는 난로는 설치가 간단하고 유해가스를 분해하는 장치가 장착되어 있다는 것이었다. 나중에 알게 되었지만 그 난로를 지역에 널리 유포한 기업가는 다름 아닌 이장의 친구 M씨였다. 겨울 초입에 이 마을 주민에게는 예외적으로 저렴하게 판매한다는 문자를 받고 솔깃했지만, 여전히 영진 씨와의 통화가 이루어지고 있지 않았기 때문에 나는 허락받지 않은 그 난로를 설치할 수가 없었다.

다행히 동아는 그다지 추위를 타지 않는 듯했다. 우리가 겪은 겨울은 하도 혹독해 창밖에 펼쳐진 백색의 평화조차도 우리를 위로하지 못했다. 거의 모든 집의 뒤꼍이나 광에 숨어 있던 우주선 모양의 양철통은 겨울이 되자 난로로 변신해, 나무가 타면서 만드는 포르르한 연기를 지붕 위로 내뿜었다. 실내에서도 패딩을 입고 창문 앞에 서서 저녁나절이면 집들의 지붕 위로 이국적인 디자인을 그려내는 연기를 바라보았다. 멀리서 보면 평화로운 그 풍경은 추위만 없었어도 가히 지난 시대의 노스탤지어를 자극하기에 부족함이 없었다.

겨울이 되면 아예 도시에 있는 집으로 돌아가는 가정도 여럿 있었다. 우리에게는 돌아갈 집도 없었다. 전세금 뺀 것은 우리의 생활자금이었다. 아내는 장모님 댁으로 겨울만이라도 들어오라고 했지만, 아무리 추워도 동아는 이곳에서 잘 견뎌내고 있었고 겨울 들어서는 완연하게 고함 증세가 줄어들었다. 눈이 오지 않는 날 조심조심 계곡을 내려가 차 가득 장을 보아오지 않으면 동아를 굶길 수도 있겠다 싶게 계곡의 눈발은 굵었고 쉼 없이 며칠을 쏟아지곤 했다. 그 긴 겨울에 그래도 동아는 글을 완전히 읽을 줄 알게 되었다. 뜻을 다 이해하고 읽는지는 알 수 없지만, 띄엄띄엄 큰 글씨의 책을 소리 내어 읽을 때마다, 동아가 언젠가 정상적인 젊음을 누릴지도 모른다는 비현실적인 기대로 내 가슴은 터질 것 같았다. 책 읽는 동아를 동영상으로 찍어 아내에게 전송했다. 추위가 망쳐버린 눈 덮인 계곡의 예외적인 아름다움에 대해서는 당분간 말하기 어려울 것 같다. 이곳에서는 뭐니 뭐니 해도 동아가 가장 행복해하는 여름의 짙은 녹음과 가을의 찬란함에 대해 얘기하는 것이 마땅하다.

어느 날 밤에 동아가 갑자기 고함을 치기 시작했다. 오랜만이었다. 우리가 이곳에서 맞은 두 번째 여름이었다. 동아의 고함은 평소같지 않게 절박했을 뿐 아니라, 펄쩍펄쩍 뛰며 읽기 책과 게임기 정도가 들어 있는 가방을 스스로 챙겨들고 집을 나서 어디론가 떠날 기세였다. 실제 동아는 어느새 자동차 쪽으로 달려가고 있었다. 손에는 벌써 차 열쇠가 들려 있고 '아빠'라고 거의 명확한 발음으로 나를 손짓해 부르고 있었다. 새벽 두 시였다. 그런 행동 사이사이 동아의 고함이 간헐적으로 터져나와 나는 우선 동아를 차 안으로 데리고 들어갔다. 그 밤의 동아의 고함은 계곡을 다 깨울 만큼 우렁차고 불안했다. 아이는 고함의 높낮이를 통해 빨리 차를 운전해 계곡을 내려가자고, 또 손짓으로도 보채고 있었다. 나는 시동을 걸었고 아이가 안정될 때까지 면사무소가 있는 평지 마을을 몇 바퀴 돌고 올 예정이었다.

　그런데 그 밤이 그 계곡과 우리의 이별의 밤이 되었다. 동아의 고함으로 계곡을 내려온 후 채 삼십 분도 지나지 않아 면사무소 근처를 지나고 있을 때, 처음부터 굵은 비가 쏟아지기 시작했다. 그것은 곧 바람을 동반하고 더 세게 쏟아져 우리는 계곡으로 다시 갈 수가 없었다. 이미 계곡의 물은 순식간에 불어나 길로 넘쳐흐르고 있었다. 무서운 비는 산속 계곡에서는 게릴라성 폭우로 돌변했다. 그날 밤에 계곡을 덮친 게릴라성 폭우는 이틀 동안 계곡에 있는 모든 것을 무차별적으로 난타했다.

　그 후의 이야기는 뉴스에 나온 그대로다. 경찰서에서 밝힌 대로 나는 장모님 댁으로 차를 몰기 전에 전화번호를 알고 있는 이장, 보니보니 주인, 또 한두 사람들에게 빨리 피신하라고 전화도 걸고 문자도 남겼다. 보도에 의하면 계곡 주민 중 두 명이 급류에 쓸려 사망했다. 그게 누군가는 굳이 말하지 않기로 하자. 여러 명이 부상을 입었다. 그러나 대부분 큰 피해 없이 생명을 건졌다. 거의 모든 계곡의 집이 폭우에 무너졌고, 잔해는 물에 쓸려내려갔다. 산 전체의 나무들이 뿌리째 뽑혀나가 아수라장이 된 사진이 신문에 실렸다.

여러 해가 지나, 나는 의자만을 고집하는 목공 장인으로서 작은 명성을 얻게 되었다. 한번은 한 인테리어 잡지의 에세이난에 원고를 써달라는 청탁을 받았다. 원고를 쓴다는 생소한 일 앞에서의 조바심이 오랫동안 잊고 있던 유사한 감각을 되살려내었다. S계곡 마을의 무관심한 주민들 앞에서 나의 의자들과 작업 과정을 찍은 사진을 서둘러 보여주던 그 기이한 시간의 감각. 지금은 사라져버린, 주거가 통제된 S계곡의 산밑 마을에 대해 〈소유의 문법〉이라는 짧은 글을 써서 보냈다. 고독과 미에 대한 무지와 욕망과 질투가 뒤섞여 빚어낸 '소유의 불행한 문법'에 대해.

은사의 집, 내가 살던 작은 집이 아니라, 아무리 인터넷을 뒤져도 본명으로도 예명으로도 신원이 드러나지 않는 장 대니얼이라는 유령 같은 사람이 눌러살던 그 집의 사진을 찍어두지 않은 것을 나는 두고두고 후회했다. 동아로 말할 것 같으면, 사춘기가 한참 지났는데도 고함 증세가 아주 사라지지는 않았다. 물론 그때만큼 빈번하지는 않아도 어엿한 숙녀가 된 동아가 고함으로 우주에 전언을 보낼 때의 모습에는 변함이 없다. 그녀 편에서는 절실하고 보는 우리는 애달프며 그 느낌은 늙을 줄을 모른다. 🞑

제21회 이효석문학상
대상 수상작가 자선작

손수건

최윤

산만하고 소란스러운 풍경에 눈꺼풀 커튼을 치고 나는 광물질의 세상을 꿈꾼다. 언젠가 특수 렌즈를 통해서 바라본 다이아몬드의 견고하고 빛난 세계를. 그것은 인간의 몸으로는 접근할 수 없는 아주 깊고 대담하며 완벽한 창조의 세계에서, 살아 있는 어느 것도 견뎌 낼 수 없는 고열과 압력의 절묘한 우주적 결합에서 형성된다. 58각으로 다듬어졌을 때 가장 완벽한 빛의 향연을 펼칠 줄 아는 돌의 세계. 그렇지 않고서야 어떻게 커튼 밖의 세계를 견뎌 낼 수 있겠는가. 눈꺼풀 안의 세계에서 힘을 길어 나는 커튼 밖의 세계로 나간다.

앞자리에 앉아 있는 나이 든 여자가 나를 바라본다. 아니다. 얼굴은 이쪽을 향하고 있지만 눈에 초점이 없다. 그녀는 멍한 표정으로 앉아 취조하는 경찰의 반말을 무반응으로 받아 내고 있다. 아무것도 아닌 일로 견고한 것들이 깨져 나가기 시작한다. 작은 돌조각 하나가 진열장의 유리에 균열을 가하고 유리가 산산조각 무너져 내리는 데

는 기껏해야 3, 4초면 충분하다. 화사한 젊음이 노년으로 진입하는
것도 한순간이다. 원인이 밝혀지지 않는 어떤 광기로, 한순간의 무
의식적인 선택으로 삶 전체가 늪으로 빠져들어 간다. 한때는 잘생겼
다는 소리를 들었을 법한 여인 뒤쪽의 노인의 얼굴은 날카로운 선을
유지하고 있지만 모든 것이 마모되었다. 시선은 불안정하게 움직이
고 앙상하게 마른 나뭇가지 같은 손가락으로 연신 손목을 긁는다. 고
성으로 들려오는 대화로 보아 아마도 노숙자인 이 노인은 이곳을 단
골로 드나든다. 가는귀를 먹었거나 가는귀가 먹은 척하고 있는 노인
의 묵비권으로 담당경찰의 목소리는 높아지고 실내의 거의 모든 사
람들은 소매치기하다 잡혀 들어온 노인을 한번 정도는 흘낏 바라본
다. 나이를 알 수는 없지만 노인의 팔뚝은 여전히 단단해 보이고 불
안하게 움직이는 시선 저 너머에는 이 상황을 부인하는 무언가가 있
다. 그는 그렇게 자리를 잘못 찾은 사람의 어색함이 있다. 평생에 처
음 경찰서 형사계에 와서 앉아 있는 나와 그다지 다를 것이 없다. 저
들이나 나나 혹은 이곳 어딘가에서 나처럼 대기 중인 그 남자나 모두
자리를 잘못 찾아 여기 와 있다.

처음 모르는 사람의 이름으로 선물 박스가 도착했을 때 N도 나
도 대수롭지 않게 여겼다. 우체국의 실수로 내게 잘못 배달되어 온
소포쯤으로 여겼다. 보낸 사람이 남자 이름이고 받는 사람 주소에 우
리 주소와 내 이름이 분명하게 기재되어 석연치 않기는 했지만 뭐,
이상한 일들은 시도 때도 없이 일어난다. 우리는 그에 대해 별다르게

42

신경 쓰지 않았다. 그리고 일주일쯤 지난 어느 날 근무 중에 강한 사투리 억양의 한 남자가 전화로 나를 찾을 때도 그대로 끊었다. 광고 전화나 뭐 그런 것. 한두 번 더 울렸지만 발신번호 표시 제한이라고 뜨는 전화를 받을 정도로 한가하지 않았다. 그 당시에는 잘못 걸려온 전화인 줄만 알았지 선물 박스를 보낸 사람과 전화를 잘못 건 사람이 같은 사람이리라고는 상상도 하지 않았다.

잊을 만하면 도착하는 선물은 우체국을 통해 배달되었는데 지방의 토산품들이었다. 과일과 건어물 그리고 견과류가 있었다. 처음에 남자는 매번 다른 이름을 써서 우리를 혼란시켰다. 되돌려 보낼 수도 없어 며칠 열지 않고 놔두었다가는 결국 뜯어서 먹거나 각자의 회사에 가져가 동료들과 나누었다. 선물 상자에 쓰인 이름은 마침내 한 이름으로 고정되었다. N의 이름과 음절 하나가 다를 뿐이었다.

"혹시 이 남자 너와 친척지간 아냐? 잘 알아봐. 항렬이 같잖아? 사촌? 육촌? 팔촌?"

내 농담이 어처구니없다는 듯 마주보고 웃다가 N의 양미간에 불유쾌할 때 지어지는 팔자주름이 잡혔다.

그러다가 남자가 집으로 전화를 걸어오기 시작하면서 골칫거리로 등장했다. 집 전화번호까지 알고 있는 사람이면 이건 모르는 사람일 수가 없었다. N은 남자가 찾는 사람이 자기가 아니고 바로 나니까 내 친구나 친지 중의 한 사람일 거라면서도 의아한 표정을 지었다.

"내가 아는 사람 중 네가 모르는 사람도 있니?"

"그래도 누가 알아?"

놀리는 어투로 N이 받았다.

"관두자, 우리 둘 싸움 붙이는 게 그 남자 전략인가 보다. 나한테 이렇게 전화할 수 있는 사람 중에 네가 모르는 사람은 없다는 거 잘 알면서……"

"남자 정체가 밝혀지면 그 때 보자고."

N은 이렇게 덧붙이고는 자기 방으로 들어가 버렸다.

내가 없을 때 N이 전화를 받으면서 상황은 조금씩 우리가 예상하지 않은 방향으로 흘렀다. N의 말에 의하면 두 남자가 시도 때도 없이 집으로 전화해 나와 통화하기를 요청한다고 했다. 목소리가 생판 다른 두 남자, 사투리를 쓰는 남자와 그렇지 않은 남자가 같은 용건을 내세우며 나를 찾는다는 것이다. 그 남자는 ○○○○년도에서 ○○○○까지 내가 진해에서 산 적이 있는 것을 알고 있고 꼭 나를 만나서 할 말이 있다는 것이다. 나는 남자가 말한 그 기간은 물론 다른 때도 진해에 산 적이 없다. N이 그 도시에서 군복무할 때 서너 번 그를 보러 당일 다녀온 것이 다다. 그러나, 가만 있자! 남자가 말한 연도가 N의 군복무 기간과 일치한다는 데 우리의 생각이 미쳤다. 이 남자는 우리가 알고 있는 사람이거나 아니면……

우리는 남자가 말한 사실을 하나하나 되살려 정리해 보기로 했다. N과 유사한 이름, 나의 핸드폰 번호는 물론 우리의 집 주소와 전화번호를 알아낸 것, N의 군복무 기간에 대한 수소문! 무슨 목적이 있는지 우리는 알 수 없으나, 나와 N에 대한 가능한 정보 수집을 했으며 분명한 의도를 가지고 접근하는 골치 아픈 사람! N과 나의 입에서 '스토커'라는 말이 거의 동시에 터져 나왔다. 그러나 스토커라는 단어는 얼굴이 널리 알려진 유명인이나 공인에게 해당되는 것이지, 나도 N도 유명인이나 공인과는 거리가 멀었다. 우리는 어려서부터 그저 사람들이 우리 둘을 조용히 살게 내버려 두기만을 바랐기에, 그럭저럭 삶이 영위되는 직업과 수입에 만족해하며 조촐한 은둔생활을 작정했던 터였다. 눈에 띄는 것, 그건 우리가 참으로 피하고 싶은 일이었다. N을 포함해 친구 겸 직원이 세 명인 인테리어 사무실도, 입사 이후 지금까지 내가 여일하게 근무하고 있는 무역회사 자료실도 우리의 이런 기준에 잘 들어맞았다.

이 실내의 어느 구석에 남자가 앉아 있는지 나는 알 수 없다. 내가 주변의 사람들을 바라다보듯, 그 또한 한구석에서 나를 그렇게 관찰하고 있을지도 모른다. 형사의 말에 따르면 남자가 나를 본 적이 있는지, 노출된 나에 대한 정보 외에 그가 나를 어느 정도 알고 있는지의 여부도 확실치 않았다. 나는 몸을 조그맣게 하고 내가 상상한 남자의 모습을 찾아 사방을 둘러보며 중년쯤의 남자 두엇을 탐문하듯 바라본다. 나는 그의 얼굴을 모르지만 그들 중의 하나가 바로 그 남자였다고 해도 전혀 놀라지 않았을 것이다. 고성과 욕설이 난무하는 실내에서 사람들은 그만 엇비슷해지고 만다. 나를 앞에 앉혀 놓고 컴퓨터 자판을 두드리던 담당형사는, 다급한 목소리가 내게까지 울려오는 누군가의 전화를 받고 난감한 표정을 짓고 나를 바라보았다.

괜찮다는 뜻으로 내가 고개를 끄덕이자 그는 잠시만 기다리라며 뛰어나가서는 돌아오는 기색이 없다. 지은 죄도 없이 주눅이든 채 나는 등이 높은 의자에 온몸을 맡기고 기다린다. 어쩔 수 없이 거쳐야 하는 절차이지만 서두르고 싶은 마음은 결코 없다.

괴전화로 인해 우리의 조용한 일상은 뒤흔들리기 시작했다. 나는 큰 의미를 두지 않고 단번에 결정을 내렸다. 절대 대응도 반응도 하지 않기로. 더 이상 그런 사람의 전화를 받을 필요도 없거니와 받아서 귀찮은 사건에 얽혀 들어가고 싶지 않았다. 집의 전화에도 발신자 전화번호가 뜨도록 전화국에 추가 서비스를 요청했고, 발신자 전화번호 추적이 가능하다는 것을 확인했다.

N은 조금 달랐다. 그는 이 일에 나보다 더 적극적인 관심을 가졌고, 괴전화가 집으로 걸려 오기 시작하면서부터는 아예 귀가 시간을 당겨 나보다 먼저 집에 와 있을 정도였다. 물론 내가 더 이상 전화를 받지 않겠다고 결정한 이상 나를 보호하느라 그런다고 했지만 N은 내게는 불쾌하게 들릴 수밖에 없는 농담을 잊지 않았고, "인기 좋아, 응, 인기 좋아"를 연발하면서 이 괴전화가 일상의 활력소라도 되는 양 오히려 흥미로워했다. 우여곡절 끝에 성사된 우리의 결혼 3년째 여름에 시작된 일이었다.

처음에는 N이 전화를 받을 때 남자는 예의를 갖추어 회사 동료라고 하면서 나를 찾았다. 물론 별다른 의심 없이 N은 수화기를 내게 넘겼고 집에까지 일거리를 끌고 오지 말라는 뜻의 눈치를 주는 것이 다였다. 어떤 연고도 없는 남자가 은근한 목소리로 내 이름을 부르자마자 나는 수화기를 내려놓지 않을 수 없었다. 너욱이 남자가 N에게 댄 이름을 가진 회사 동료는 존재하지 않았다. 혹시 퇴사한 직원일지도 몰라 인사과에 정보 요청도 했지만 허사였다. 그런 이름의 직원은 과거에도 현재에도 존재하지 않았다. 주로 내가 귀가할 즈음에, 나를 조준해 걸려 온 이 전화의 주인공의 강한 사투리 억양 때문에 나는 회사로 걸려 온 괴전화와 연결시키기 시작했다. N은 고개를 갸웃했다.

"무슨 사투리? 내가 전화를 받은 남자는 서울 토박이 어투던데……"

처음으로 나를 꿰뚫어 보기라도 하려는 듯한 N의 시선에서 나에 대한 강한 의심을 보았다. 사투리 문제의 진위에 대해서가 아니라 이 모든 사건의 진위에 대해 나를 의심하는 그런 시선으로 나를 바라본 것이다. N은 조금씩 강도를 높이며 의심을 표현해 나를 불편하게 했다. N에 대한 내 의심도 마찬가지다. 나야 말할 빌미를 주지 않고 전화를 끊지만 N과 남자와의 여러 차례의 통화는 제법 시간을 끌었고 주로 N이 듣고 있었으면서도 단 한 번 내게 대화 내용에 대해 말해 준 적이 없었다.

"싱거운 작자 같으니라고."

아니면

"완전 또라이야!"

무슨 얘기를 하더냐는 나의 질문에 되돌아온 답은 이 정도였다. 그는 말없이 상대편의 얘기를 귀 기울여 들었고, 화를 내지도 않았으며, 사생활을 침해하는 남자에 대한 비판이나 비난도 없이 전화를 끊었다. 뿐만 아니라, 내가 그런 전화를 받아 득 될 것이 없으니 보호차원에서 앞으로 남자가 걸어오는 전화는 자신이 처리하겠다고 했다.

그래도 진전이 없지는 않았다. N과 나는 두 명의 남자, 즉 회사로 전화를 걸어오는 사투리를 쓰는 남자와 집으로 전화를 거는 또 한 명의 남자가 있지만, 그 두 사람은 결국 한사람일 것이라고 결론을 내렸다. 두 남자는 동일한 내용을 요구했지만 무슨 이유인지 내게는 사투리로, N에게는 깍듯한 표준말을 썼다. 남자의 이런 얄팍한 속임수는 우리의 혐오감을 더욱 가중시켰다. 바로 그 혐오감 때문에 나는 그가 왜 나를 찾는지를 물어볼 참을성이 없었다. 남자의 목소리를 확인하고 그가 내 이름을 부르면 팔에 소름이 돋아 수화기를 내려놓지 않을 수 없는 것이다. 나를 오래전부터 잘 알고 있다며, 성을 떼고 은근하게 ○○ 씨라고 나를 부르며 꼭 할 말이 있으니 무조건 만나자는 정신 빠진 남자의 얘기를 들어 줄 정도로 내 비위가 좋지 않았다. N의 기분도 좋을 리 없었다. 남자가 전화를 걸어온 날이면 우리 사이에 말 화살이 오갔고 다툼으로 끝났다. 그럴수록 N과 남자와의 통화 시간은 길어졌다. 그렇다고 그들 사이에 대화가 있었다는 것은 아니다. 그렇지만 남자가 점점 더 집요하게 나와 통화하기를 요구하면서 N과 그 남자 사이에 갈등의 기류가 형성됐다. 아마도 상대편에서 위협을 했던지 N의 전화 받는 어조가 전과 같지 않았다. 내가 받으려고 하자 손 떼라고 외치면서 나를 밀쳐 내기까지 했다. 경찰에 신고하겠다고 소리 지르는 것으로 N은 전화를 던지듯이 끊었다. 그러고는 내가 마치 남자에게 이런 빌미를 제공하기라도 한 것처럼 불쾌하다는 시선으로 나를 노려보았다.

"남자가 대체 뭐라고 지껄였는데 이런 반응이야?"

"너 안 바꿔 주면 집으로 들이닥치겠단다, 됐니?"

"뭐 그리 비현실적인 협박을! 단계를 막 뛰어넘네. 다음번엔 바꿔줘. 내가 처리할게."

말은 그렇게 했어도 이상하게 그 남자에 대해서 더 이상 우리 둘 사이에 농담이 되지 않았다. 사실 놀리고 치웠어야 하는데 나보다는 N이 민감하게 반응하는 것이 예사롭지 않았고 그 기류는 집 안에 스며든 독가스처럼 나를 감염시켰다. N은 집 전화를 당분간 정지시키는 게 좋겠다고 했다. 나도 이 문제가 더 이상 우리 둘 사이에 불화를 만들지 않기를 바랐기에 기꺼이 동의했다. 우리는 더 이상 퇴근 후 신경을 곤두세우지 않아도 되었고 N도 일부러 남자가 전화하는 시간에 맞추어 일감을 싸 들고 서둘러 귀가할 필요가 없었다.

N도 나도 인생에 다가오는 모든 고난에는 이유가 있다는 것을 깨달을 정도로 힘든 시간을 보냈다. 열한 살 때 같은 동네, 같은 반 친구로 만난 우리가 함께한 시간이 30년째다. 같은 동네에서 태어났으니 그 기간을 더 길게 잡아도 되겠다. 그 길다면 긴 시간 중 많은 부분은 유년과 청소년기의 무구하고 행복한 시간이었지만, 성인이 되면서 우리가 겪은 것은 삶에 깊은 고랑을 판 고난의 행군과 같은 것이었다. 16세 때 서로 은반지 나눠 끼고 결혼 약속을 했지만 38세, 거의 중년에 나이에 이르러서야 가까스로 결혼을 했다. 그전까지의

기나긴 시간이 우리 존재의 모든 모서리를 다 후렸다. 우리는 어느새 웬만한 문제는 그저 바보처럼 웃어넘기는 사람들이 되어 있었다. 그러니 이런 괴전화 건은 고난에 들어간다고 말할 수조차 없다. 그런 우리가 정말 우스꽝스러운 이 사건을 살얼음 위를 걷듯 조심조심 지나쳐 가려하고 있는 것이다.

전화를 정지시키고, 우리는 몇 달 만에 편안한 기분이 되어 휴가를 내 여행을 떠났다. 우리가 이렇게 떠날 때는 목적지가 없다. 그저 생각나는 대로 달리다가 마음에 드는 마을이나 길이 있으면 들어서서 머물다가 또 그런 식으로 다음 행선지를 정하는 식이다. 우리의 코드는 구태여 말하자면 복고풍이라고나 할까. 촌에서 태어나 자란 사람들의 취향이라고 말할 수도 있지만 이것은 우리의 짧은 삶에서 줄기차게 닥쳐오던 시련을 겪어 내면서 반사적으로 만들어진 일종의 의지적인 결정에 속했다. 혼전 동거? 우리는 그런 생각조차 할 수 없이, 매일 매일이 긴박한 상황에 처해 있었다. 설령 상황이 되었어도 우리의 복고적 취향에 맞지 않았다. 우리의 상황이 예외적이다 보니 반갑지 않게도 어딘가 튀는 취향이 만들어진 것이다. 우리는 대부분의 옷은 만들어 입는다. 이에 관해서는 기술적으로나 감각적으로나 N이 나보다 낫다. 우리는 하나하나 자급자족의 영역을 넓혀 간다. 우리가 사는 작은 집도 우선은 조립식으로 짓기는 했지만 우리가 모은 돈을 합쳐서 손바닥만 한 땅을 샀고, 우리 손으로 지었다.

어떻게 그렇게 되었다. 우리에게는 결혼 전에 준비할 시간이 아주 많았다. 우리가 나름의 약혼식을 선포한 뒤, 처음에는 미성년이었기에 나중에는 우리가 예상치도 못한 이유로, 두 집안은 우리의 결혼에 반대했다. 우리가 결혼식을 올린 것은 겨우 3년 전이다. 다 늙어 결혼했으니 그사이 남는 게 시간이었다. 결혼을 목숨 걸고 반대하던 나의 모친이 돌아가지 않았다면 우리는 여전히 비극적인 연인으로 남았을 것이다. 나의 모친만큼은 아니어도 갖가지 전략을 동원해 우리의 결혼을 반대한 N의 아버지는 나의 어머니라는 적이 사라지자 기세도 꺾였거니와, 노환이 오면서 전의를 상실했다. 마침내 우리의 결혼이 가능하게 됐다.

모든 것이 고향 산 밑 마을에 일찍이 불어 닥친 정원주택 바람으로 땅값이 오른 탓이다. 두 집 소유의 맹지에 길 내는 것을 놓고 오랜 이웃사촌인 N의 집과 우리 집이 전쟁에 돌입한 것이다. 식구처럼 한 마을에서 오손도손 지내던 두 집안은 이 맹지 문제로 '급살 할 놈의 집', '바늘로 찔러도 피 한 방울 안 날 놈의 집', '망하지 않으면 손끝에 장을 지질 집'이 되었다. 다행히 이 모든 저주는 이 집에도 저 집에도 일어나지 않았다. 그 문제의 맹지는 아직까지도 집이 지어지지 않은 유일한 공터로 남아 있다. 전원주택 마을 한복판의 잡초 밭. 우리가 열여섯 살이 되어 각기 서울의 고등학교로 진학하기 전 겨울, 바로 눈 덮인 그 맹지 한구석의 작은 바위에 앉아서 결혼을 약속했다. 그때는 두 집의 전쟁이 시작되기 전이어서 그런 약속에 걸맞은 두 집안의 상징적인 장소였다.

내 맘속을 읽기라도 한 것처럼 N이 말했다.

"오랜만에 맹지 보러 가자."

나의 대답이 있기도 전에 차는 그 방향으로 움직이기 시작했다. 그곳은 말하자면 우리 사이에 사소한 갈등이 있을 때 다시 마음을 합하기 위해 가는 곳이기도 하다. 일테면 이런 식이다. 자, 저기 봐라. 우리가 같이 사는 일이 얼마나 어려웠는데, 서로 지난 시간을 생각해서라도 웬만한 일은 가볍게 떨치고 넘어가자, 고 찾아가는 장소.

"왜 갑자기? 뭐 안 풀리는 거 있어?"

"그럼 너는 마음이 편하니, 그런 전화로 생활이 엉망진창이 됐는데?"

다시 괴전화가 우리 사이에 끼어들었다. 숲 속 산책을 망쳐 버리는 끈적거리는 거미줄처럼, 소리도 냄새도 없이 스며드는 독가스처럼. 투명한 하늘을 가리며 내려앉는 한 점 먹구름.

"오늘은 아닌 것 같아. 아, 그 근처에 내가 봐 둔 동네 있어. 거기 가서 점심먹자. 식당 전화번호 적어 놨어."

나는 맘속 생각을 꿀꺽 삼켰다.

'바보같이 그런 엉터리 전화로 뭐가 어떻다고. 그런 일로는 맹지까지 갈 가치도 없어.'

N은 내가 말해 준 방향으로 말없이 달리다가 갑자기 국도의 샛길로 들어서 차를 멈추었다. 길 양쪽으로 잘 자란 나무들이 녹색의 천장을 만드는 아름다운 오솔길이었다. N은 무언가 중요한 결정을 내릴 때면 짓는 비장한 표정을 하더니 내 쪽으로 돌아앉아 나를 뚫어지게 바라보았다. 아무 말도 없이. 나는 어깨를 으쓱했다. 뭐야? 이 표정은? 하는 식으로. 그의 시선이 잠시 흔들렸다. 그러더니 다시 핸

들 쪽으로 몸을 돌려 아무도 없는 빈 길을 한참 동안이나 멍하니 바라보았다. 그러나 아무 말도 그의 입에서 흘러나오지 않았다. 우리의 1박 2일의 여행은 내내 떨떠름한 분위기에서 벗어나지 못했다. N의 무거운 침묵을 깨뜨릴 수 있는 묘안이 떠오르지 않았다. 우연히 지나친 마을에서 그가 좋아하는 목공소도 찾았고, 평소 같으면 그가 높은 점수를 매길 만한 식당도 만났건만 그는 여행 내내 시큰둥했다.

마침내 집 앞에서 차를 세우고 시동을 끄고 그는 정색을 하고 물었다.

"너 정말 그 남자 누군지 몰라?"

이제 와서 해서는 안 되는 기절초풍할 만한 질문이었다.

"당연히 모르지. 너는 알아?"

N은 천천히 고개를 저으며 비아냥거리는 투로 말했다.

"네가 모르는 사람인지 아닌지 얘기도 안 해 보고, 만나 보지도 않고 어떻게 알아?"

그는 억지를 부리고 있었다. 우리가 공유하지 않은 것이 있었던가. 친구는 물론 과거와 현재와 미래까지. 의식은 물론 무의식까지. 이것은 오랫동안 알아 온 우리 둘의 후렴구였다.

"그러면 내일이라도 전화 받고 만나보고 확인이라도 해 볼까? 나 정말 그런 남자 이름도 목소리도 들어 본 적 없어."

"그러면 됐어. 흥분할 거 없어."

차갑게 얘기하고 그는 먼저 차에서 내렸다.

설상가상으로 며칠 안 있어 두툼한 서류봉투가 우편으로 집에 배달되었다. 남자는 우리의 무반응에도 불구하고 건재하고 있으며 부지런히 움직이고 있다는 것을 이런 식으로 알려 온 것이다. 대체 무슨 목적으로? 정말 나는 모르는 사람인데! 다행히 N은 아직 사무실에 있었다. 우편물을 열고 있는 내 손이 부들부들 떨렸다. 봉투 안에는 정돈된 달필로 쓴 10여 장의 편지 아닌 편지가 들어 있었다. 두어 장 읽어 내려가는 중에 손 떨림은 서서히 멎고, 그동안 나를 막연하게 지배했던 두려움이 단번에 걷혀지며, 얼굴도 모르는 남자에 대한 분노가 들어앉았다.

"미친놈!"

두려워할 이유가 없었다.

명필이라 평할 만한 글씨체와는 대조적으로 '나'로 서술되는 남자의 이야기에 주연으로 등장하는 여자는 예외 없이 내 이름 두 자를 달고 등장했다. 중구난방, 좌충우돌, 중언부언의 이야기 조각들은 한 남자와 한 여자가 등장하는 장면들의 거두절미한 묘사들을 무작위로 중첩해 놓은 것이었다. 구두점도, 행 바꾸기도 없이 빽빽하게 이어지지만 장면 사이에는 아무런 연관성도 없었다. 이야기 조각을 퍼즐 맞추듯 꿰어 보면 요지는 간단했다. 내 이름을 가진 여자는 남자가 한때 사랑했고, 결혼을 약속했으며, 밝혀지지 않은 이유로 이별을 했지만 남자가 '일편단심', '생명을 다해' 되찾고 싶어 하는 여자라는 것이다. 때로 한 장면은 여러 곳에서 반복되었고 어떤 장면에서는 배경의 묘사만 두 장을 넘기도 했는데 횡설수설하는 중에서도 남자는 자신의 여자에 대한 감정을 그리는 데 많은 부분을 할애하고 있었다.

조야하게 실험적인 글쓰기를 연습한 듯 유사한 장면의 묘사로 이어지는 이야기 조각은 쓴 당사자만이 왜 썼는지 이유를 알 수 있는 무의미한 글이었다. 하지만 거기에는 고집스럽게 세부가 묘사되는 몇 장면이 있었다. 남자와 여자는 마주 서서 오랫동안 서로를 바라본다. 언덕을 앞서 올라가는 여자의 녹색 주름 원피스는 바람에 오래 펄럭인다. 폐장 즈음의 한밤중 놀이공원에서 남자에게 여자가 건네는 책 한 권, 그 책을 쥔 여자의 손을 남자는 잡아 보지 못한다. 어느 장면에서도 이 두 주인공은 말하지 않는다. 이들에게 부여된 대화는 없다. 위험할 것도, 비윤리적이라고 비판할 여지도 없는, 두 남녀에게 일어날 수 있는 지극히 평범하고 일상적인 상황들이어서 오히려 그 세밀한 묘사가 기괴하게 느껴지는 글 조각들의 무작위적인 나열. 구토증을 느끼며 긴 글을 다 훑고 나서야 나는 N의 반응을 이해했다. 남자는 이 비슷한 내용을 N과의 통화에서 반복해서 얘기했음에 틀림없고 N은 어느샌가 남자에게 설득당해 있다고 추정하지 않을 수 없었다.

N은 자정이 넘어 옷이 다 젖은 채, 만취해 귀가했다. 처음 본 N의 모습이었다. 누구와 싸웠는지 상의 여기저기에 흙이 묻어 있었다. 이렇게 늦게까지 누구와 어디서 무엇했느냐, 는 나의 잇단 질문을 그는 '알 필요 없어!'로 일축했다. 부축하려는 내 손을 거칠게 뿌리치고 그는 작업실로 쓰는 자기 방으로 들어가 버렸다. 괴문서를 보란 듯이 식탁 위에 펼쳐 놓고 나도 침실로 들어가 쓰러졌다.

N은 다음 날도, 그다음 날도 작업실에서 나오지 않았다. 적어도

내가 집에 돌아와 있는 동안 그의 얼굴을 볼 수 없었다. 나와의 맞대면을 의도적으로 피하고 있는 것이다. 내가 침실에 들어가면 그때서야 작업실 문을 열고 나와 밖으로 나가는 소리가 들렸다. 주인 없는 방문을 열어 보니 세상에! 간이침대를 펼쳐 놓고 아예 그곳에 독방 살림을 차린 것 같았다. 컵라면과 빵 부스러기가 든 비닐봉지가 바닥에 널브러져 있었다. 대화를 시도해도 소용이 없었다. 우리가 소꿉친구로 연인으로 부부로 지내 온 30년의 세월이 조금씩 바스라지고 있었다. N은 내 말 대신, 남자의 말이나 그가 보내온 문건의 내용을 더 신뢰하고 있음을 내 앞에서 온몸으로 보여 주고자 애쓰는 것 같았다. 밤에 나가면 새벽에나 들어오는 N을 기다리다 지쳐서 잠을 자는 나날이 계속됐다. 등 뒤에 대고 따지고 호소해도 소용이 없었다. 밤마다 나가 문제의 그 남자를 만나는 것이 아니라면, 최소한 그는 남자에게 단단히 사로잡힌 것이다.

나는 나도 모르게 의자에서 벌떡 일어선다. 마치 형사 계에 불려와 조사를 받고 있는 사람들 중에 그 남자가 있는 것처럼, 바로 그 순간 고성을 지르는 사람, 나를 멍하니 바라보는 사람, 고개를 푹 숙이고 묵비권을 행사하는 사람, 도망이라도 치려는 듯 약삭빠르게 눈동자를 돌리면서 형사의 눈치를 보는 사람…… 이들에게 달려가 멱살이라도 잡을 듯이, 분노로 이글거리는 눈으로 나는 그들을 하나하나 바라본다. 나는 정신을 차리려고 고개를 흔들며 나 자신에게 중얼거린다. '저들은 아니다. 저들 중 누구도 그 남자가 아니다. 저들은 내 인생에 아무런 해도 끼치지 않았다!' 나는 밖으로 나온다. 경찰서 앞뜰의 화단 가에 앉자 비릿한 야생풀 냄새가 올라왔다. 뜬금없이 N의 목소리가 환청으로 아주 가까이에서 들린다.

'사랑해, 사랑해. 영원히!'

어떤 상황에서 그는 이런 담대하고도 불가능한, 초인간적인 선포를 한 것인가. 어떤 순간적인 쾌락이, 어떤 근원적인 불안이 N으로 하여금 이런 단말마적인 고백을 쏟아 내게 했을까. 감정적으로는 바짝 메말라 있었음에도 내 뺨을 타고 뜨거운 눈물 한 줄기가 주르륵 흘러내렸다. 영원이 무엇인지 영원히 경험하지 못할, 가능성이 있다고 해도 이제는 깨져 버린 그 한계에, 겨우 30년의 공생에 대해 영원을 논한 우리의 순진함에 나는 한 방울 눈물을 바쳤다. 다행이면 다행이랄까. 경찰서 입구로 내 담당형사가 헐레벌떡 뛰어 들어오는 것이 보였다. 쪼그리고 앉아 눈물을 씻고 있는 나를 보자, 그는 당황을 감추지 못하고 손등으로 이마에 땀을 닦으며 연거푸 미안하다며 변명을 늘어놓는다. 나는 고개를 숙이고 형사의 뒤를 따라 다시 실내로 끌려 들어간다.

형사는 켜 두고 나간 컴퓨터 화면을 일별한 후 준비한 서류를 인쇄해 내게 내민다.

"전화로 말씀드렸던 전문가 소견서도 참조해서 쓴 거니까 잘 읽어 보세요. 이 사람 여러 신경증이 섞여 있다는 군요. 전형적인 망상과 정신분열 증세도 있고요. 그 가족을 만나 본 거 내가 말해 드렸죠? 중요한 사항을 다 넣었는데 필요한 부분이 빠졌으면 옆에 덧붙이시면 됩니다. 대충 읽어 보시지 말고요, 서명하고 난 후에 덧붙이겠다

고 하면 괜히 귀찮아져요. 그런데 아저씨는…… 집에…… 들어오셨
나요?"

형사는 건성으로 말하고, 종이 몇 장을 내 앞에 던져 놓고는 또
자리를 뜬다.

나는 깊은 한숨을 쉬며 'O년 O월 O일, 피해자 OOO는 피의자
OOO의……'로 시작되는 사건 경위서를 집어 들었다.

어느 날 아침, 그동안 사라졌던 남자의 괴문서와 함께 종이 한 장
이 식탁 위에 달랑 놓여 있었다.

─며칠 여행 다녀온다. 찾으려고 애쓰지 마. 돌아와 얘기하자.

나의 직관으로 N이 어느 정도 마음을 정리했다는 생각은 들었지
만 이제는 어느 것도 확신이 서지 않았다. 반반이었다. 그가 마음을
정리하고 돌아와 이혼 혹은 별거를 요청한다. 이것이 첫 반이다. 그
는 여전히 혼란스런 상태지만, 여행에서 마음을 다잡고 돌아와 이전
의 생활로 돌아간다. 이것이 나머지 반이다. 그러나 둘 다 시간이 걸
릴 것이다. 이상한 소포로 시작된 이 사건으로 결혼까지 이르는 어려
운 과정으로 충분할 줄 알았던 시련의 또 다른 국면이 시작되었다.
종이를 들고 멍하니 생각에 사로잡혀 있다가, 제정신이 돌아와 성급
히 N의 작업실 문을 열어 보니 방은 깔끔하게 정돈돼 있다. 그가 남
긴 메모를 무시하고 N의 휴대폰 번호를 누르자 바로 앞의 책상 서랍
에서 소리가 울렸다. 그의 사무실에는……전화하지 않았다.

나는 더 지체하지 않고 경찰에 신고하고 수사를 의뢰했다. 남자
에 대한 적의가 나날이 배가 되면서, 이 남자가 다시는 대낮에 얼굴

을 들고 돌아다니지 못하도록 진실을 밝히겠다는 투지를 다졌다. 우여곡절 끝에 두 명의 형사가 배당되었고, 그 둘은 한 조가 되어 진상조사에 들어갔다. 가지고 있는 모든 자료가 그들의 손에 넘어갔어도 남자의 윤곽은 좀처럼 드러나지 않았다. 당장 문제의 남자를 검거할 것으로 기대했지만 두 형사가 며칠을 꼬박 매달려도 남자의 신원조차 시원하게 밝혀지지 않았다. 혹 떼러 갔다가 혹 붙여 오는 꼴로 그들은 오히려 내게 수사협조를 요청했다. 남자의 전화를 받는 것은 물론, 되도록 길게 대화를 끌어 피의자의 위치 추적과 검거가 가능하도록 돕는 방법이 최선이라고 했다.

아마도 본능적인 감각으로 위험을 감지했을 남자가 더 이상 휴대폰으로 전화하지 않으므로, 나는 집전화의 일시정지를 풀고 을씨년스러운 빈집으로 일찌감치 귀가해 남자의 전화를 기다렸다. 그러나 사실 내가 기다린 것은 N의 소식이었다. 일주일이 넘도록 연락 한번 없었다. N의 사무실 동료는 오히려 내게 전화를 걸어 출장에서 언제 돌아오느냐고 물었다. 정지를 풀자 기다렸다는 듯 남자가 전화를 걸어왔다. 나는 형사들이 가르쳐 준 대로 수화기와 동시에 녹음버튼을 누르고 대화를 시도했다. 나는 감정적이었으며 분을 참지 못했다. 실패였다. 그래도 중요한 단서가 잡혔다. 형사들은 남자가 P시에 위치하고 있는 공중전화를 이용했다는 통화기록을 입수했다. 실패하기는 했지만 여러 번의 전화통화 결과 P시에서의 피의자의 대강의 이동경로가 파악됐다. 형사는 P시 해당 구역의 경찰에게 도움을 청했다. 이제 남자의 검거는 내가 하기에 달렸다고 그들은 입을 모았다.

나는 최대한 길게, 남자의 위치추적과 함께 그 지역의 경찰이 그 장소로 이동할 수 있을 정도의 충분한 시간을 남자와 대화를 나누어야 한다. 이것이 나의 미션이다. 형사들은 무조건 남자의 말에 동의하면서 대화를 이끌어 나가라고 대화법을 세밀하게 알려 주었다. "아, 그러시군요." "이해하고말고요." "얼마나 힘 드셨어요!" "충분히 그럴 수 있지요" 등 상황에 따라 이러한 추임새를 넣어 주면서 남자가 긴장과 두려움을 풀고 나와 얘기하도록 시간을 끌어보라는 지시.

"야, 도대체 왜 나니?" "미친놈. 당장 얼굴을 드러내!" "당신이 노리는 게 뭐야?" "나와, 이 정신병자야, 나오라고!" 한 번쯤 남자에게 악을 쓰면서 날리고 싶은 욕설이 목구멍까지 준비돼 있다. 그러나 나는 그것들을 꿀꺽 삼키고 남자와의 대화를 준비하고 기다린다.

N과 나의 추정이 맞았다. 남자는 사투리와 표준말을 섞으며 내게 말을 하기 시작한다. 그럴 때면 목소리도 어조도 전혀 다른 사람의 것이 된다. 나는 처음으로 정상적으로 남자와 통화하며 그의 사연을 듣는다. 두 어조와 두 목소리는 서서히 안정되며 하나로 합해진다. 남자는 아마도 자신의 고향의, 자신에게 가장 익숙한, 어쩌면 그가 전화를 걸고 있는 P지방의 통명스러운 것 같지만 정감 있는 사투리로 얘기를 시작한다. 처음에 나를 강하게 사로잡은 구토증은 서서히 가라앉고, 남자가 보낸 글을 통해 알고 있는 장면과 사연의 조각들을 그의 육성으로 듣는다. '나는 절대, 결단코 당신이 말하는 그 여자가 아니다.' '당신과 그런 만남을 나는 가진 적이 없다.' '당신은 미친 거다, 제발 정신 차려라.' 입으로는 형사가 지시한 추임새를 섞어

넣었지만 나는 마음속으로 이런 말을 외치고 있었다.

사실인지 환상인지 어쩌면 남자 자신도 모를, 오래전 직장의 동료로 만났다는, 내 이름을 가진 여자와의 행복한 10개월, 그녀와의 불행한 이별, 그 이후의 극적인 몇 번의 재회와 또 다른 이별. 여자에 대한 10여 년의 여일한 사랑, 마침내 나—의 이름을 가진 여자—를 되찾은 희열과 두려움…… 남자는 글에서 그랬듯이 자신에게 각인된 결정적인 장면들을 반복하고 또 반복했다. '당신이 만난 아니 그보다는 당신의 상상이 만들어 낸 그 여자와 나는 나이도 직업도 다르며 나는 단연코 동일인이 아니다'라고 외치거나 따지지 않는다. 나는 남자가 어떤 이유로, 어떻게 나의 존재에 관심을 가지고 수소문했는지, 어디에서 이런 오해가 생기게 됐는지 묻지 않는다. 형사들이 주의를 준 대로 내가 남자의 말을 잘 듣고 있으며, 그를 이해하며, 어쩌면 그가 바라는 대로, 내 이름으로 그가 찾는 어떤 여자를 다시 만날 수도 있을 것이라는 희망을 주면서 그와의 대화를 연장한다. 시간이 흐른다. 나는 끊임없이 시간을 본다. 시간은 더디 흐른다. 형사는 더 계속하라고 지시하는 휴대폰 문자를 보낸다.

한순간 나는 이 남자 얘기를 오래, 진정한 관심을 가지고 들을 수 있을 것 같은 이상한 기분에 사로잡혔다. 기억 이전에 어떤 분위기가 떠올랐다. 수년 전, 내가 직장에서 승진을 위한 자격증 시험에 몰두하고 있을 때 N은 6개월간의 해외출장을 떠났다. 물론 나는 휴직을 하고라도, 승진을 다음 해로 미루더라도 우리가 그토록 같이 가고 싶어 했던 나라로 떠나는 N의 해외출장에 동행했을 것이다. 그런 당연하고 단순한 일이 우리에게는 불가능했던 때였다. 두 집안의 전쟁이 극에 달해 우리의 결혼은 말을 꺼낼 수도 없는, 살벌한 때였다. 그러니 행여 우리가 출장을 빙자해 해외로 가서 몰래 결혼식이라도 올릴 것처럼 두 집의 식구들은 우리를 감시했고 위협했다. 나는 지금 6개월의 이별이 어려웠다고, 고난의 시간이 참혹했다고 말하려는 것이 아니다. 그런 건 아무것도 아니었다. 그 신산스런 6개월 중의 어느 날 내게 일어난, 기억에서 완전하게 지워졌다고 생각한 어떤 사건 아닌 사건이 남자의 얘기를 듣는 동안 뇌리에 선명하게 떠오른 것이다.

행여나 나의 내면을 누군가 들여다볼까 주변을 둘러보게 되는 난감한 기억의 부상. 외로움, 고통, 반감, 복수…… 어떤 단어로도 정당화될 수 없는, 그래서 기억 깊숙한 곳에 가두고 아무도 침투할 수 없게 자물쇠를 잠가 가두어 놓은 그 사람이 문을 열고 내 앞으로 걸어나온 것처럼 나는 소스라치게 놀랐다. N과 내가 6개월 정도 헤어져 있었던 것은 이때가 처음이 아니었다. N의 군 입대나 나의 직장생활 초반기의 지방근무도, 그가 혼자 떠났던 1년간의 호주 언어 연수도 우리는 다 어려움 없이 견뎌 냈다. 그런데 대체 그 정체가 무엇이었을까. 무엇이 그즈음 나를 지배했던 것일까.

시내 한복판에 위치한 자격증 시험 준비반 수강을 끝내고 나오면 늦가을의 스산한 기운이 뼛속까지 스며드는 것 같아 나는 선뜻 빈집으로 돌아가는 발걸음을 떼기가 힘이 들었다. 그러나 오랫동안 우리가 각자의 일을 마치고 돌아가는 곳은 늘 빈방 아니었던가. 특별할 것 없는 날이었다. 딱히 할 일도 없으면서 그 시간 어디로 갈까 망설이는 사람처럼 길거리에 멍하니 서서 나는 주위를 둘러보았다. 어떤 남자가 지나갔다. 그는 그 전날에도, 또 이틀 전에도 비슷한 시간에 내 앞으로 지나갔던 사람이었다는 데 생각이 미쳤다. 어쩌면 그는 거의 매일 그 앞을 같은 시간에 지나갔을지도 모른다. 그 남자의 얼굴을 보지는 못했지만 마른 몸에 휘감기는 듯한 품이 넓은 복장의 뒷모습과 삐뚜름하게 쓴 모자로 그가 그곳을 여러 번 지나갔고 내 눈에 띄었던 것을 나는 막연히 떠올렸다. 누군가가 내 안에서 거역할 수 없는 목소리로 속삭였다. '한번 따라가 봐!'

나는 그저 할 일도 없었고, 빈방으로 돌아가기도 싫어, 저만치 거리를 두고 그 남자의 뒤를 따라 걸었다. 그러다가 남자가 걸음을 빨리하자 나 또한 거리를 좁혀 남자 뒤를 부지런히 따라 걸었다. 내게는 어떤 목적이 있지 않았다. 그렇다고 목적이 없다고도 할 수 없다. 이 황량한 도시 한 중간에서 나는 누군가를 따라 걷는다는 목표가 있었으니 말이다. 너는 지금 미친 짓을 하고 있다. 너는 지금 절벽 앞에 서서 뛰어내리려는 거야. 저 밑에는 아무것도 없는데…… 바로 아무것도 없기 때문에 나는 남자의 뒤를 따라 걸었다. 그만 멈춰. 멈추라고!

혼란스럽게 중얼거리면서도 나는 걸음을 빨리했다. 어떤 것도 내 걸음을 멈추게 하지 못했다. 마치 끝을 봐야 멈추는 브레이크 장치가 망가진 자전거처럼 나는 남자 뒤를 쫓았다. 키가 큰 남자는 성큼성큼 걸었고 나는 종종걸음을 치며 남자와의 거리를 유지했다. 남자가 대로를 벗어나 좁은 길로 걸었고 마치 뒤따르는 사람의 존재를 알고 있어서 따돌리려는 것처럼 복잡한 동선을 그려 내며 골목에서 골목으로 돌았기에 나는 그를 잃지 않으려고 정신을 집중해 잰걸음으로 걸었다.

마침내 남자는 한 건물 앞에 멈추어 섰고, 유리문을 밀고 안으로 들어가 층계를 오르기 시작했다. 나는 문이 닫히기 전에 서둘러 문 안으로 발을 들이밀었다. 그때 나는 그런 나를 뒤돌아보는 남자의 얼굴을 보았다. 거부도 환대도 아닌 자연스런 무표정이 내 마음을 안정시켰다. 나는 그의 뒤를 따라 3층까지 걸어 올라가 남자가 열쇠를 돌리고 있는 한 문 앞에서 나 또한 멈추었다. 그 순간에 나는 되돌아 나올 수도 있었다. 뒤를 쫓아 미안하다고, 잠시 사람을 혼동했었노라고 횡설수설로 얼버무리고 층계를 뛰어 내려오면 그만이었다. 나는 남자가 나를 붙잡지 않으리라는 강한 확신이 있었다. 그러나 나는 그러지 않았고 남자를 따라 그의 숙소이자 일터로 보이는 한 작은 공간 안으로 이미 들어서 있었다.

남자는 방 한가운데 놓여 있는 동그란 테이블 앞의 의자에 나를 앉게 했고 김이 다 빠진 탄산음료 한 잔을 권했다. 얼룩들이 선명하게 비쳐 보일 정도로 더러운 유리컵이었음에도 아랑곳하지 않고 나는 음료를 단숨에 들이켰다. 남자가 모자를 벗어 벽 안쪽에 있는 침대에 던지고, 눌린 머리를 손가락으로 휘저으니 호감이 가는 한 남자의 얼굴이 나타나 내 앞에 앉았다. 그는 내게 아무것도 묻지 않은 채 두 손을 무릎 위에 가지런히 모으고 마치, 준비가 끝났다는 듯이 나를 조용히 바라보았다.

64

꼬리가 긴 남자의 두 눈이 앞에 앉은 나를 무심하게 바라보았다. 그러나 그의 시선을 받은 그 순간 나는 고개를 떨구고 울먹이기 시작했다. 이어 내 가슴 한구석에 억류되어 있던 흐느낌의 봇물이 터져 나왔다. 그건 갑작스럽게 일어난 사고 같은 거였다. 오열의 파도가 격동적으로 내 몸을 훑고 지나갔다. 두 손으로 얼굴을 가리고 소리를 죽이며 난생처음 마주 본 남자 앞에서 나의 안간힘에도 불구하도 터져 나오는 괴성과 함께 몸을 흔들며 흐느꼈다. 5분, 10분…… 시간이 흘러도 눈물은 멈추지 않고 흘렀고 나의 흐느낌은 정점을 향해 가듯 더욱 강렬해져 갔다. 남자는 소리를 내지 않으려고 애쓰면서 주머니에서 손수건을 꺼내서 가만히 내 앞으로 밀어 놓았다. 그 흔한 종이 수건도 아니고, 분명 남자의 바지 주머니에 여러 날 들어 있었을 냄새나는 손수건을 집어 나는 눈물을 닦고 코를 풀었다.

남자가 조용히 일어서 내 뒤로 와서는 엉거주춤한 자세로 내 등에 잠시 팔을 둘렀다. 한 번, 두 번 내 어깨를 토닥여 준 것 같기도 같다. 그러나 나의 흐느낌이 다시 한 번 더욱 격렬하게 파도치자 그는 침착하게 다시 자기 자리로 되돌아갔다. 나는 손수건이 흠뻑 젖을 때까지 엉엉 소리를 내며 울고 또 울었다. 우스꽝스러운 딸꾹질을 동반한 흐느낌을 끝으로 내 울음은 마침내 멈추었다. 손수건이 다 흡수하지 못한 눈물로 내 치마까지 흥건하게 젖어 있었다. 그 때서야 나는 숨을 고르고 건너편으로 시선을 주었다. 눈을 들어 남자를 보니 무표정의 자리에 깊은 연민이 들어서 있었다. 그는 마비된 것처럼 꼼짝도 않고 내 시선을 피할 생각도 하지 않고 바라보았다. 나는 두 손으로 얼굴을 한번 쓸어내리고, 흐느낌의 여진으로 이따금 들썩이는 어깨에 가방을 메고 일어서, 고개를 숙인 채, 눈물 콧물로 끈끈하게 붙어오는 손수건을 가방 안에 밀어 넣었다. 남자는 아무 말 없이, 그대로 내가 하는 것을 지켜보았다. 나는 상의 단추를 여미고 가방을 메고 남자 반대편에 서서 깊게 상체를 숙여 인사했다. 그리고 뒤돌아서서 그 방을 나왔다. 대부분 사무실로 쓰여 빈 건물의 층계에 내 구두 소리가 울리지 않도록 까치발을 하고 층계를 하나하나 내려왔다.

수화기 저쪽에서 남자가 내 이름을 불렀다. 그는 내게 기억하느냐고 묻는다. 그는 지금 이별 직전의 어느 날 내—이름의 여자—가 그에게 선물한 시집 안에 들어 있던 카드 내용에 대해 말하는 중이었다. 그는 여러 번 반복해 묻는다. "기억하나요?" "기억하고 있지요?" 나는 진심을 다해 남자에게 말해 준다. "그래요. 기억하고 있어요. 파랑색 봉투 속 편지지에 이렇게 쓰여 있었죠. 나는 당신의 건조한 슬픔을 이해합니다. 그것이 언젠가 비가 되고 소낙비가 되고 폭우로 쏟아지는 날을……"

내 말이 끝나기도 전에 남자는 허탈하게 웃는다.

"아, 저런. 편지지는 파랑색이 아니었어요. 다 잊어버렸군요. 자, 제가 읽어 드리지요. 들어 보세요. 사랑하는 ○○ 씨……"

옆에 놓인 휴대폰에 연속적으로 문자가 뜬다.

—목표지에 도착. 통화 중지하세요.

—통화 중지!

남자는 자신이 지어서 썼을 것임에 틀림없는 이별의 편지 내용을

66

시작도 못하고 검거되었다. 여러 사람의 소란스런 소리와 항거하는 남자의 목소리, 몸싸움의 잡음들이 들려왔다. 다시 문자가 떴다.

—피의자 검거 완료.

곧이어 마지막 문자.

—서울로 이송 중.

형사의 보고서는 거의 완벽하다. 덧붙일 것도 뺄 것도 없다. 갑자기 주위의 소음이 봇물 터지듯 귓속으로 몰려 들어온다. 길다면 긴 네 쪽짜리 경위서에 내가 찾는 정보는 없다. 왜 한때는 잘나가는 대기업의 사원이었던 한 남자가, 훌륭한 조상을 둔 반듯한 집안의 장손이 분열증과 망상을 겪게 되었는지가 설명되어 있지 않다. 누나라는 사람의 증언에 따르면 자기가 아는 한 동생의 인생에, 동생이 집착하는 대상인 (나의 이름을 가진) 그런 여자가 한 번도 실제로 존재한 적이 없으며 남자가 젊었을 때 한 여성과 결혼 얘기가 있기는 했지만 오래가지 못해 결렬되었다고 쓰여 있다. 그러나 가족 중 어느 누구도 아들이, 동생이, 형이 만들어 낸 한 여자가 어떻게, 왜, 어떤 두려움으로 혹은 어떤 실현 불가능한 열망으로 만들어졌는지에 대해 설명하지 않았다. 가상의 사람일 것이 분명한 여자에 대한 다년간의 일편단심이 어떤 계기로 사건이 되어 터지는지에 대해서도 서류는 말할 수 없다. 형사는 어떤 경위로 남자가 나를 목표물로 정했는지, 수많은 이름 중 왜 이런 이름에 집착하며, 왜 바로 지금인지에 대해서도 밝혀내지 못했다. 경위서에는 가족들의 증언이 이렇게 요약돼 있다.

—○○○의 모든 관심은 언젠가 다시 만날 여자와의 재회에 집중

되어 있었다. 30세 중반쯤에 발병했고 그 때문에 정상적인 생활은 불가능했다. 심약한 그는 스스로에게 부과한 장남의 의무와 자신을 둘러싼 환경의 무게를 이겨 내지 못했다. 이번 사건 전에는 그의 망상으로 피해를 주는 일이 없었고, 그의 병은 무해했다. 가족은 힘을 합해 2차 피해가 일어나지 않도록 조처할 것이며, 초범이므로 선처를 구한다.

경위서는 가상의 여자에 대해 남자가 사용한 일편단심이라는 용어를 빈번하게 인용했다. '불완전한 인간이 영원을 갈구해 영원을 이루고자 할 때 환상이 생겨난다. 그것은 고집이 되고 열병이 된다.' 나는 남자에 대한 연민을 나름대로 이렇게 정리하고 형사에게 종이를 돌려주었다.

"다 읽어 봤습니까? 뭐 보완할 거 있어요?"

나는 고개를 저었다.

"그러면 뭐, 일단 가서 보시죠."

형사는 무슨 희귀동물이나 물건을 구매하기 전에 확인 절차를 거치듯 기계적인 어투로 말하고 따라오라는 손짓을 했다. 그와 나는 실내 구석에 있는 문 쪽으로 다가간다.

문이 열리고 검은 유리 앞에 서자 건너편 방이 훤히 들여다보인다. 나는 무엇을 채 보기도 전에 서둘러 다시 문 쪽으로 몇 걸음 옮겼다.

"저쪽에서는 이쪽이 보이지 않아요. 이쪽에서만 저쪽을 볼 수 있는 특수 유리입니다."

방에 들어오기 전에 형사의 설명이 있었음에도 조건반사처럼 나는 몸을 피했다. 무방비 상태로 유리 앞에 투명하게 노출된 것처럼. 칼칼한 목소리에 췌언을 생략하는 형사의 건조한 어조는 사람을 안심시키는 데가 있다. 그에게 이것은 단순한 사건, 난이도가 낮으며 게다가 거의 종결된 사건 이상도 이하도 아니었다. 나보다 서너 살이나 어려 보이는 형사는 세상을 다 살은 사람의 노련함으로 이 일을 지금까지 잘 처리해 오고 있다. 그런 형사의 태도가 내게 위로가 된다. 나는 조심스럽게 방 가운데로, 전면에 설치된 통유리 앞으로 걸음을 뗀다. 아, 이게 말로만 듣던 그런 유리구나.

조심스럽게 소리를 자제하며 심호흡을 하고 유리 저쪽으로 고개를 들었다. 나의 시선은 내 의지보다 빠르게 그곳에 앉아 있는 한 남자에게로 날아가 꽂힌다. 저 남자다! 책상 건너편에서 종이 위에 무언가를 끼적거리고 있는 형사 앞에 한 남자가 등을 꼿꼿이 세우고 앉아 있다. 깔끔한 정장 차림에 갸름하고 날카롭게 생긴 남자가 다리를 꼬고 기품 있게 앉아 있다. 건방져 보인다기보다는 꼬장꼬장한 인상을 준다. 마른 체구에 수려하기까지 한 외모는 업무에 노련한 대기업의 임원이나 은행 간부를 연상시킨다. 아니면 이것은 그사이 남자에 대해 알게 된 정보로부터 상상한 내 나름의 해석일지도 모른다.

"저 사람을 본 적이 있습니까?"

옆에서 이 방 담당형사가 물었다.

나는 고개를 저었다. 저런 남자를 본 적이 단연코 없다. 기억을 헤집을 필요도 없다.

"잘 보세요."

나는 잘 보았다. 이제는 당황하지 않고 고요한 마음으로 충분한 시간 남자를 바라본다. 나는 저런 남자를 잘 알 것 같다. 그렇지만 그렇게 말할 수는 없다. 나는 형사에게 반복해서 말한다. 나는 어디서고 저 남자를 본 적이 없다, 고.

"좋습니다. 저리로 가시죠."

나는 방을 나와 다시 담당형사의 책상 앞에 와 앉는다.

"어떻게 하실 겁니까?"

반듯하게 머리를 빗어 넘기고 꼿꼿하게 앉아서, 그 자세와는 어울리지 않는 형사의 거칠고 공격적인 질문에 괘념치 않고 아무도 이해 못할 엉뚱한 설명을 진지하게 나열할 남자가 눈앞에 아른거린다. 며칠 전만 해도 나는 하루에도 몇 번이나, 남자의 멱살을 잡고 미친 듯이 흔들어 대고 있는 나 자신을 상상했었다. 그리고 그 자리에는 빈번하게 남자 대신 N이 들어서곤 했다.

벽에 걸린 시계를 초조한 듯 흘낏거리며 형사는 다시 한 번 다그친다.

"서명하시고 넘겨 버려요!"

나는 의자에 내려놓았던 가방을 집어 들며 말한다.

"훈방조치해 주세요."

"뭐요. P시까지 가게 해 놓고 뭡니까."

"죄송해요, 훈방조치요."

가만히 실과 허를 따져 보는 듯 생각에 잠겼던 형사가 결론짓는

다.

"좋습니다. 그렇게 종결하죠. 그래도 혹시 모르니 이거는 쓰세요."

나는 형사가 지시하는 대로 받아 적는다.

—피의자 ○○○는 이 날 이후 단 한 번이라도 피해자 ○○○ 및 그 가족에게 접근을 시도할 시는 법적 절차를 밟는 조건으로 훈방함.

나는 서명을 하고 형사와 악수하면서 그들의 수고에 진심으로 감사했다. 거칠고 소란스러운 분위기에서 빠져 나와 경찰서 앞마당에 내려섰다. 초가을의 상큼한 미풍이 얼굴을 씻고 지나간다. 거의 8개월을 끈 귀찮은 사건 하나가 이렇게 마무리됐다. 고난의 끝은 자주 우리의 예상과는 다르다. 그 끝에서 늘 고백을 요청하는 잊힌 사건이 고개를 든다. 나는 N에게 그 오래전 어느 저녁, 나를 사로잡았던 광적인 흐느낌에 대해 얘기하지 않을 수 없다. 옷장 서랍 한 귀퉁이에 처박혀 아무의 주의도 끌지 못하고 버려져 있는 손수건의 사연에 대해.

그 눈물의 날에서 며칠이 지난 후 나는 꼬질꼬질 구겨지고 눈물과 콧물의 눅진한 냄새가 배어 있는 손수건을 깨끗하게 빨아 뽀송뽀송하게 말려, 다리미로 주름을 편 후 조심조심 접었다. 나는 그 손수건을 주인에게 돌려주고 올 생각이었다. 학원 수업이 끝난 후 나는 손수건 주인인 그 남자가 여느 때처럼 그 앞을 지나가기를 기다렸다. 나는 남자에게 손수건을 돌려주며, 고마웠다고, 정말 고마웠다고 단한마디 전하고는 뒤돌아서 귀가할 계획이었다. 그러나 그날도, 그다음 날도 남자는 내 눈에 띄지 않았다. 어쩌면 남자가 그 앞을 지나갔어도 나는 그 남자의 얼굴을 기억하지 못했을 수도 있다. 어느 새 공고한 망각과 부인의 자기 방어 장치가 작동하고 있었다면 말이다. 나는 남자를 만나 돌려주겠다는 생각을 바꾸어 남자의 방 앞에 손수건을 두고 오기로 마음먹고 걷기 시작했다. 나는 기억을 더듬어 남자가 걷던 방향으로 발을 내딛고, 뒤따라 걷던 남자의 숙소까지 가는 길을 걸어가 보기로 했다. 비슷비슷한 골목들, 비슷비슷한 건물들······ 나는 무수한 골목을 뒤졌고, 거의 모든 건물 안으로 들어가 보았지만 어떤 골목도 어떤 건물도 바로 그 골목, 바로 그 건물이 아니었다. 하도 오랫동안 잊혀 어쩌면 좀이 슬었을지도 모르는 손수건 하나가 서랍 속 깊숙이 어딘가에 아직도 남아 있는 이유다. 📓

최윤

오랜만에 듣는 친구의 소식과 문학상 수상 소식은 같은 강도로 기쁜 것 같습니다. 가만히 앉아, 이 소식은 내 삶에 무슨 뜻인가 새기고 있는데 세 장면이 오롯이 떠올라 왔습니다. 하나는 늦은 저녁의 오렌지 빛 전등 갓 아래, 동그란 빛을 받고 있는 한 식탁입니다. 모녀가 마주 보고 앉아 있습니다. 존경을 담아 딸 넷이 박 여사라고 부르는 저의 어머니께서 습작시절 학교 신문에 연재했던 소설을 읽으셨던가 봅니다. 앞자리에서 과일을 깎으시던 그 분은 무심한 듯, 안타까우신 듯 말씀하셨습니다.

"얘야, 너무 어두운 글은 쓰지 마."

또 하나는, 진로를 결정해야 하는 대학교 4학년 첫 학기 여름 방학이었지요. 저는 미학과를 가려고 마음먹고 있었습니다. 그랬는데 어느 날 어머니께서 방향을 트셨습니다.

"과천에 방하나 얻어 놨다. 너 소설 실컷 쓰고 싶다고 했지. 방학

동안 거기 가서 네 맘대로 쓰고 싶은 거 써."

풀숲이 우거진 저수지에서 멀지않은 어느 집의 문간방이었습니다.

병약하셨던 어머니는 딸이 소설가가 되기 전에 돌아가셨고, 어머니의 조언은 큰 효력이 없었나 봅니다. 저는 늘 어둡고 그늘진 생에 마음이 이끌렸습니다. 또한 글쓰기보다는 저수지 산책을 더 많이 했던 그 문간방 이후, 한 번도 맘껏 글을 쓸 시간이 없는 삶을 살았습니다. 언제부터인가 삶의 요청이 예술의 요청보다 제게는 늘 앞서 있었습니다.

아름다운 작품들을 풍성하게 남기신 이효석 선생님의 고향에 와서 수상을 하기 때문일까요. 어머니 생각이 많이 납니다. 문득, 어머니의 생각이 나는 곳은 어디나 내 문학의 생가다, 라는 생각을 합니다.

시간을 더 거슬러 올라가, 어느 반항의 사춘기, 가출을 할 생각으로 기차를 타고 이 부근을 지나쳐, 당시의 세상 끝인 동해안까지 갔습니다. 그 해안 도시의 한 책방에서 시집을 몇 권 사들고 여관방에서 하룻밤을 지냈습니다. 투숙객이 많지 않은 겨울이었습니다. 여학생 혼자 밤새 불 밝히고 있는 것이 불안했던지 주인아주머니는 여러 번 "학생 자?" 하고 저를 불렀습니다. 이것이 저의 처음이자 마지막 가출이지만, 맘속으로 저는 늘 가출 중입니다. 제게 제공된 경계를 떠나고 있습니다. 제가 넘어온 곳의 풍경을 바라봅니다. 그때서야 왜 그랬는지가 보입니다. 더 잘 보기 위해서 그랬습니다. 감히 문학을 위해서 그랬습니다.

부족한 작품을 좋게 평가해주신 심사위원님들께, 점점 희박해져가는 문학의 본령을 일깨우고자 애쓰시는 이효석문학재단의 여러분께, 그리고 축하를 위해 이곳까지 주말 나들이 하신 모든 분들께 머리 숙여 감사의 마음을 전합니다. 또한 깊은 청록색으로 아름다운 평창의 자연을 창조하신 창조주께 감사드립니다.

무서운 의식의 드라마가
숨기고 있는 것

정홍수

문학평론가. 서울대 국문과를 졸업했다. 평론집《소설의 고독》《흔들리는 사이 언뜻 보이는 푸른빛》, 산문집《마음을 건다》가 있다. 대산문학상을 수상했다.

1. '소유의 문법'을 둘러싼 표층의 이야기

제목은 소설 텍스트에 느슨하게 이어지면서 의미의 자장을 열어두는 원심력 쪽에 놓일 수도 있고, 서사와 의미의 산포를 규제하고 모으는 결정의 중심이 될 수도 있다. 전자라면 제목은 소설에서 환유적 수사학으로, 후자는 은유적 수사학으로 기능한다고 말해볼 수 있을까. 대개의 경우 이 둘의 기능이 교차하는 지점을 포함하고 있을 테지만 말이다.

최윤의 단편 〈소유의 문법〉에서 제목은 상당히 강하게 우리의 읽기에 간섭해 온다. '소유의 문법'이라니? '문법'을 '논리'나 '질서'의 제유적 대체로 이해한다 해도, 단어의 조합부터가 일종의 '낯설게 하기' 효과를 챙겨놓고 있다. 그리고 보면 소유에도 제대로 된 문법이 있어야 할 것 같은 생각도 든다. 왜 아니겠는가. 그러나 그렇게 잠시 불신을 정지시키고 소설 속으로 들어간 뒤에도 우리는 계속 시험에 든 느낌을 떨치기 어렵다. 지금 내가 읽고 있는 이 이상한 계곡의 이야기는 '소유의 문법'과 어떻게 연결되는 걸까? 도대체 '소유의 문법'이란 무엇인가. 그럴 때쯤 소설에는 조각가 P의 집을 둘러싼 '소유권 소송'의 이야기가 중요한 사건으로 머리를 내민다. 그러면서 익명성이나 집단의 힘 뒤에 숨어 독단적 정의의 이름으로 소수를 혐오하고 밀어내고 단죄하는 폭력의 움직임이 재산권의 쟁송을 둘러싸고 있다는 사실이 드러난다. 사람들은 너무 함부로 침범한다. 소문과 편견에 기대어. 마땅히 지켜져야 할 사생활의 영토를 존중하지 않는 곳에서 '소유의 문법'은 발붙이기 어렵다.

이제 '소유의 문법'은 집단의 이름으로 자행되는 개인에 대한 폭력적인 침해와 침범의 문제를 법 이전의 도덕과 윤리의 차원에서 생각하는 일이 된다. 우리는 비열하고 악의적인 침해를 정당화하면서 정의와 도덕을 독점하려는 '소유의 문법'에서 어떤 기시감을 느낀다. 이 대목에서 최윤의 〈소유의 문법〉은 계곡 마을의 이야기를 우리 시대의 문제적 증상과 연결시켜 알레고리화하는 데 성공한다.

그런데 조금 이상하다. 이 정도라면 그다지 새로울 게 없지 않는가. 최윤이 보여주는 '다르게 말하기'의 웅숭깊음, 관념과 현실을 겹쳐내는 소설적 화법의 세련됨은 인정하더라도 말이다. 더구나 이 소설을 이렇게 알레고리로 닫고 매듭지으려 하는 순간, 잘 설명되지 않는 서사의 지점들이 남는다. 은사인 유명 조각가 P교수는 왜 소설의 화자 '나'의 부부에게 아름다운 계곡에 있는 자신의 집을 무상으로 제공하는가. 알려진 캠퍼스 커플이라는 점을 제외하면, 두 사람은 그다지 눈에 띄는 학생들이 아니었고 미대 안에서 전공도 조소가 아니었다. P교수의 강의는 단 한 과목만 듣고 졸업했을 뿐이다. 자폐증을 앓는 딸 동아의 고함지르기 때문에 집을 옮겨야만 하는 상황에서 너무도 마침맞게 도착한 P교수의 호의와 배려는 무엇인가. 의심하기로 치면 이 소설에서 단 한 번도 직접 모습을 드러내지 않고, 직접 발화하지 않는(이메일 외에는 비서를 통해서만 의사를 전달한다) P교수의 존재부터가 모호하다. 마을 사람들과 한편이 되어 계곡에 있는 P교수의 또 다른 집을 자신의 소유로 만들려 하는 장 대니얼이라는 인물 역시 P교수의 호의를 입은 사람으로 보이는데, P교수는 계곡의 자연과 어우러지게 세심한 정성을 기울여 지은 특별한 집들을 왜 이런 식으로 내버려두고 있는가. 장 대니얼이 준비하고 있다는 소유권 이전 소송이라는 게 억지라는 것은 쉽게 알 수 있는 것이고, 만일 탄원서의 내용대로 집을 매매 양도하기로 구두로 약속한 것이 사실이라면 그렇게 하면 될 일이다(혹은 P교수가 '구두'로 한 매매 의사를 번복했다 한들 그걸 뭐라 할 수 있겠는가). 억지 소송까지 이어질 일로는 보이지 않는데, 문제는 P교수가 계곡에 있는 자신의 집을 둘러싼 갈등에 대해 적극적 행동을 취하지 않는 데 있는 것 같다(해외에 있는 시간이 많다면, 집을 정리하거나 제대로 세입자를 들이면 될 일이다). 이런 P교수의 태도야말로 문제적이고 이상한 '소유의 문법'이다. 그렇다면 낯선 욕망의 시대에 너무 무심한 듯도 하고 잘 이해도 되지 않는 P교수의 특별한 '소유의 문법'을 음미하는 것이 우리의 과

제가 되는 것인가. 그러나 이것은 그냥 가진 자의 여유거나, 자신의 소유물을 가지고 벌이는 기묘한 욕망의 게임 같기도 하다. 아니면, P교수의 제안은 그 자신의 방식을 포함해서 장 대니얼의 '탐욕', '나'의 가족의 적절한 '활용' 가운데 '계곡의 아름다운 집'을 제대로 소유하는 자는 누구인지 묻는 것일 수도 있다.

이쯤 되면 혹시 '소유의 문법'에서 우리가 그 욕망의 대상을 잘못 짚고 있는 것은 아닌가 하는 생각도 슬그머니 피어오른다. 작가가 교묘하게 뿌려놓은 몇 개의 단서 때문이다. 막 봄 기운이 도착하려는 겨울 막바지에 계곡 마을로 이사하게 된 '나'의 가족은 계곡에 위치한 집과 그 주변 풍경에 압도당한다. '절대미'라는 표현이 등장한다. P교수가 소유한 또 다른 '산 밑 집'의 경우는 "집 측면의 커다란 유리 전면에 우람한 전나무들이 반사되어 한 폭의 그림 같았다"고 묘사된다. 계곡 마을의 다른 집들도 수시로 건물에 새로운 문과 창문을 내고 테라스와 난간을 설치하는 등의 공사를 하고 있는데, 그 이유는 아주 근사하게 설명된다. "마을 사람들은 계곡 아래로 펼쳐진 숲과 그 위의 하늘이 시시각각 새롭게 제안하는 빛과 색채와 선으로 구성된 눈앞의 아름다움을 그들의 집 안으로, 실내로 들여 소유하고 싶어 한다." 그리고 여기에 '소유'라는 말이 등장한다. '나'는 미대를 나온 뒤 인테리어 사업을 하기도 했거니와 P교수의 '산 밑 집'을 전문가적 감식안으로 평가한다.

"그러나 이 집에서 눈에 띄는 것은 실내가 아니었다. 주말 오후에

이 계곡의 빛이 신비롭다 못해 바라보는 사람들을 거의 마비시킬 정도로 매력적이라는 것은 알았지만, 이 집의 실내가 자리 잡은 방향이나 통유리의 위치, 크기, 각도 같은 모든 세부는 계곡의 다른 집에서는 도저히 볼 수 없는, 자연의 빛과 경관이 가장 놀라운 아름다움을 드러낼 수 있도록 세심하게 고안된 것임을 알아차렸다. 이 지역을 잘 알고, 이 계곡의 자연을 오래 관찰한 사람이 지은 집."

처음 계곡 마을에 도착했을 때 느꼈던 막연한 '절대미'의 자리가 '산 밑 집'으로 특정되는 순간이다. 그렇다면 장 대니얼과 마을 사람들이 P교수로부터 빼앗고 싶은 것은 이 절대적 조화의 아름다움일 수도 있다. P교수가 집을 두고 벌이는 이상한 소유의 게임도 이 아름다움을 전제한다면 얼마간 이해가 될 수도 있겠다. 그러니까 이것은 미의 소유를 둘러싼 게임이고 갈등인 셈이다. 그런데 미는 소유의 대상이 될 수 있는가. 우선 그것은 '집'처럼 고정된 물리적 소유의 대상이 아니다. 계곡 마을 사람들이 "시시각각 새롭게 제안하는 빛과 색채와 선으로 구성된 눈앞의 아름다움을 그들의 집 안으로, 실내로 들여 소유하고 싶어"서 매년 이런저런 공사를 벌이는 데서도 짐작할 수 있듯, 그것은 물리적 소유의 대상이 되기에는 너무 유동적이고 순간적이다. 어쩌면 P교수의 '산 밑 집'이 가진(혹은 가졌다고 가정되는) '절대미'에 대한 질투와 비교의 마음이 이들을 붙잡을 수 없는 것에 대한 욕망 쪽으로 밀어붙이고 있는지도 모른다. 게다가 우리는 이런 욕망이 부재와 결핍의 형식으로만 존재하고 작동한다는 것을 알고 있다. 근본적으로 욕망은 그 욕망의 대상이 소유되는(소유되었다고 믿는) 순간 충족되는 것이 아니라 또 다른 결핍의 지리로 이동한다. 계곡 마을 사람들이 보이는 조급함과 초조감에 비해 P교수의 자리가 어딘가 힘 있고 여유로워 보인다면, 후자가 이 욕망의 게임에서 점한 상대적 우위 때문일 가능성이 높다.

사실 작가는 미의 존재 방식에 대한 인상적인 삽화를 준비해둠으로써 '소유의 문법'이 중층적이고 복합적인 맥락으로 구성되어 있다는 점을 친절하게 '대리/보충'해주고 있기도 하다. 탄원서의 서명을 거절하고 '산 밑 집'을 나온 '나'가 방금 전 실내에서 흠뻑 맛본 계곡의 아름다운 빛이 거기, 그 바깥에 존재하지 않는다는 데 놀라는 대목이다.

"그사이 낮이 기울고 가을의 따가운 빛이 살짝 누그러지며 만들어내는 노을의 찬란한 향연이 거실의 한 면을 가득 채운 투명한 유리 화폭 안에서 막 펼쳐지려 하고 있었다. (……) 밖에 나와서 보는 동일한 풍경에는, 바로 직전에 실내에서 본 그 농밀한 감동이 없었다. 이게 대체 무슨 조화람! 영원에서 오려낸 최선의 순간. 나는 처음으로 조각가 은사의 미 관념의 정수의 한 귀퉁이를 맛본 듯했다. 미는 위험한 것이야!"

'영원에서 오려낸 최선의 순간.' 예술의 존재 이유와도 무관하지 않을 이 순간은 단지 예술가들의 절망만을 부추긴 것은 아니리라. 인류사의 시작 이후 숱한 사람들이 의식하든 의식하지 않든 자연과 세계가 선사하는 이 순간의 잔인한 아름다움 앞에서 전율하고 침묵했을 것이다. 범박하게 말해, 위대한 그림, 음악, 시는 이 순간을 향한 필사적인 도약이 아니고 무엇이랴. 삶 전부의 의미를 건 도약이라는 점에서 이는 위태롭기 짝이 없는 순간이다. 한 발 옆이 허무의 심연일 것이다. P교수가 오랜 준비 끝에 마련했을 계곡의 집을 마치 닿아서는 안 될 금기의 사물처럼 피하고 있는 이유의 하나가 여기에 있는지도 모른다("미는 위험한 것이야!"). 그럴 때 그가 '나'와 장 대니얼에게 계곡의 집을 맡긴 것은 호의나 배려 따위와는 무관한 일이 된다. 그리고 여기서 '소유의 문법'은 미의 존재론에 이어지는 지극히 위험한 차원으로 상승한다. 계곡을 휩쓴 폭우의 습격은 그 미와 관련된 '소유의 문법'에 무지했던 마을 사람들에 대한 너무 맞춤한 징벌이라는 점에서 이 세련된 소설의 흠결처럼 보일 지경이다.

후일담처럼 붙어 있는 소설의 마지막에서 작가는 이제 목공 장인으로 꽤 명성을 얻은 '나'가 잡지의 청탁을 받아쓰는 원고를 통해 몇 년 전 계곡에서 있었던 일을 회고하고 정리하는 방식을 취한다. 그 원고의 제목이 '소유의 문법'이다.

"지금은 사라져버린, 주거가 통제된 S계곡의 산 밑 마을에 대해 〈소유의 문법〉이라는 짧은 글을 써서 보냈다. 고독과 미에 대한 무지와 욕망과 질투가 뒤섞여 빚어낸 '소유의 불행한 문법'에 대해."

'고독'이 하나 추가되긴 했지만, 우리의 독법이 그다지 틀리지 않았다는 것을 보증하는 듯한 화자의 설명에 안심이 되기도 한다. 그렇다면 이것으로 두 해에 걸친 이상한 계곡의 이야기는 말끔하게 마무리된 것인가. '소유의 불행한 문법'을 반면교사로 성찰하면서 말이다. 그런데 뭔가 미진하고 이야기되지 않은 부분이 남았다는 느낌을 지울 수 없다. 소설의 마지막 두 문장은 그 불안을 건드린다.

"물론 그때만큼 빈번하지는 않아도 어엿한 숙녀가 된 동아가 고함으로 우주에 전언을 보낼 때의 모습에는 변함이 없다. 그녀 편에서는 절실하고 보는 우리는 애달프며 그 느낌은 늙을 줄을 모른다."

정말, 우리는 '동아'를 잊고 있었던 것은 아닐까.

2. 침묵하는 '소유의 문법'

그러고 보면 우리가 묻지 않았던 게 있는 것 같다. 이 이상한 계곡의 이야기를 우리에게 전해주고 있는 사람은 누구인가. 일인칭 화자 '나'인데, 소설의 도입부에서는 주로 '우리', '우리 가족'을 내세운다. 앞서도 소개했던 것처럼, 자폐증을 앓고 있는 13세 딸 동아와 함께하는 '나의 가족'은 통상적인 주거 환경을 떠날 필요가 절실했던 차에 대학 은사인 P교수의 '호의'로 계곡 마을로 들어오게 된다. '우리'라는 일인칭 복수 대명사가 이야기를 열고 이끄는 게 자연스러운 이유다. 그런데 계곡 마을 P교수의 집으로 옮기는 것은 정확히 '나'와 딸 동아 두 사람이며, 그간 딸을 보살피느라 힘들었던 아내는 휴식을 겸해 친정에 머물게 된다. 그런 사정을 감안하더라도 소설 내내 아내의 발화나 행동이 최소한으로 제한되어 있는 것은 이상하다. 그녀는 저녁마다 딸과 동영상 대화를 나누는데, 그때의 대화가 짧게 한 번 소개되어 있을 뿐이다. '나'가 계곡 주민들을 상대로 의자 만드는 일에 대해 작은 강의를 하기로 하면서 동아를 돌볼 겸 아내가 한 번 계곡을 찾기는 한다. 사실 친정에 머문다고 하더라도 그녀가 중간 중간 계곡 마을을 찾아 같이 지내는 게 자연스러운 일일 것이다. 이 점을 의식한 듯, 소설은 이런 문장을 남기고 있다. "이상하게도 아내는 이곳을 그다지 좋아하지 않았다." 아내는 무언가를 감지했던 것일까(문득 이 소설이 진짜 이야기하고자 하는 것은 바로 이 정체 모를 불안의 조성調性이 아닐까 하는 생각이 든다).

어쨌든 '나'는 단독자라기보다는 가족을 대표하는(아내의 부재와 침묵이 있고, 동아는 고함과 몸짓으로만 자신의 의사를 드러내는 상황에서) 화자라는 느낌을 주고, '나' 스스로 계속 그런 스탠스를 의도적으로 취한다. '나'보다 '우리'가 이야기의 객관성을 좀 더 확보하게 해준다고 생각하는 것일까. 혹시 그렇다면, '나'는 자신이 전하는 이 이야기를 정말 믿고 있는 것일까. '나'는 믿을 수 있는 화자인가. '나'가 동아와 아내에 대해, 계곡의 이야기에 대해 '덜' 말하고 있는 것은 없는가.

소설의 첫 두 문장을 다시 읽어볼 필요가 있는 것 같다.

"우리 가족은 어떤 면으로 보아도 이 아름다운 계곡에 위치한 전원주택에서 삶을 누릴 만한 자격이 없다. 그것이 비록 한정된 기간이라도 말이다."

'나'의 이야기에 전적으로 의존할 수밖에 없는 상황이긴 하지만, 소설을 다 읽은 우리로서는 이 진술에 동의하기가 쉽지 않다. 우리가 보기에 '나'와 아내는 어려움을 안고 태어난 딸 동아를 보살피며 나름대로 열심히, 성실하게 산 것 같다. 첫 문장 뒤에 이어지는 진술에서 '나'는 말한다. "그러나 세상이 보는 불행이 실제로도 불행한 것일까. (……) 아이를 가까이 들여다보며 눈을 맞추고 있으면 세상의 모든 불행을 잊는데, 문제가 있는 딸을 둔 것이 꼭 불행한 일인가." 이어지는 진술을 조금만 더 인용하자.

"아내는 동아를 '삼십 센티 미녀'라고 불렀다. 아이를 통해 우리는 큰 기쁨을 누리고 그 아이 덕분에 우리는 겸손해졌으며 불행한 사람들을 민감하게 바라보게 되었으니 우리는 딸 덕분에 행복한 생을 누리고 있다고 말할 수 있지 않겠는가. 이건 우리가 진심으로 그렇게 생각하고 있는 단순한 진실이다."

우리는 이런 '겸손함'이 쉽게 도달되는 마음의 자리가 아니라는 것을 안다. 보다는 억울, 분노, 자책 등의 감정에 휩싸인 마음은 쉽게 세상과 하늘에 대한 원망과 증오로 전환되기가 더 쉬울 것이다. 이들 부부가 도달한 겸손함은 많은 사람을 '진심으로' 부끄럽게 만들 만한 것이다. 그렇다면 첫 두 문장 또한 '겸손함'의 역설적 표현인 것일까. 그렇게 보기에 그 문장들의 수사학은 과도하다. '어떤 면으로 보아도'는 여지를 봉쇄하는 말이다. 그리고 '자격'이라니. 이 단어는 문제를 경제적인 차원 이상으로 확대한다. 그것은 도덕적 윤리적 흠결을 강하게 환기한다. 그러고도 모자랐는지 덧붙인다. "그것이 비록 한정된 기간이라도 말이다." 두 번의 강력한 봉쇄. 만일 부부의 마음이 이 정도로 단호한 어떤 자리에 있었다면, 그들은 대학 은사의 호의를 거절했어야 마땅하다. 그다지 특별하지 않은 사제의 인연으로 보아 여러 모로 '놀라운 제안'이었다면 더더욱 그러하지 싶다. 아마도 두 부부의 '겸손함'과 '진심', 성실함으로 본다면 동아로 인해 '일상적인 공간에서의 삶이 불가능해진' 절박한 상황에서, 어렵기는 하겠지만 어떤 길을 찾아냈으리라(기실 그들은 "전셋집을 내놓고 정말 세상에서 동떨어진 산골의 우사라도 개조해서 살아야겠다고 장소를 알아보던 중이었다").

　'나'의 언어(의식)와 '나'의 행동 사이에 존재하는 미세한 긴장과 이반을 보여주기라도 하는 듯, 가족 상황과 계곡 마을로의 이주를 설명하고 있는 소설의 도입부 여섯 문단에는 유독 '그러나' '그렇다고'의 접속사에 의해 이어지는 문장들이 많다(여덟 번 나온다). 여기서 '그러나'의 역접은 역설의 보충적 상황보다, 더 말해야 할 게 있거나

(같은 말이지만) 덜 말해야 하는 정황에서 나오는 듯하다. 두 예만 들어본다.

"(……) 길을 잃었다가 다시 집을 찾아오는 간단한 이야기를 보면서 나는 아내의 숨겨진 열망을 읽을 수 있었다. **그러나** 무책임한 심리 분석을 더 멀리 밀고 가지 않기로 하자."

"의사 말대로 사춘기를 앞두고 감수성이 불안정해진 동아 나름의 성장의 표현이었다고 치자. **그러나** 그 고함의 방식과 빈도는 그렇게 이해하기에는 지나친 감이 많이 있었다."(강조는 인용자)

계곡 마을의 상황이 전체적으로 모호하게 이야기되는 이유도 비슷한 맥락에서 생각해볼 수 있다. 계곡 양편으로 이십여 채의 집이 있다고 하는데, 어느 정도 인사를 트고 지내게 된 뒤에도 '나'와 기존 주민들의 접촉은 지극히 제한적이다. 늘 동아와 함께 있어야 하는 상황, 탄원서 동참 거부 이후 따돌림을 받은 사정 등을 감안하더라도 그들과의 관계는 계곡 생활의 처음부터 일정한 거리 너머에 있었다는 느낌을 준다. '나'와 그들은 소문과 풍문 속에서 희미하게 만나고 얽힐 뿐이다. 가령 계곡 주민으로 찻집을 경영하는 사내가 주민들의 은밀한 사생활에 대해 알려줄 때, '나'의 반응은 차갑다. "그러나 그것을 어디까지 믿을 수 있단 말인가." 심지어 그 사내가 술에 취해 자신의 감추어진 이야기를 고백했을 때도 '나'의 반응은 마찬가지다. "나는 이제 더 이상 어떤 얘기에도 놀라지 않는 나 자신이 오히려 놀라웠다." 우리는 지금 계곡 마을을 둘러싸고 있는 음모와 풍문의 분위기를 지적하고 있는 것이 아니다. 인물들의 관계를 익명성 속에 단절시키고 인물과 상황의 윤곽을 의도적으로 흐리게 하는 것은 이 소설의 알레고리적 효과에 기여하는 것일 테다. 우리가 여기에서 강조하고 싶은 것은 '나'의 소설적 발화 속에 있는 어떤 균열이며, 그 균열이 서사의 전개, 서사의 논리와는 어느 면 무관하게 처음부터 완강하게 소설 속에 도착해 있었지 않나 하는 질문이다.

안타깝게도 소설이 진행될수록 "아이를 통해 우리는 큰 기쁨을 누리고 (……) 우리는 딸 덕분에 행복한 생을 누리고 있다고 말할 수 있지 않겠는가. 이건 우리가 진심으로 그렇게 생각하고 있는 단순한 진실이다"라고 말한 마음의 천국은 존재하지 않는다는 사실이 드러난다. 불행하게도 '나'의 행복은 이후 계곡 마을이 보여주는 "고독과 미에 대한 무지와 욕망과 질투가 뒤섞여 빚어낸 '소유의 불행한 문법'"에 영향을 주지도, 받지도 못하는 깊은 고독과 무지 속에 처음부터 갇혀 있었던 건지도 모른다. 그 대비의 낙차는 계곡이 폭우에 휩쓸리고 난타당할 때 '나'와 동이만이 계곡 아래 평지 마을에 도착해 있던 서사의 정황에 아이러니하게 새겨져 있다. 그러니까 '나'는 계속 발화하며 계곡 마을의 움직임을 보고 있는 것 같지만, 정작 '나'가 보고 있었으며 말하지 않고 있었던 것은 무엇인가. 오직 계속 존재하고 있는 것은 "세상의 모든 고통을 짊어지고 소리 지르듯 정성을 다해 온몸으로 고함을 치는" 동아의 절규, "한 손을 높은 곳을 향해 들고 크게 크게 원을 그"리는 동아의 몸짓이 아니었던가. 정확히는 그 '과도함'이 아니었던가.

"그날 저녁에 동아는, 아비의 심장이 고통으로 터질 것 같은 애달 픈 목소리와 고성으로 족히 오 분이나 되게 몸을 비틀며 외쳐댔다. 이럴 때는 고성이 동아의 몸을 떠나기를 기다리는 수밖에 없다. 저애 는 무슨 말을 하고 싶은 걸까. 저애는 누구에게 저렇게 전언을 보내 나. 동아의 절실한 전언은 수신자에게 닿기는 하는 걸까."

절심함. 그렇다면 수신자는 누구인가.

그러면서 우리는 소설 내내 '나'가 사실상 스스로의 내면에 대해 거의 말하지 않았다는 사실을 뒤늦게 깨닫는다. 그는 시종 객관적이 고 중립적인 관찰자인 듯 발화하고 행동한다. 심지어는 그 자신에 대 해서조차. 그가 잡지사에 써 보낸 '소유의 문법'이라는 짧은 글은 그 알리바이의 완성일 공산이 크다. 그는 어떤 전언에 끝내 응답하지 않 았을 것이다. 계곡의 아름다운 빛은 자신이 회피하고 있는 어둠의 대 가인 한, 소유될 수 없는 것이다. 그는 끝내 자신의 '불행한' 소유의 문 법에 대해서는 침묵한다. 섬뜩하다면 이게 섬뜩하다. 〈소유의 문법〉 은 그 공백만큼 무서운 소설이다.

소설의 마지막 대목을 다시 한 번 읽어보자. "물론 그때만큼 빈번 하지는 않아도 어엿한 숙녀가 된 동아가 고함으로 우주에 전언을 보 낼 때의 모습에는 변함이 없다. 그녀 편에서는 절실하고 보는 우리는 애달프며 그 느낌은 늙을 줄을 모른다." 이는 소설 전체 서사를 거의 무화시키고 있는 종결이 아닌가. 아무것도 바뀐 게 없는 것이다. 우리는 처음부터 다시 읽을 수밖에 없다. 그러면서 우리는 '나'가 이끄는 서사와 발화에서 확정되지 않고 부유하는 지점과 다시 싸워야 한다. '나'가 이야기하지 않은 것들을 읽기 위해.

최윤의 소설 〈소유의 문법〉은 문법과 수사학 사이의 긴장과 불일치 때문에 어느 수준에서는 무지 상태의 맹점을 포함하게 마련인 문학 언어의 숙명을 세련되게 활용하면서, 인간의 자기기만에서 자라나온 불안과 어둠의 세계로 우리를 초대한다. 소설 언어의 부유하는 속성을 받아들이고, 그것이 지시하는 앎을 메타적으로 반성하고 통제하는 시선 없이 이 고도의 아이러니는 가능하지 않으리라. 이것은 일종의 '가장된' 의식의 드라마로서, 어쩌면 최윤 소설이 한국 소설에 기여해왔고 기여할 수 있는 최선의 영역 중 하나인지도 모른다.

나의 삶이 나의 소유가
아님을 깨달았을 때

김유태

2018년《현대시》신인상으로 등단했다. 서울대 국어국문학과를 졸업했다. 매일경제신문 금융부, 경제부, 유통경제부에서 근무했고 현재 문화부에서 문학을 담당하고 있다.

소설가 최윤 선생님과 2020년 8월 12일 오후 2시 서울 광화문의 한 카페에서 만났습니다. 덕수궁 돌담길에서 사진부의 한주형 기자와 합류해 신문에 발표될 취재 사진을 촬영한 뒤 조금 걷다가 카페로 돌아와 이야기를 나눴습니다. 우기雨期를 방불케 하는 폭우가 잠시 물러난 한여름의 대화는 두 시간 정도 이어졌습니다. 그날의 대화를 복원해 기록으로 남겨둡니다.

▷ 왜 제목을 〈소유의 문법〉으로 정하셨을까요.

▶ 일찌감치 지인들과 함께 글 쓰는 공간인 공동 작업실을 마련했습니다. 은퇴할 나이가 되니 귀농을 꿈꾸거나 실행에 옮기는 분들도 주변에 많았어요. 작업실을 만들거나 귀농하시는 분을 보면서 느낀 점은, 아름다움조차 소유의 문제가 개입되면 그 마음이 자유롭지

만은 않다는 점이었습니다. 잘 소유하는 법은 무엇일까 고민하기에
이르렀는데, 소유 앞에서 우리는 늘 적나라해지고 그 과정에서 멋있
는 일이 참 없다는 생각까지 들었습니다. 소설에서 서술자의 딸아이
인 동아의 호주머니에 들어가는 자연물과 비교가 되는 일이었어요.
자연의 절대적인 미도 현실에서는 소유의 대상이 되니까요. 인물들
은 저택의 아름다운 창문의 방향 혹은 바라보는 각도까지도 소유하
려고 하잖아요. 산중은 흔히 고독의 문법이 지배하는 공간으로 오인
되지만 그곳에서도 계급의 문제가 발생하기도 하지요. 자연의 아름
다운 미는 누구나 나눌 수 있어야 하는데 그것마저도 소유하려는 인
간의 그악스러운 욕망과 소유의 잘못된 문법에 함몰된 인간상을 담
고자 했습니다. 절대적인 미와 소유욕의 관계를 이야기하려면 서울
소재 아파트로는 소설이 안 될 것 같아 산골 동네를 배경으로 쓰고자
했어요. 우리의 진정한 '소유의 문법'이 무엇일까를 고민하며 썼고
이 소설을 쓰기로는 오래 전부터 다짐했습니다.

▷ 마을 주민들의 탐미耽美의식이 소유욕을 추동했던 것일까요.

▶ 우리가 살아가는 현재는 소유라는 개념을 둘러싼 양가적 세계
라는 생각을 자주 했습니다. 갤러리에서 정말 좋은 작품이나 참 괜찮
다고 생각되는 작품을 보게 되면 누구나 작품을 사고 싶어지죠. 그러
나 절제와 공유의 측면에서 그 작품이 있어야 할 자리를 바라본다면
차라리 누구나 볼 수 있도록 미술관이나 박물관에 차라리 팔렸으면

좋겠다는 생각도 함께 들곤 합니다. 완벽하게 '나의 것'으로 소유하려는 욕망과 소유물로부터 해방되려는 욕망이 동시에 든다고 할까요. 취하려는 욕망과 버리려는 욕망이 공존하는, 같은 공간의 두 세계를 우리는 살아가고 있습니다. 버리는 일만이 선하다고 보진 않습니다. 소유가 그 자체로 불행한 일이라고 생각하진 않아요. 다만 소유를 실행하는 우리들의 문법은 대부분의 경우 불행으로 이어지곤 합니다. 고삐 풀린 말처럼 소유욕이 작동하면 불행해지기 마련이고 보통 그게 우리가 겪는 흔한 일상이기도 하지요. 질투와 욕망 너머에서 소유의 정확한 문법을 우리가 어떻게 실행에 옮기느냐의 문제를 소설 안에서 이야기해보고 싶었습니다.

▷ 자연의 풍광마저 구조변경을 통해 소유하려는 주민들, 호의로 집을 얻고도 소유권을 주장하려는 대니얼 장, 딸 동아를 위해 집을 지을 만한 빈 땅을 고민하는 서술자, 타인이 탐내는 집을 소유하고도 별 관심을 두지 않는 P교수. 참된 소유의 모습은 무엇일까요.

▶ 어려운 질문입니다. 사람마다 생각하는 바가 다를 테니까요. 소유라는 건 결과가 아닐까 싶어요. 열심히 생에 자신을 투자한 사람에게 소유는 허락됩니다. 그렇지 않은 경우도 있지요. 이제는 장성한 저의 아이가 유년 시절 제게 이런 질문을 했어요. '엄마, 저 집은 왜 부자야?' 당황스러운 질문이었는데 현명하게 답해야 한다는 생각이 들어 이런 요지로 답했어요. '세상에는 열심히 살아서 부자가 된

사람이 있고, 아무리 봐도 왜 부자가 된 건지 잘 모르는 사람이 있어. 저 집이 왜 부자인지를 엄마가 자세히는 모르겠네. 다만 엄마가 생각하기에 꼭 부자가 되기 위해서가 아니더라도 삶을 열심히 살아가는 자세는 필요한 것 같아.' 절대로 신이 누군가에게 우연한 마음으로 축복을 내리지는 않으리라 생각해요. 옆길로 가기 쉬운 한 개인의 삶에서 소유는 커다란 유혹인 것도 사실이고 또 소유는 삶을 그릇되게 만들 수 있는 위험요인이기도 하지요. 우리 주변에는 조심스럽게 자신을 돌아봐야 하는 주제들이 있는데, 소유도 그런 주제들 가운데 하나가 아닐까 생각합니다.

▷ 왜 은사 P는 서술자를 그곳으로 보냈을까요. 제자의 처지를 인지한 스승의 단순한 호의였을까요.

▶ 교수로서 학생들을 가르치며 느끼는 점은, 자주 찾아오고 자주 연락을 나누는 제자들보다 오히려 연락이 뜸하고 한동안 보지 못하게 된 제자들에게 더 마음이 향한다는 점이에요. 동창회나 모임에 나오지 않는 제자들은 나타날 수 없는 나름의 이유가 있기 때문이기도 한데. 소설처럼 발달장애를 가진 자녀를 가진 제자의 소식을 듣게 된다면 저도 소설에서의 P교수처럼 선의를 베풀 것 같아요. 어려운 삶을 살아가는 제자들이나 도움을 필요로 하는 제자들의 소식을 알게 된 스승은 응당 그래야죠. 소설에서 비서인 영진 씨가 P와의 관계를 누설하지는 말아달라고 서술자에게 요청하는 부분이 있는데 이

는 대니얼로부터 서술자를 보호하려는 마음도 있고 또 말려들지 말라는 뜻도 있었을 거예요. 그러나 이것은 어디까지나 저의 생각이고, 작품은 쓴 사람보다는 읽는 사람의 것이어야 한다고 생각해요. 제 소설을 평이한 문장으로 읽는 독자도 있고 상징이나 은유를 발견하면서 깊이 들어가는 독자들도 있겠지요. 작가로서 작품에는 여러 장치를 넣어두지만 의도했던 것만은 아닌 것들도 있으니까요. 의미와 해석은 언제나 독자의 몫입니다. 읽는 이가 살아온 문화적 배경, 삶의 누적된 경험에 의해 작가가 의도하지는 않았더라도 작품 안에서 타당성을 획득하면 새롭게 해석될 여지도 있겠지요. 작가가 표현하려 했던 것만 작품에서 발견된다면 그 작품과 그 작가는 참으로 불행한 것이고, 또 동시대적으로만 해석되는 것도 작품과 작가 모두에게 불행한 일이 아닐까 생각해요.

▷ 공감합니다. 그런데도 선생님께 의미를 굳이 듣고자 하는 부분이 있어 여쭙습니다. 딸아이 동아의 우주를 향해 외치는 고함, 비명의 의미는 무엇일까요. 또 서술자가 만드는 제품은 왜 하필 가구 중에서도 목공 의자일까요.

▶ 발달장애를 가진 아이를 개인적으로 근거리에서 본 적은 없었어요. 그런데도 작가로서 서술자의 딸아이 동아에게 많은 걸 실었습니다. 우주를 향해 소리를 지른다는 비유는 소설 안에서 인류가 처한 어떤 어려움을 표현하는 상징과도 같으니까요. 마음이 아픈 아이들

은 민감한 부분이 있는 것 같아요. 지진이나 해일과 같은 재해가 나면 연약한 동물들이 먼저 알아차리듯이 동아는 인간이 가진 왜곡된 부분을 본능적으로 알아채는 거예요. 그 아이의 세상에서는 언어가 없으니 고함과 비명, 소리를 지릅니다. 동아의 외침은 일종의 위험경보와 같기도 해요. 동아 덕분에 아빠가 살아나니까요. 부모에게 어려움을 주기도 했지만 시골 마을로 가는 것을 수락하도록 이끈 동인이기도 했고, 또 위험을 감지해 아빠의 삶을 살립니다. 위험을 감지하는 어떤 연약한 사람들이 있고 그 사람의 연약함이 우리가 살아가는 세계에 힘이 될 때가 있다고 믿어요. 이어서 의자에 대해 저의 생각을 말씀드리자면, 의자는 누군가를 편안하게 만들어주는 물품이니까요. 서술자는 아이 때문에 겸손해진 사람이겠지요. 그런 점에서 보자면 큰 가구나 청동상은 어울리지 않아요. 타자지향적인 인물임을 암시하고 싶었는지도 모르겠습니다.

▷ 주제를 가볍게 전환하겠습니다. 교수직을 은퇴하시고 하루 일과는 어떠신지요.

▶ 평생 시간이 없었는데 지금도 시간은 없어요. (웃음) 주변의 이런저런 요청도 있고 또 장기적인 저만의 작업도 있는 데다 그간 밀린 작품도 쓰고 있습니다. 요즘 들어 느끼는 가장 행복한 점은 독서예요. 평생을 읽고 쓰고 살았는데 다른 아무것도 안 하고 저만의 시간을 사용할 수 있다는 점만큼은 너무 좋습니다. 저희 집 1층에 엉망

진창인 장소가 있는데 새벽 4시에 자서 오전 9시쯤 일어나 온종일 작업하고 책을 봅니다. 원래 새벽형 인간이라 밤 11시쯤 잠들어 새벽 5시에 일어나기도 했거든요. 지금은 단편 원고가 2개 밀려 있어요. 길게 가는 건 주로 아침 일찍 일어나 쓰는데 단편은 일주일 안에도 하나 쓰고 또 갈아엎기도 하고요. 다 쓰고 나서도 마음에 차지 않으면 4분의 3을 갈아엎기도 하고요. 뼈대만 만들어지면 바로 들어갈지, 뼈대에 살까지 모두 만들어 들어갈지는 작품에 따라 달라요. 좋은 뼈대와 좋은 문장이 나올 때가 있는데 그럴 때면 바로 그 문장으로 들어가기도 하고 그렇지 않으면 작품에 따라 뼈대를 계속 수정하기도 하고요. 혼자 걷다가 지금이다 싶어지면 바로 시작하기도 합니다.

▷ 1978년 《문학사상》 평론으로 등단하셨고 1988년 《문학과 사회》에 소설을 발표하셨어요. 비평보다 창작이 먼저였으리라 짐작되는데 소설을 처음 쓰시던 마음이란 어떤 것이었을까요.

▶ 어린 시절에는 소설이 아니라 미술을 하고 싶었어요. 첫 소설도 아틀리에에서 일어나는 내용이었습니다. 경기여중 3학년 때 그 소설이 교지에 실렸어요. 교지 들고 미술선생님께 갔더니 기대와 달리 눈물이 쏙 나오는 말씀을 하시는 거예요. '너는 소설이나 써라.' 소설이나 쓰라니, 그게 무슨 뜻인가 싶어 정말 눈물이 나왔습니다. (웃음) 그렇게 소설쓰기를 시작했어요. 당시 소설과 미술, 양쪽을 다했는데 도서관에 들렀다가 저 책을 다 읽어야지 하는 생각에 이르렀습

니다. 그렇게 천천히 미술을 포기하게 됐는데 원하던 걸 포기하고 나서 쓴 게 소설이었던 거죠. 경기여고 2학년 혹은 3학년 때는 평론을 썼는데, 제가 생각한 주제는 '다다이즘이란 무엇인가'였어요. 미술선생님 보란 듯이 쓴 글이었으니까요. 어떤 책을 읽었는지를 돌아보면 어린 나이에 잘 알지도 못하면서 프란츠 카프카를 거의 다 읽었던 것 같아요. 당시에도 번역이 거의 다 되어 있었거든요. 카프카의 편지류까지 당시에 읽은 것 같아요. 사무엘 베케트도 좋아했고 그래서 베케트를 모방한 작품이 저의 첫 신춘문예 응모작이기도 했습니다. 도스토예프스키와 플로베르도 많이 읽었고요. 그러고 보니 다들 서구작가였네요. 모든 작가의 작품에는 흠이 있고 모든 작품을 성공하는 작가는 없지만 개별적으로 보면 한 작가에게는 그에게서만 발견되는, 빼어난 작품이 있습니다. 그런 뛰어남 앞에서 숙연해지는 마음이 늘 있었어요. 한 작품을 통해 한 작가를 만나게 되면 그 작가 안으로 들어가는 세밀하게 다시 읽는 거예요. 최근에는 '병의 단계마다 드리는 기도'라는 부제가 달린 존 던의 《인간은 섬이 아니다》를 읽었습니다. 아픔과 병과 죽음에 관해 쓴 묵상의 언어들이지요.

▷ 기독교인이신 것으로 압니다. 2013년 우리나라 최초의 불한 성경 번역에도 주도적으로 참여하셨지요. 선생님께 문학은 종교적 차원의 숭고한 구원의 행위이리라는 예감이 듭니다. 문학은 구원일 수 있을까요. 언어를 통한 구원의 획득이라고 감히 표현할 수 있을까요.

▶ 언어적인 것과 구원의 관계는 늘 고민되는 주제입니다. 사람의 언어에는 실행력이 있어요. 신의 입장에서 본다면 인간은 피조물이기 때문에 동시에 영적인 존재들이기도 합니다. 어떤 순간을 축복하고 누군가에게 뭔가를 얘기할 때 우리가 의식을 해야 하는 부분이 있기 때문이에요. 때로 언어는 영적인 상태에서 나오기도 하지요. 언어는 늘 사건을 만듭니다. 현대에 오면서 언어들은 본래 능력을 상실하고 무언가를 훼손당해 버렸어요. 신산스러운 역사 때문에 현상 그 자체를 모방하는 문학이 많아진 건 사실이지만 저는 독자에게 그보다 더 많은 것을 요청하고 싶어집니다. 그 요청은 작가인 저 스스로를 향해서도 마찬가지고요. 분명한 것은, 작가가 자신이 작품에 쏟는 세계를 닮아 가면 좋겠다고 생각해요. 우리가 가진 존재적 조건과 우리가 가진 태생적 한계를 뛰어넘는 일을 작품을 통해 보여주고 또 우리가 스스로 이를 해낼 수 있다면 좋지 않을까, 그런 일이 가능하다면 인류의 초상화가 더 멋져지지 않을까 하는 생각이랄까요. 문학에서도 그런 요청이 더 많아져야 하지 않을까 늘 고민합니다.

▷ 종교적 주제와 관련해 추가 질문 드립니다. 이번 소설에서 P 교수는 조각가로서 설계자적 자유를 획득한 인물로 이해됩니다. P는 혹시 신적神的인 자리에 앉은 인물일까요. 또 이효석문학상 심사위원 중에서는 게릴라성 폭우 장면에서 대홍수 신화를 발견한 분도 계셨습니다. 염두에 두고 쓰신 소설적 장치일까요.

▶ 하루 사이 마을을 휩쓴 폭우를 실제 경험했던 일을 소설에 반영했지만 소설의 폭우가 성서적으로 해석될지는 몰랐어요. 소설에서 나무를 태우는 난로를 설정했으니 홍수는 나무를 베었기 때문이겠죠. 마을의 풍경은 아름답지만 그 안에서 일어나는 일들은 아름다운 일이 아닌 것이지요. 개개인이 갖고 있는 어떤 욕망들, 깨끗하게 세상을 씻기는 폭우가 경종을 줄 수는 있다고 봤어요. 소유 자체가 덧없이 사라지는, 가변적인 자연 상태로 돌아가는 것, 자연적 응징일 수는 있겠지요. P교수도 선의의 주체일 뿐이지 신적인 위치까지는 생각하지 못했어요.

▷ 최근 출간하신 소설《파랑대문》의 '작가의 말'에서 "소설이, 말이 할 수 있는 것이 지극히 적다는 걸 알면서"라고 쓰셨습니다. 소설은, 문학은 우리 시대에 무엇을 할 수 있을까요.

▶ 모두가 젊을 때는 소설이 많은 걸 할 줄 안다고 생각하곤 하지요. 저도 그랬어요. 개인적으로는 한심스러웠던 생각 같아요. (웃음) 그래서인지 더 조심스럽습니다. 경험이 조금씩 조금씩 쌓이고 또 시대가 바뀌기도 하면서 소설이 가지고 있는 한계도 알게 되고, 어떻게 현대 변화하는 독자에게 얘기해야 할지도 고민하게 됩니다. 새로운 언어라는 문제에 대한 생각도 들고요. 다만 소설의 언어로서의 가능성과 언어로서의 연약함을 동시에 느끼는 건 사실입니다.

▷ 소설《저기 소리 없이 한 점 꽃잎이 지고》개정판의 '작가의 말'에서 "소설을 쓰는 순간 무엇을 보는지. 내가 모르는 누군가가 내 속에 들어앉아 있다가 내 이름을 빌려 쓰고 나온 것처럼"이라고 쓰셨어요. 은유하자면 '인간 최현무'의 육체에 '소설가 최윤'이 다녀간 것이 아닐까 싶어지는데 최윤과 최현무 혹은 최현무와 최윤은 얼마나 같고 또 얼마나 다른가요.

▶ 저에게 소설은 사실 존재를 발가벗는, 존재를 발가벗기는 작업입니다. 그래서 다른 이름을 쓴 이유도 있어요. 교수로서의 최현무의 역할은 이미 소화된 지식과 관계되는데 작가로서의 최윤은 조금 다른 카테고리, 다른 영역이라고 생각했습니다. 둘 간의 균형을 잡는 일의 어려움은 아무래도 시간의 배분이었어요. 아이들에게 많은 시간을 할애하기 어려운 상황도 있었고 선생으로서 학생들과 나누는 행사에 쫓아갈 수 없다든지 하는 물리적 한계도 분명히 있었죠. 마음대로 쓰고 싶지만 시간이 많지 않으니 꼭 써야 하는 것만, 하고 싶은 말만 써왔고 그게 제 작품의 체질이 되었어요. 양쪽에서 다행히 좋게 봐주셨어요. 그런데 또 사실 어릴 때에는 생각이 조금 달랐습니다. 예술을 위해서라면, 예술을 지향하는 사람이라면 자신의 모든 것을 다 버려야 한다고, 삶은 예술보다 뒷전이어야 한다는 생각을 했어요. 그러나 시간이 지나며 생각이 차츰 바뀌었습니다. 삶에는 한 사람의 삶에 주어진 책임이라는 것이 있다는 생각이랄까요. 식구로서의 역할 또는 스승으로서의 역할을 뛰어넘는, 세상의 요청 말이죠. 그건

제가 잘났기 때문에 제가 아니면 안 된다는 식의 의미가 아니라 저의 눈에 띄었기 때문에 제가 해야만 하는 어떤 부분이 있다는 생각입니다. 그럼에도 예술과 생활이 별개로 간다면 작품이 별로인 상황이 되는 것 같았습니다. 작품이 좋으면 인생도 좋아야 하고, 인생이 좋으면 작품도 좋아야 하는데, 사실 균형이 쉽지는 않아 또 삶이 늘 도전이기도 하지요. 예술의 세계를 보면 그 둘의 균형으로부터 이탈한 분들도 많았습니다. 너무나도 문학에 기여했던, 그러나 삶에서는 저주받은 예술가들이 많았다는 의미예요. 그러나 문학사의 큰 줄기에서 본다면 그분들의 기여는 늘 예외적인 경우였습니다. 삶과 작품 사이의 균형이 중요하다는 생각을 자주 하는 이유입니다.

▷ 두 질문이 남았습니다. 아주 오랜 시간이 흐른 뒤에 어떤 작가로 기억되고 싶으신지요.

▶ 동시대 사람들과 동행하고자 했던 작가, 아름다움에 대한 존중과 경이로 글을 쓴 작가, 인간과 인간에 대한 것을 조금은 표현한 작가. 이렇게 기억되고 싶어요.

▷ 흔히들 '골방'이라고 표현을 하지요. 물리적 장소로서의 집필 공간이 아니라 쓰는 순간에 보게 되는 작가들만의 내면 풍경이랄까요. 소설가 최윤의 '골방의 풍경'이 궁금합니다.

▶ 음악을 들으며 글을 씁니다. 하나의 곡을 먼저 정하고 무한히 반복해 듣는 습관이 있어요. 사실은 주변의 소리로부터 격리되는 저만의 방식인데 그곳은 공간과 연관이 되는 것 같아요. 한 편의 소설을 쓰는 순간에 한 곡의 음악을 선택해 듣습니다. 아마도 그 음악은 제게 그 소설의 안으로 향하도록 하는 일종의 초인종 같은 거예요. 이번 소설을 쓰면서는 예브게니 코롤리오프의 골드베르크 변주곡을 들었어요. 그가 연주하는 바흐 시리즈는 정말 퓨어하지요. 이전에는 글렌 굴드를 주로 들었고요. 조용한 작품만을 고르지는 않지만 완전히 작품 안으로 들어가기 때문에 그 안에서 살아보게 됩니다. 작품과의 직접적인 연관은 없고 제게 익숙한 공간을 만들어내는 저만의 방식이지요. 인물이 길거리를 걸으면 저도 같은 길을 걷고 있고 완전히 그 안에서 사는 거지요. 정말 생각하지도 못했던 기억이나 한 번 보고 지나간 얼굴들, 그래 그런 일이 있었지 싶은 상황들이 작품 안에서 벌어지기도 합니다. 익숙한 방에 들어갔다가 다시 나오는 삶, 그 방 안에서의 풍경을 적으니 저의 소설이었네요.

기괴의 탄생

김금희

1979년 부산에서 태어났다. 2009년 한국일보 신춘문예로 등단했다. 소설집《센티멘털도 하루
이틀》《너무 한낮의 연애》《오직 한 사람의 차지》, 장편《경애의 마음》, 중편《나의 사랑, 매기》
등이 있다. 신동엽문학상, 젊은작가상 대상, 현대문학상, 우현예술상 등을 수상했다.

1

그날 선생님을 보러 가는 기분은 착잡하고 긴장되었는데 정확히 무슨 위로의 말을 해야 할지 알 수 없었기 때문이다. 우리 부모는 사이가 좋지 않아서 이틀에 한 번은 나가 죽으라든가, 가만두지 않겠다든가 하는 말을 서로에게 서슴지 않았지만 무슨 이유에선지 이혼은 하지 않았고 그렇기 때문에 이혼한 누군가에게 해야 할 적당한 말을 배울 기회가 없었다.

나는 웬만하면 회사에서 개인적인 감정을 드러내지 않았고 그것이 프로다운 거라고 선배들에게 배웠지만 그날은 그러지 못했다. 점심에 부서 사람들과 초밥집에 가 마지못해 초밥 몇 알을 주워 먹으며 선생님에 대해 생각했다. 선생님이 그 한심하기 짝이 없는 대학원생 남자애에게 되돌아가기 위해 이혼을 선택한 상황을. 그건 정말 와사비 같은 일이다, 라고 생각했다. 와사비 같다는 것이 뭔지 설명은 안 되지만 한번 그렇게 생각하자 그 와사비 같은 지식을 가만두지 않으리라 싶었다.

선생님은 그 관계가 미뢰를 자극하는 쇄말적 맛이고 눈물콧물을 빼는 통속일 뿐이라는 사실을 알아야 했다. 그리고 다소의 부끄러움도. 선생님은 그런 일을 벌여놓고 감당이 되지 않는 듯 속내를 흘리고 다녔는데, 자기는 나를 포함해 소수에게만 말했다고 생각하겠지만 이미 제자들 상당수가 알고 있었다. 졸업생들이 모인 어느 술자리에서는 그 일을 소재로 농담이 오가기도 했다.

그럴 때의 선생님은 우리의 선생님, 어려서 피아노에 재능을 보여 서울의 유명 예고와 대학을 마치고 영국의 음악학교를 장학생으로 다니다 수석 졸업하고 음악이론 교수법으로 학위를 취득한, 예술대학의 교수이자 연말이면 자작 연주곡으로 콘서트를 열어 불우한 이웃을 돕는 그런 선생님이 아니라 술집 테이블 위라면 하나는 있는, 맥주에 반쯤 젖은 축축한 냅킨 따위가 된 듯한 기분이었다. 아무도 말리지 않았다. 졸업하고 강사로 취직하거나 단원으로 현장에서 뛸 때 선생님 도움을 받지 않은 인간들이 없는데도 그랬다. 오히려 그런 식으로 선생님을 귀찮게 하지 않고 일반 회사에 조용히 취직한 사람은 나였다. 못해도 보름에 한 번씩 안부를 물으며 스승의 날부터 크리스마스까지 줄줄이 챙긴 사람이 바로 나라고. 그런 빚진 것 없는 나도 말을 얹지 않는데 저것들이.

나는 열불이 났지만 치밀어오르는 말들을 그냥 온더락으로 얼렸다. 보태면 길어지니까. 위스키를 목구멍으로 흘려보내느라 말할 틈이 없어진 건 좋았지만 하지 못한 말들이 쌓이고 쌓이면서 아주 불편한 질감의 체기가 느껴졌다. 지난 계절의 일이었다.

하지만 그사이 겨울이 가고 새해가 되고 봄이 오고 미세먼지가 부유하면서 선생님은 이혼을 감행하고 학교를 그만두었다. 학교에서 문제가 될까봐 미리 선수를 친 것도 아니었고 배우자 선생님이 알게 된 것도 아니었다. 고작 와사비와의 관계를 위해, 그것이 절대의 순도를 지닌 감정의 일이라는 사실을 증명하기 위해서였다.

선생님은 여전히 내게 큰사람이니까 그 포부야 이해할 수 있었지만 무용과 대학원생은 전혀 그런 타입이 아니었다. 일이 커지자 휴학하고 잠수를 타버렸으니까.

그는 카드장처럼 마르고 낯빛이 좋지 않았고 무용과 애들이라면 다 있어야 할 듯한 근육도 별로 없이 어깨가 안으로 말려 있었다. 그리고 손목이 얇았는데, 그건 뭐라도 제 손에 들면 얼마 못 가 다 내팽개치고 말 듯한 불신이 드는, 자라다 만 아이의 것 같은 손목이었다. 또 그에 비하면 손가락은 지나치게 길고 손도 커서 무용과 발표회 때 찍은 동영상을 보고 있자니 파리채가 공중을 횡횡 나는 형국이었다. 그뿐인가, 분장을 했는데도 감출 수 없는 여드름 자국 하며 한편으로 뒤틀려 있는 치열하며…… 유튜브에서 수십 번 돌려 본 그 영상을 떠올리며 내가 그렇게 회오리치는 적개 속으로 빠져들어가는데, 황부장이 "윤령 씨, 왜 이렇게 죽상을 해? 누가 보면 죽은 생선들한테 묵념이라도 하는 줄 알겠어" 하고 농담했다. 당연히 하나도 안 웃겼고 아무도 안 웃었는데 오직 리애 씨만이 락교를 집어들다 말고 얼굴 전체를 펴며 화사하게 웃었다.

90년대 초반 뉴욕으로 떠나 지난해에야 한국으로 돌아온 리애 씨는 그동안 한국어가 그리웠는지 아무 말이나 들어도 그렇게 성의 있게 반응했다. 문제는 그 반응이 일반적인 한국 직장인들의 감수성에 비해 지나치게 풍부하다는 점이었다. 나는 그냥 그것이 뉴욕 스타일인가보다, 정확히는 뉴욕의 한국인 스타일인가 여겼지만 안 그래도 마흔 후반의 신입사원이 들어온 데 불만인 직원들은 점점 노골적으로 불편해하고 있었다.

초밥집에서 나와 산책을 하겠다고 했더니, 리애 씨가 자기도 걷겠다고 따라왔다. 거절할까 했지만 그러지 못했다. 우리는 생각보다 멀리, 경복궁역을 지나 역사박물관까지 걸었다. 그러면서 빌딩과 가로수, 신축건물에 임시로 설치해놓은 비계와 전광판들이 만들어내는 그늘로 들어갔다가 빠져나왔다가를 반복했다. 어디를 걷다 보면 자연스럽게 벌어지는 그런 상황들도 의미심장하게 느껴지는지 리애 씨는 여러 계절을 통과하는 것 같네, 하며 특별한 감흥을 덧붙였다. 나는 순간 리애 씨가 뉴욕에서 이혼을 하고 한국으로 돌아왔다는 사실을 떠올렸고 좀 물어볼까 싶었는데 혹시 그러면 예의에 어긋나는 건가, 아닌가 해서 망설였다. 그리고 회사 사람들끼리 그런 각자의 사연을 알게 되면 너무 가까워지는 게 아닌가 하는.

사수는 리애 씨가 뉴욕의 갤러리에서 일했다고는 하지만 이력서를 보니 전시기획자 서포트에 불과했는데 그 경력을 보고도 뽑은 건 희망연봉이 터무니없이 낮았기 때문이라고 차갑게 논평했다. 그런 건 시장의 교란이고 그렇게 해서 젊은 사람들이 일자리를 못 얻게 된 다고. 나는 어차피 담당 업무가 다르니까 그런 내막까지는 알고 싶지 않았다. 그리고 나는 나대로 인상적으로 본 리애 씨의 행동이 있었으 니까.

리애 씨는 탕비실이 제대로 정리되어 있지 않거나, 공동으로 쓰 는 사무용품들이 제자리에 놓여 있지 않을 때 그렇게 만든 장본인을 꼭 찾아 지적하고 넘어갔다. 보통의 우리라면 한두 번은 억지로라도 이해의 실마리를 만들어 넘어가고 조용히 흉보고 그래도 안 되면 대 체 누가 그랬어, 하는 혼잣말로, 당구로 치자면 쿠션을 넣은 저격으 로 해결하는데 리애 씨는 그런 고려가 없었다. 언젠가 퇴근하면서 그 런 지적하는 것 안 어려우세요? 저는 더구나 막내라 참게 되는데, 하 자 리애 씨는 참으면 안 되죠, 라고 했다. 참으면 미워하게 돼, 그러기 전에 말을 하는 거예요. 그런 현명함이라면 선생님에게도 적당한 말 을 전할 수 있지 않을까. 인생에서 경험은 너무 중요하고, 해서 회사 에서도 경력자에게 월급을 더 주고 사수나 선임이라고도 부르고, '경 로'도 우대하고 그러는 것일 테니까.

"여기 시시하죠? 뉴욕에서 살다가 여기 오면."

나는 이제 완연히 푸른 기운이 차오른 나무들을 올려다보면서 운 을 뗐다. 층층이 다른 높이의 가지들이 바람에 흔들리며 오후의 소란 과 리듬을 만들어내고 있었다.

"전혀 그렇지가 않아요. 나는 기쁘게 살 작정으로 서울에 있고 그렇게 살고 있어요."

"그렇구나, 그렇지 않으시구나."

나는 급하게 이사했다는 홍제동의 그 아파트에서 혼자 오후를 보내고 있을 선생님을 생각했다. 자기 물건 챙기는 데 젬병이니까 아마 숟가락 하나 제대로 식탁에 놓여 있지 않을 것이다. 배우자 선생님과 함께 모았던 2천여 장의 CD들은 어떻게 되었을까. 같은 학교의 연극원 교수였던 배우자 선생님은 연말이면 독일의 전통 빵인 슈톨렌을 직접 구워 크리스마스카드와 함께 내게 주곤 했는데, 그 모든 안락의 기억들은 이제 안녕이었다. 나는 그 사실이 못 견디게 억울했다.

우리는 돌아갈 때는 택시를 타기로 했다. 산책에 어울리지 않지만 때론 그런 게 산책의 묘미라고 리애 씨가 말했다. 광화문을 지나는데 틀어놓은 분수 사이를 뛰어다니며 아이들이 환호하고 있었다. 이미 물에 젖어 신발 따위는 벗어던진 아이도 있고 그런 아이들의 명랑함을 지켜보면서 합류를 고민하는 아이도, 친구에게 물을 뿌리기 위해 두 손 가득 물을 담았다가 뛰는 동안 다 쏟아버린 아이도 있었지만 가장 특이한 아이는 누구에게 말하는지 알 수 없지만 뭔가 마음에 들지 않는 듯 잔뜩 인상을 쓴 채 안 돼애, 하고 손을 내젓는 안경쓴 여자아이였다. 아이는 여섯 살이나 되었을까 싶었는데 한 손으로는 엄마 손을 잡고 있었지만 나머지 한 손으로는 누군가들에게 안 돼애, 안 돼애, 했다. 나는 그 애가 그렇게 손을 흔들 때마다 왠지 맞서고 싶은 기분이었다.

"내가 뉴욕에서 여기 왔던 2016년 말에 집회가 한창이었잖아요. 광화문에 그렇게 사람 많은 거 대학 때 시위 이후로 처음 봤어. 저도 구경을 다 했어요, 사람들이 와—모여 있는 거 보니까 나도 살 수 있겠더라고. 뉴욕 떠나면서 한국에서 죽어야지, 했는데 오호 살겠구나 하고 생각했어. 너무 오래 떠나 있어서 정치적 이슈들이야 나랑 상관 없고 알 수도 없다 싶으면서도."

그때 마음의 뭔가가 풀리면서 말이 한 마디, 두 마디 새어나오기 시작했다. 어차피 선생님과 리애 씨는 아는 사이도 아니니까. 그래서 택시에서 내릴 때쯤에는 이미 그 한심한 자식과 선생님의 숭고한 선택에 대한 나만의 관점과 해석과, 중간에 터져버린 눈물까지 이미 부끄러울 정도로 속내를 드러내고 만 뒤였다. 리애 씨는 그 얘기를 오, 어머나, 저런, 안 되지, 하는 적절한 반응과 함께 적극적으로 들었는데, 이 문제가 적어도 내게는 감당이 어려운, 매우 심각한 일임을 간파한 리애 씨는 오늘은 점심시간이 끝났지만 내일 또 얘기할 수 있을 거예요, 라고 기약하며 책상으로 돌아갔다. 그리고 어차피 위로의 말을 준비할 필요는 없으리라 안심시켰다. 말할 타이밍도 없이 선생님 쪽에서 쉴 틈 없이 말들이 쏟아져나올 테니까. 리애 씨는 이혼한 뒤 짐을 싸서 한국인이 운영하는 게스트하우스에서 머물며 출국일을 기다렸는데, 스태프를 붙들고 몇 시간을 아무 말이나 떠들어댔다고 했다.

"왜 그랬어요?"

내가 그렇게 묻자 리애 씨는 좀 쓸쓸하게 웃었다. 살짝 찡그린 이

마에 주름과 기미가 가득한 것이 눈에 들어왔고 이윽고 "두렵잖아요"라는 대답이 돌아왔다.

홍제동에 도착해서도 나는 아파트로 바로 들어가지 않고 근처를 배회했다. 바로 앞에는 홍제천이 있었는데, 서너 마리의 오리가 수풀을 주둥이로 뒤지다가 뭐에 놀랐는지 날지도 못하는 날개를 퍼덕이며 달아났다. 한동안 지켜보니 수중에 있거나 보 아래 있거나 어디든 마찬가지였고 그러면 저건 특정한 위협이 있어서가 아니라 일종의 패턴이 아닌가 싶었다.

문자메시지로 사갈 것이 있냐고 묻자 선생님은 다 있어, 그냥 너한테 필요한 것만, 이라고 답신을 보내왔다. 나는 슈퍼에서 정종 한 병과 선생님이 좋아하는 약과를 샀는데 슈퍼 주인이 제사이신가 봐요, 해서 그 조합이 그렇다는 것을 깨달았다. 그냥 나는 약간 B급 감성으로 평소에 4홉들이 술을 사서 마시고, 명절이면 재미 삼아 주위 사람들한테 선물도 했는데, 그것도 때와 장소를 가려야지 이런 날에는 참 공교롭게도 공교로워진다고 생각했다. 내 자신이 한심해지면서 환불할까 싶었지만 그러자면 제사이신가 봐요, 하는 말에 네에, 하고 대답했던 게 이상해지니까 그냥 버릴까 싶다가 버릴 데도 마땅찮아 차라리 확 깨버렸으면 좋겠다, 하면서 별안간 화단으로 집어던지는 상상까지 한 뒤 얌전히 엘리베이터를 타고 선생님 집으로 올라갔다.

어둑어둑하게 조명이 다 꺼져 있으리라는 예상과 달리 집 안은 깨끗하고 환하고 레이스커튼까지 달아 새집 분위기가 났다. 구경해본 안방의 침대는 퀸 사이즈였고 냉장고도 혼자 쓰기에는 너무 클 것 같은 대용량, 소파 역시 예사롭지 않은 4인용이었다. 베란다에 놓인 승마 자세를 이용한 운동기구까지 보고 나자 무릎이 팍 꺾이는 기분이었다. 거기에는 선생님의 포기하지 않은 계획이 있었다.

주방은 여기저기 토마토투성이였다. 나는 선생님도 요리를 하는구나 싶어 놀라면서, 사온 것들을 식탁 다리 옆에 숨기듯 내려놓고 앉았다. CD는 여전히 많았지만 전보다는 확실히 수가 적었고 아마 반으로 나눈 듯했다. 어떻게 나눴을까, 협의했을까. 알파벳순으로 너는 L까지 가져, 나는 그 이하로. 그런 대화는 상상만으로 나를 침울하게 했다. 삼성동의 그 집에서 선생님과 배우자 선생님은 행복해 보였고 나는 어느 순간에는 그 다정한 광경이 닳을까봐 보기 아깝다고까지 생각했으니까. 선생님은 토마토와 전분으로 엉망이 된 테이블에서 완자를 빚고 있다가 맞아, 음악이 없네, 하더니 오디오 버튼을 눌렀다. 들리브였고 〈꽃의 이중창〉이었다.

나는 들리브라면 그 대학원생을 처음 만났다던 그때의 음악 아닌가 생각했다. 무용과 리허설 시간에 선생님이 피아노 실연(實演)을 해주러 간 것이었다. 아니 그건 드뷔시의 〈아마빛 머리의 소녀〉였던가. 아무리 특수 조건의 만남이라도 레퍼토리는 결국 비슷비슷하니까 정확한 곡명은 까먹고 말았다. 하긴 기억해봤자 결국에는 내 손해였다. 뭐였든 간에 불세출의 명곡이었을 것이고 다시는 듣고 싶지 않을 테니까. 아직도 뭔가 기대를 하고 있지만 결국 선생님도 희망과 달리 관계를 회복하지 못하고 그런 몇몇 곡들에 대한 예민한 통증만 가지게 될 것이다. 산책하다가 *그*가 흥얼거린 몇 소절의 가락으로 만들었다는 선생님의 자작곡도.

그때만 해도 선생님은 정신이 나가 있어서, 내게 그런 사연까지 들려주며 곡에 대한 의견을 물었는데, 선생님의 연주는 당연히 훌륭했지만 나는 오히려 그래서 눈물을 흘리고 말았다. 그날은 선생님이 선생님에게는 전혀 필요 없을 듯한 저 승마형 운동기구를 사들고 온 날이기 때문이었다. 그 와사비 같은 대학원생이 자기가 쓰던 물건을 판 것이었고 인터넷으로 찾아보니 가격은 시중가보다 정확히 5만 원 쌌다. 그 남자애가 자신의 여인에게 보여준 그 5만 원의 디시, 5만 원의 에누리, 5만 원의 희생과 그 곡은, 선생님이 피아노로 시연하고 있지만 실제 연주에서는 현을 손으로 직접 뜯는 피치카토 주법의 첼로가 끼어들어 음의 날카로운 피치를 드러낼 그 곡은 개탄스러울 정도로 어울리지 않았다. 선생님이 주위의 누군가들에게 영감받았다는 곡들 중 단연 아름답고 환희에 차 있고 한편으로는 섬세하게 흔들리며 동요하는, 우리가 상상할 수 있는 가장 여러 겹의 감정이 담겨 있는 곡이었다.

선생님은 언젠가 내가 들려준 어린 시절 이야기—꽃밭에 놀러 가서 들었던 벌 몇 마리의 날개 소리—를 듣고 〈데이지〉라는 곡을 선물해주기도 했는데, 그 곡을 들으니 〈데이지〉는 완전히 왜소한 소품이었다. 연주가 끝나고 제목을 물었을 때 선생님은 '올라가려고 하면 내려오고, 올라가려고 하면 내려온다'라고 했다. 아니, 그 반대였나?

아무튼 리애 씨의 예언처럼 선생님은 평소보다 무척 말이 많았다. 자신의 신상 변화에 대해서만은 절대 언급하지 않는, 주로 이사 과정의 불합리와 어려움을 토로하는 긴 수다였다. 동작도 부산했는데 그 과정에서 계란이 깨지고 양파가 아슬아슬하게 채 썰리고 후추알이 갈렸다.

"선생님,"

"어? 왜? 왜 그러니?"

"너무 많아요."

둘이 먹기에 너무 많은 양이 요리되고 있었다.

"너무 많니?"

"많아요."

선생님은 그런가, 하면서도 재료를 솥에 다 쏟아넣었다. 그리고는 "얘, 이거 월세야" 하고 묻지도 않은 대답을 했다. 그리고 아무 말이 없었는데, 선생님이 왜 수다를 멈췄는지 의아해하다가 접시에 놓여 있던 생강정과 하나를 먹었다. 선생님은 추운지 한 손으로 시들하게 부엌 창을 닫았다. 한 시간쯤 지나 탕이 완성되었을 즈음 벨이 울렸고 대여섯 명의 재학생들이 우르르 들어왔다. 나는 당황했다. 선생님은 내가 말 안 했던가? 하더니 조금 부드러운 얼굴로, 너는 손님은 아니니까, 라고 했다.

제자들은 너무 다 어려서 어쩐지 종이 인형에서 오려낸 존재들 같았다. 다들 씩씩하고 똑부러지는 어투로 학교를 떠나게 된 선생님을 향한 아쉬움과, 새집의 훌륭함에 대한 예찬과 앞으로의 계획에 관한 적절한 질문을 하고 있는데도 걔들은 어쩐지 아까 아파트로 들어오기 전에 본 개천의 오리들처럼 뭔가를 경계하고 있는 듯한 과장된 흥분이 있었다. 나는 지금 학교를 다니는 사람도 아니고, 전공을 살려서 이들이 기억할 만한 선배가 된 것도 아니니까 화제에서 점점 소외되어갔다. 그들은 이런 상황에서 상대를 가장 잘 위로하는 길은 화제의 전환이고 그러니 학교의 이런저런 일들을 꺼내어 마치 선생님이 아직도 그 과의 촉망받는 교수인 듯한 착각을 주어야 한다는 점을 본능적으로 아는 애들처럼 노련하게 학교 이야기만 했다. 누가 준비도 없이 유학을 가려고 한다든가, 누가 휴학을 하고 싶어 하는데 휴학하면 재수하고 싶고 재수하면 삼수하고 싶은 것이 사람 마음이니까 그러면 안 된다든가, 누구는 피아노 과외를 열댓 명이나 한다는 등등.

선생님은 확실히 나와 있을 때보다는 안정되어 보였고 토마토탕도 내 기우와는 달리 적절하게 분배되어 비워지고 있었다. 나는 아까 발밑에 내려놓았던 정종을 꺼냈고 조용히 마시기 시작했다. 내가 은근히 취하고 나서야 한 명이 정종병을 가리키며 평소에 이거 마시는 분 처음 봐요, 선생님, 하고 내게 말했다.

"그러니?"

"네, 맨날 아빠나 삼촌들이 사갖고 오잖아요. 제사 때, 그리고 다 먹지도 않고 끝나면 버리고. 선생님은 근데 이 술 좋아하시나보다."

"나 선생님이라고 부르지 마."

나는 말 걸어준 학생 앞에 잔을 놓고 한 잔 따라주면서 그렇게 말했다.

"왜요?"

"우리 선생님이랑 헷갈리잖아. 선생님한테도 선생님이라고 하고 나한테도 선생님이라고 하면."

"그렇구나, 그러면 뭐라고 할까요?"

나는 지갑에서 명함을 꺼내 돌렸다. 선생님은 그런 나를 보고 있다가 약과를 접시에 담아가지고 왔다. 벌건 국물이 남아 있는 식기들과 노란 조명과 흰 테이블보 그리고 다 비워진 정종병은 정말 있지도 않은 누군가의 죽음을 기억하는 자리처럼 기이하게 처량맞았다. 학생은 차를 가져왔다며 술은 마시지 않았다. 또다시 이야기는 지금 당장 선생님의 진짜 삶에서는 중요하지도 않을 콩쿠르와 거기에 입선하기 위해 줄을 서는 영혼이 병든 예술가들과 고가의 악기들, 테크니컬한 연주법들의 정련이나 발표회 준비로 흘러갔는데, 나는 이 대화의 모든 것은 사실 기만이고 우리는 지금 선생님을 위로하기 위해, 그러니까 죽어버린 선생님의 결혼 생활을 위해 있고 역시 죽어 마땅한 선생님의 1년여간의 그 외도를 위해 여기 있지 않은가 생각하다가 선생님, 하고 선생님을 불렀다.

"왜?"

"선생님."

"왜?"

"걔하고 잤어요?"

그 순간 바람이 지나가듯이 휙 하는 침묵이 아파트를 채웠다. 이미 그 영악한 애들은 학교에 떠도는 소문을 알고 있는 듯, 놀라는 척조차 하지 않았다. 그중 한 애 휴대전화가 울렸고 그걸 신호로 모두들 일어나 부산하게 그릇들을 정리하다가 내가 소파에 가서 누워버렸을 즈음에는 인사하고 아파트를 빠져나갔다. 나는 선생님이 나를 혼내거나 엄청나게 화를 내리라 생각했지만 그런 일은 일어나지 않았다. 나는 바람이 솔솔 들어오는 창가 앞 소파에 한동안 방치되었다. 집 안이 너무 괴괴해서 꼭 무슨 큰일이 일어나 모두가 일시에 사라진 듯했다. 그 침묵이 버거워 아무래도 일어나 내 집으로 가야겠다, 싶은 생각을 겨우 했을 때쯤 인기척이 나더니 선생님이 얇은 홑이불을 가져와 내게 덮어주었다.

2

그날의 실패한 위로 방문은 내 자신에게 상처가 되었다. 대체 왜 그런 행동을 했는지 이해할 수가 없었다. 정작 나는 그 가십에 한 마디도 보태지 않은, 어떻게 보면 선생님의 그 일에 대한 최종 수호자이자 보루의 역할을 하고 있지 않았던가. 하지만 이렇게 되고 보니 차라리 딴 애들처럼 굴었다면 선생님 앞에서 뭔가를 '가장'할 수 있었으리라 생각했다. 애들처럼 뒤에서 찧고 떠들고 말을 지어내면서 인류애도 없이 굴었다면. 나는 이제 친구에게조차 하지 않을 듯한, 섹스나 성관계라는 말에 대한 이상한 기피 때문에 유치하게 선택하는 잤니? 라는 표현을 떠올리며 괴로워했다. 그 말을 하고 있는 내 주둥이를 오리부리처럼 늘여 처닫게 하는 상상을 여러 번 했다.

리애 씨는 내게 사과하라고 권했다. 그대로 두면 미안해지다가, 미안해지다가 결국에는 선생님을 미워하게 되리라는 얘기였다.

"미워하면 할 수 없죠, 뭐, 제가 어떻게 할 수 없는 거잖아요?"

우리는 점심을 먹고 아주 다디단 음료를 하나씩 물고 걸으면서 이런 대화를 나눴다. 그러면 장마철 쉰 음식처럼 부글부글 상해가고 있는 마음이 조금은 나아졌다. 이상하게 나는 리애 씨가 선생님이나 클래식계와 완전히 상관없는 사람이라 그랬는지 아무 말이나 감정적으로 내뱉기도 했다. 그동안 내 마음속에 있는지도 몰랐던, 선생님에 대한 박한 평가들이었다. 사실 선생님이 공부한 영국의 그 대학은 굳이 따지면 이류에 가깝다든가, 선생님 동기 중에는 이미 선생님보다 훨씬 유명한 연주자들이 많으며 서울 시내에 있기는 하지만 붙고 나면 꼭 재수하고 싶어지는 우리 대학 역시 그리 좋은 직장은 아니라든가, 그러니 버릴 만해서 버렸다든가, 하는 말들이었다. 하지만 그러고 나면 꼭 후회가 남아서 사내 메신저로 리애 씨에게 미안합니다, 라고 사과했다. 제가 왜 그랬는지 모르겠어요. 어느 날 리애 씨는 아마 선생님이 약자가 되었기 때문이리라고 알려주었다. 사람들에게는 약자를 알아보는 귀신같은 눈이 있으니까. 초여름의 산책과는 어울리지 않는 차갑고 맵짜한 말이었다.

"약자라니요? 우리 선생님이 어딜 봐서 약자예요?"

"약자죠."

"이혼했다고요? 요즘 세상에?"

"언제나 더 많이 사랑하는 사람이 약자인 거잖아요."

나는 그 말을 듣는 순간 말문이 막혔다. 사랑이라니. 내가 그 대학원생이 얼마나 이기적이고 형편없는 인간인지 설명했는데. 사실 나는 그보다 더한 그의 행실에 대해서도 알고 있었지만 차마 리애 씨에게는 말하지 못하고 있었다. 연인이라는 관계로 들어서자 그 남자애가 선생님에게 요구했을, 어떤 태도 같은 것. 선생님 휴대전화에 미리보기로 뜨던 은파야, 하는 반말로 된 메시지나, 선생님이 어느 날부터인가 먹기 시작한 경구피임약 같은 것. 선생님은 평소에 관심 없었던 왁싱에 대해 내게 묻기도 했다. 그러면 나는 양팔과 양다리를 말끔하게 제모하곤 하는 무용과 남자애들을 떠올리면서 아마도 선생님의 그것에 대한 불편한 논평이 있었으리라 짐작할 수밖에 없었다. 그러면 그건 그냥 그것일 뿐이잖아, 그냥 털일 뿐이잖아, 씨발아, 하는 화가 치밀어올랐지만 삭힐 수밖에 없었다. 상황을 봐서 조금씩 돌려 말할 뿐이었다. 그러니까 선생님, 피임약을 먹는 건 여자 몸에 좋지가 않아요, 저희 엄마가 근종 때문에 자궁을 들어내고 에스트로겐을 오랫동안 복용했는데요, 유방암에 걸렸잖아요. 그거 안 좋아요, 선생님, 콘돔이라는 안전한 피임기구가 있는데 왜요. 아니요, 제가 선생님 가방을 열어본 건 아니고요, 열려 있어서 시선이 간 거고요, 선생님, 조심해서 나쁠 것 없잖아요. 백세시대인데 백세 못 살면 얼마나 억울해요, 그깟 것 때문에 명을 줄이면요, 죽은 사람만 서러워요. 산 놈은 계속 창창하게 사니까요…….

하지만 나는 리애 씨 말에 대해 생각하지 않을 수 없었다. 리애 씨는 선생님의 사랑을 인정하지 않는다면 관계 회복은 요원하리라고 했다. 요원—하다는 말, 아득히 멀어진다는 말. 나는 퇴근길에 일정한 간격으로 흔들리는 전철 소리를 듣다가, 모교의 연주실을 떠올렸다. 대학에 들어오자마자 나는 작정한 사람처럼 방황했는데, 그때 선생님이 연주실 조교라는 있지도 않은 직을 만들어 자기 일을 돕게 했다. 처음에는 시급도 터무니없이 적은데 왜 이런 일을 시키나, 그 야말로 노동착취가 아닌가 했지만 그 격일의 업무가 준 효과는 컸다. 서울의 북쪽에 있어서인지 유난히 춥고 서늘한 그 대학의 건물에서 내가 있어야 할 자리가 생긴 셈이었다. 마치 허허벌판의 운동장에 누군가 작은 원 하나를 그려준 것처럼, 어떤 서클 안에 들어 있다는 감각은 내게 안정감을 주었다.

물론 돈으로 따지자면 피아노 과외를 뛰는 편이 나았지만 나는 그 일을 졸업하던 해만 빼고 2년 반을 꼬박 했다. 뭐 지킬 것도 없는 연주실에 앉아 대관 스케줄을 조정하고 악기들의 입반출을 점검하고 선생님 곡을 기보하거나 연습곡을 들었다. 선생님 연주가 있을 때면 기꺼이 페이지터너가 되고 때론 선생님의 추천곡으로 콩쿠르를 준비하기도 했다. 물론 나는 끝내 좋은 연주자가 되지는 못했지만 그 모든 시간이 내게 필요했던 건 사실이었다. 나는 지금도 선생님이 어떤 존재냐고 누가 물으면 이 세상에서 나를 가장 빈번하게 칭찬해준 사람이라고 답했다. 그 어려운 예술대학 입시에 돈을 댔으면서도 부모는 정작 이후에 내가 무슨 성취를 이루고 있는지 관심이 없었으니까.

선생님을 다시 만나러 가는 날에는 돌풍이 불고 비가 내렸다. 나는 어쩐지 그 기상 악화가 마음에 들었는데 꽃이 다 지고 말리라는 생각이 들어서였다. 이런 기분에 벚꽃이며 라일락이며 철쭉이 다 무언가, 그렇게 해살해살 피어나서 꽃가루나 날리며 자기 본능에 열심인 것들에 시비가 일었다. 더구나 꽃가루 알레르기도 있으니까, 선생님과 내게는.

선생님은 내 전화를 받지 않다가 회사와 황부장의 이름을 붙여 부탁할 일이 있다고 하자 겨우 문자메시지를 보내왔다. 황부장이 최근 대기업에서 수주해온, 프로젝트로 늦여름 고궁에서 한국의 '내로라'하는 뮤지션과 아티스트를 모아 케이-아트 행사를 열겠다는 계획이었다. 일정이 터무니없이 촉박해서 부서에는 비상이 걸렸다. 황부장은 선생님과 동문이었고 사실인지 인사치례로 하는 말인지 몰라도 선생님 광팬이라고 했다. 선생님이 곡을 모아 몇 년 전 앨범을 냈을 때도 발매되자마자 사서 마르고 닳도록 들었다는 자기 말을 꼭 전하라고 했다. 그러니 함께 일을 한번 해보고 싶다고.

황부장은 선생님에게 행사의 테마곡을 부탁하고 싶어 했다. 부장이 아무리 이 행사에 대한 긍지와 의지를 불태워도 이 정도 예산과 일정으로 대중이 알 만한 누군가를 데려올 수는 없으니 그러는 건가 의심했지만 사과도 할 겸 잘됐다 싶었다.

"애제자니까 가능하지? 섭외쯤이야 부러뜨릴 수 있겠지?"

그 부러뜨린다는 말은 부장을 비롯해 팀장과 사수 모두 쓰는 그들만의 전문용어였다. 해내자, 도 아니고 해결해, 도 아니고 해치우자, 도 아닌 부러뜨리자라니. 참으로 해괴했다.

선생님은 오늘도 아파트로 오라고 했다. 나는 이번에는 슈퍼든 홍제천이든 아무 데도 들르지 않고 곧장 아파트로 직진해 들어가려 했다. 하지만 중간에 화원을 지나다 노란색 데이지 화분을 보았고 충동적으로 사들였다. 왜 나는 선생님을 만나러 갈 때마다 이렇게 뭘 사게 될까. 그런 돈은 대체 무슨 마음을 위해 지불될까, 불안인가. 하지만 그 생각을 했을 때는 이미 점원이 나의 데이지를 비닐봉지에 넣고 있었다.

선생님은 전보다 마르고 생기 없는, 잡으면 버석거릴 낙엽 같은 표정으로 무소륵스키의 〈전람회의 그림〉을 듣고 있었다. 요절한 친구가 남긴 그림을 보며 무소륵스키가 작곡한 그 연작은 선생님이 가장 황홀감을 느끼며 연주하는 곡이었다. 선생님은 허리통증이 심하다며 소파 위에 쿠션을 놓고 앉아 있었다. 허리와 어깨 디스크는 연주자라면 흔히 겪는 직업병이었다. 부엌은 언제 밥을 해 먹었는지 휑하니 비어 있었고 선생님은 다른 건 없고 두유 한 잔을 주겠다며 냉장고를 열었는데 거기에는 상해서 갈변되고 축 가라앉은 샐러드 한 통이 있을 뿐이었다. 나는 괜찮다고 했다. 부장이 시킨 대로 일을 성사시키기 위해, 어차피 선생님도 일은 필요하니까, 열심히 설명했는데도 선생님은 별 반응이 없었다. 내 말은 선생님 쪽으로 흘러갔다가 어딘가에 있는 홀을 만나 그냥 쪼로로 흘러버리는 듯했다. 이런 식이라면 프로젝트건 우리의 화해와 용서이건 제대로 부러뜨려질지 알 수 없었다. 이윽고 선생님이 나는 요즘 우울증을 진단받았어, 라고 했다. 의사가 입원을 권했지만 집이나 거기나 마찬가지인 듯해서 그냥 여기에 있기로 했다고.

"그게 어떻게 같아요? 다르잖아요."

내가 걱정이 되어 그렇게 말하자 선생님은 그런가? 하고 잠깐 생각했다.

"하기는 다르지. 거기는 약을 먹을 때만 하나씩 주니까. 그 사람들은 저렇게 많은 약을 나에게 어떻게 맡기는지 모르겠어."

CD가 다시 첫 곡인 〈난쟁이〉로 넘어갔을 때쯤 나는 선생님께 사과했다. 그러나 그건 리애 씨가 용기를 주었듯이 선생님과의 화해를 바라는, 선의로 가득 찬 몽글몽글한 마음이라기보다는 무소륵스키의 곡이 그렇듯 딱딱하고 음울한, 어느 정도의 두려움과 강제가 깃든 것이었다.

"죄송해요. 선생님, 제가 그날 선생님의 그것을 모욕했어요."

"내 무엇을 모욕했지?"

선생님의 눈은 너무 고요해서 얼핏 보면 건강한 평안에 든 사람 같았다. 이제 막 휴양지에서 일어나 늦은 아침을 먹으러 가는 사람처럼, 저녁의 공원에서 자전거를 타다가 서서 강변이나 운동장을 응시하고 있는 사람처럼. 하지만 그 눈과 선생님 입에서 나온 말은 아주 달랐고 나는 우리가 이런 대화를 나누어야 한다는 점에 적잖은 노여움을 느꼈다. 정작 당사자는 내가 아닌데도 이 일에 끼어들어 사과를 하게 되었다는 상황이 아이러니했다. 하지만 한편으로는 이렇게 참여해 있다는 사실을 기꺼이 받아들이고 싶은 의욕도 느꼈는데, 왜냐면 선생님과 나는 그런 사이였기 때문이었다. 10여 년 동안 우리가 함께해왔던 시간이 있고 루틴이 있었다. 나는 선생님이 피폐하고 종내는 심적으로 파산하더라도 돌아올 만한, 2호선 순환선처럼 거대한 서클을 그려주고 싶었다.

"선생님이 하고 계신 사랑에 대해서 제가 너무 함부로 얘기한 것 같아요."

나는 뱉는 말 한 마디 한 마디에 신경 쓰며, 발음을 정확히 하며 대답했다. 선생님은 나를 물끄러미 바라보다가 "저거 데이지니?" 하고 화분을 가리켰다. 데이지는 아직 비닐봉지에서 나오지도 못하고 노란 꽃잎 한 장만 살짝 보이고 있었다. 그렇다고 하자 선생님은 내가 그때 뭘 잘 몰랐는데, 하고 말을 꺼냈다.

"너가 어렸을 때 봤다던 그 꽃은 데이지가 아닌 것 같더라. 데이지는 여러 겹인데 그건 팬지였어."

"괜찮아요, 선생님."

"아니야, 내가 미안하다. 데이지도 아닌데 데이지라고 하고, 사실은 팬지인데."

"아니에요, 사과하지 마세요, 선생님."

나는 괜히 눈물이 나서 엉엉 울었는데 그런 나를 보고 있던 선생님의 눈시울도 붉어지다가 고개를 돌려 재빨리 그 순간을 모면했다.

"그리고 그 일은 다 끝났어. 더는 걱정하지 않아도 돼. 너가 뭘 걱정했는지는 모르겠지만."

3

나는 한동안 사랑의 무구함을 인정할 수 있었다. 그것이 발생한다는 사실만으로도 빛무리처럼 갖게 되는 어떤 형질에 대해. 그건 더 이상 와사비 걱정을 할 필요가 없기 때문이기도 하고, 리애 씨가 자신의 얘기를 더 들려주었기 때문이기도 했다. 우리는 그 얘기를 점심 산책길에 잠깐잠깐씩 나눴지만 그렇게 고궁과 거리와 광장을 오가는 동안 언젠가 리애 씨가 했던 표현처럼 여러 계절들이 지나는 듯했다. 그러니까 26년 동안의 모든 계절이.

리애 씨가 뉴욕으로 간 데에는 당시 한국에 대한 참을 수 없는 염증—지체, 후진성—이 있었다고 했다. 언제나 여기를 떠나고 싶었고 돌아오고 싶지 않았다. 교환학생으로 와서 박사과정을 밟고 있던 '미스타 리'를 만난 건 그런 스물두 살의 리애 씨에게 행운처럼 여겨졌다. 그는 마흔에 가까운 병약한 사회학자였으며 이미 한 번 결혼한 경험이 있었지만 문제가 되지 않았다.

김포공항에서 뉴욕으로 가는 비행기를 타며 리애 씨가 떠올린 것은 프랭크 시나트라의 〈뉴욕, 뉴욕〉이라는 노래와 영화 〈그렘린〉이었다. 〈그렘린〉은 리애 씨가 처음으로 극장에 가서 본 미국영화였다. 1985년의 성탄절이었고 서울극장이었다. 귀엽고 선한 털뭉치가 물에 닿으면 단란한 가족을 파괴하는 괴물이 탄생한다는 내용이었다. 물에 닿는 것이란 얼마나 아무것도 아닌 사소하고 무심한 행동인가 싶은데 그래서 더더욱 두려워지는 공포였다. 그 영화에서 리애 씨에게 인상적이었던 건 등장인물도 인물이지만, 영화에 등장하는 그 가정의 평범한 가구와 평범한 가전제품, 평범한 침구류와 평범한 식기들이었다. 그런 것들이 마구 망쳐져갈 때, 괴물들이 접시를 깨고 오븐과 전자레인지로 장난을 치고 커튼을 긴 손톱으로 찢고 크리스마스트리를 엉망으로 휘저어놓을 때, 리애 씨는 오히려 그 모든 것을 그렇게 망치고 일소해버려야 좀 살 것 같은, 스테레오타입의 미국식 가정에 대해서 생각했다.

리애 씨는 학생운동의 전통이 있는 독서회에서 활동했는데, 그곳의 여자 선배들이 얼마나 투철한 신념과 의식을 지녔든 간에 결혼 후에는 대개 비슷비슷한 불행에 빠지는 것을 목격했다. 이상한 얘기이지만 남편을 두려워하지 않는 여자란 없는 듯 보였다. 그리고 남편의 폭력을 피해 과 학생회장이었던 선배가 리애 씨 집에서 자고 간 다음날, 혁명의 날이 오더라도 거기에 여자들의 자리는 없을 것 같다는 생각을 했다. 여자는 노동자보다도, 노예보다도, 제3세계 식민지인들보다도 더 늦게, 어쩌면 영영 해방되지 못하겠구나.

여기까지 들었을 때 나는 리애 씨의 스토리가 한국을 벗어나 선진국에서 비로소 주체적인 여성의 삶을 찾으려다 가부장적이기 짝이 없는 남편 때문에 고생하고 이혼하고 귀국한, 배경만 세계의 시장인 뉴욕이냐, 그저 그런 시장인 서울인가만 다르지 결국 수없이 되풀이되는 패턴의 이야기가 아닐까 생각했다. 리애 씨 대신 우리 언니나 엄마나 누구를 갖다대도 상관없는. 하지만 내 예상과는 달랐다. 리애 씨의 가정에는 그런 패턴은 없고 마치 무균실에 놓인 가정처럼 그런

게 너무 없어서 생기는 뜻밖의 고통이 있었다. 뉴욕에서 돌아오기까지 20여 년 넘게 미스타 리는 리애 씨와 난 한 번의 섹스도 하지 않았다.

그가 어떻게 해서 그런 삶을 선택했는가는 리애 씨가 매일 고통스럽게 생각했던 것이었다. 이유를 물으면 그는 병든 육체에 대해 언급했지만 그것이 전부는 아니라는 사실을 그도 리애 씨도 느낄 수 있었다. 그가 그러기를 원해서 그렇게 살아야 한다는 것을. 리애 씨는 많은 감정들과 싸워야 했다. 분노, 의혹, 불신, 욕망, 냉소, 공격성, 자괴, 슬픔, 허무, 실망, 그중에서 가장 강렬한 것은 수치심이었다. 다른 누가 아니라―어차피 리애 씨는 누구에게도 이 얘기를 하지는 않았으니까―자기가 자신에게 느끼는 수치심. 그것은 깊은 상념 속에서만 있지 않고 매일의 일상에도 영향을 미쳤다. 매번 스스로를 창피 주고 모욕하려는 시선이 생겨나, 오븐에서 식기를 꺼내거나 바자회에서 입을 드레스풍의 옷을 고르거나 꽃밭에 물을 주거나 장을 보고 있을 때, 그렇게 사사소소한 욕망을 실현하고 있을 때마다 자신을 위축되게 하는 시선을 리애 씨는 느꼈다.

참으로 이상한 것은 섹스를 하지 않는 사람은 미스타 리인데 왜 자기가 자신을 그렇게 꾸짖고 경멸하는가 하는 점이었다. 그렇게 한번 분열되기 시작한 의식은 알코올로 조금씩 더 파괴되어갔다. 뉴욕의 꽤 부자 동네에 있었던 리애 씨의 집은 고요하고 점심에 열어놓은 창으로 들어온 벌 한 마리가 겨우 그날의 걱정일 정도로 평화로웠지만 리애 씨는 이 집이 〈그렘린〉에 나오는 어떻게 보면 천진무구해 보이는 괴물들로 들끓고 있어 특별한 악의 없이 자신을 죽이고 있구나 하고 생각했다. 그러니까 미스타 리가 대학에서 돌아와 다소 지쳤지만 다정한 얼굴로 여보, 나 왔어, 하면서 인사하는 그 손동작 속에, 샤워를 마친 미스타 리가 손발톱을 똑깍똑깍 잘 자르고 파자마를 입고 침대에 누워 먼저 잠이 들면 리애 씨 눈에 들어오던, 잠깐 발기되어 있는 그의 성기 속에, 교민들이 다니는 교회에 주일에 가서 한 자리를 차지하고 앉아 듣는 목사의 설교나, 반복해서 닦는 식기와 테이블 위에, 그것이 있었다.

"나는 미스타 리를 사랑했어, 윤령 씨. 하지만 지혜롭지 못해서 그가 미워질 때까지 아무 행동도 하지 못했지."

"뒤늦게라도 이혼을 하셨잖아요. 돌아오셨잖아요."

나는 과거의 미망이야 중요하지 않고 현재가 중요하지 않겠느냐며 최선을 다해 리애 씨를 위로했다. 그때는 이미 여름이 한창이라 그늘 속이 아니라면 걸을 수 없는 상태였다. 우리는 사무실에서 출발해 교보빌딩까지 갔다가 으레 건물의 그늘 속에 서 있었다. 그렇게 한 발을 좀 더 어두운 쪽으로 향하는 것만으로도 우리는 살 만한 상황이 되었다.

"아니야, 윤령 씨, 이혼은 미스타 리가 결정했어. 신장이 거의 기능하지 않는다는 선고를 받고 나를 설득해 이혼했지. 이혼을 이루기 위한 그 노력은 얼마나 눈물겨웠는지. 하루 두 시간 겨우 일상의 일을 처리하는 병세 속에서도 계속되었어. 그 시간을 생각하면 윤령 씨, 그러면 미스타 리와 내가 했던 사랑도 전혀 이상할 것이 없잖아."

나는 평소에는 크게 관심도 없는 사랑의 면면을 왜 이 여름 이렇게 고심해야 하나 생각했다. 리애 씨도 선생님도 모두 나보다는 근 십수 년은 위인 여자들, 그러니까 더 늙고 경험 있는 연륜 있는 스펙 있는 여자들인데 인생의 중요한 마디마다 여전한 의문을 풀지 못한 채 살고 있는 듯했다. 어쩌면 신화에서 인간이 판도라의 상자를 열었을 때 다 날아가고 남은 건 희망이 아니라 의문이 아니었을까.

나는 대체 리애 씨 남편이 왜 그런 삶을 택했는지 궁금했고 어느할 일 없는 밤, 구글링을 통해 그 사회학자의 부고를 찾아냈다. 리애씨의 미국 이름은 산드라 R. 리였고 그들이 살았던 동네는 뉴욕의 퀸스였다. 나는 리애 씨가 이혼을 했다고만 했지 그가 죽었다고는 하지 않아서 당황했다. 그는 대학에서 홉스에 대해 가르쳤고 미술과 음악에 조예가 깊었던 듯 블로그를 잠시 운영하기도 했다. 한 사이트에는 그의 짤막한 동영상 인터뷰가 올라와 있었다. 재킷을 그리 단정하지 않은 상태로 걸치고 말할 때마다 검지로 허공을 찌르듯 하는 버릇이 있는 그에게는 그러니까 그런 서사, 리애 씨가 말한 그 복잡한 욕망과 사랑의 서사는 없어 보였다. 그저 그 인터뷰에서 얘기하고 있는 공동사회와 이익사회라는 개념에 대한 지루한 설명처럼 그의 인생은 그런 고루한 것들로 채워져 있을 듯했다.

나는 리애 씨가 자신과 그의 관계를 여러 번의 산책을 통해 설명한 수고와 진정성에 대해서는 공감했지만 그 결론이 정당한 사랑으로 되는 것에는 여전히 의심을 거둘 수 없었는데, 영상 밑에 누군가가 달아놓은 노 모어 레이시즘이라는 댓글을 발견했다. 사회학자에게 붙은 인종차별은 안 된다는 댓글이라니, 나는 무슨 얘기인가 싶어 댓글을 단 사람의 프로필을 눌렀다. 그는 유학원을 운영하는 한인이었고 뉴욕에서 일어나는 다양한 한인 관련 뉴스들을 블로그에 올려놓고 있었다. 정식 루트로 알려진 뉴스뿐 아니라 한인들이 운영하는 크고 작은 매체, 종교시설, 친목단체 등에서 발설하는 루머나 잡담에 가까운 이야기들도 있었다.

나는 페이지를 넘기다가 그가 링크해놓은 한 기사를 발견했다. 뉴욕의 모 대학교수가 그의 배우자에 의한 살해의 가능성을 의심받고 있다는 내용이었다. 구역까지만 나온 집주소가 퀸스였고 전공이 같았으며 사건이 일어난 월과 부고의 날짜가 동일했다. 그는 자택에 설치되어 있는 내부 엘리베이터에 갇힌 채 발견되었는데, 그 고장 난 엘리베이터에 갇힌 지 불과 하루 만에 사망하였고 이와 관련해 배우자의 고의성을 경찰이 조사하고 있다는 것이었다. 기사를 인용해놓은 그는 이것이 한인들에게 종종 불리하게 적용되는, 인종차별적 수사는 아닌지 의심하고 있었다. 왜냐면 수많은 한인들이 그 사회학자 부부의 지고지순한 사랑을 증언했기 때문이었다. 거기에는 어느 솜털만 한 문제도 없었다고 표현한 사람도 있었다. 그들은 나이 차가 있었지만 서로를 존경하며 귀감이 되는 사랑을 실천 중이었다.

나는 좀 더 체중감량을 해야겠다며 회사 근처에 있는 헬스장을 끊었다. 점심시간을 이용해 잠깐 들러 운동할 수 있는 프로그램으로 전부터 회사 사람들에게 유행하고 있었다. 나는 점심을 아주 간단히 때우거나 아예 먹지 않고 헬스장에 들러 스피닝을 돌리고 러닝머신을 뛰었다. 더 이상 산책을 하지 않는 날들의 적당한 변명이 되었다. 그러면서 한 번은 리애 씨에게 물어봐야 하지 않을까, 그런 일이 있었어요? 라고 해야 하지 않을까, 거리낌에서 출발해 나중에는 혐오 같은 미운 감정으로 바뀔 수도 있는 의혹에 대해 확인하고 넘어가야 하지 않을까, 그것이 관계의 기본 아닌가 싶었지만 그렇게는 하지 못했다.

왜 그런지는 알 수 없었다. 정말 리애 씨가 살인자라고 여기는 걸까? 그런 의심이 들면 운동을 하다가도 나는 와다닥 웃음이 났는데, 그런 건 정말 말이 되지 않았기 때문이었다. 나는 내게 밀려드는 그 말도 안 되는 통속과 신파의 서사를 거부하듯 실제로 헛손짓을 해가며 아, 될 말을 해, 라고 중얼거렸지만 어떨 때는 죽일 수도 있지, 뭐, 하는 생각도 들었다. 하지만 무수히 공회전하는 그 마음 상태에서도 리애 씨의 이 말에 대해서는 의식할 수밖에 없었다. 더 많이 사랑하는 자가 언제나 약자라는, 운동을 하다가 떠올리면 어쩐지 다리 힘이 빠지고 선득선득한 추위를 느끼게 되는 그 사랑의 무결함에 대한 말이었다.

4

거국적 행사의 이름에 대해서는 많은 의견이 오갔지만 이런저런 이유로 클라이언트에게 거절당하고 결국 '고궁에서—In The Old

Palace'라고 결정되었다. 중요한 라인업들이 잡히자 어느 선을 탔는지도 모르는 낙하산들이 우르르 떨어져서 섭외를 종결했다. 비록 갑을관계가 선명한 가운데 공연과 전시를 담당하는 기획자들이었지만 그래도 우리의 감식안이라는 것이 있는데, 그런 점에서는 절대 선택할 수가 없는 아티스트들이었다. 대체로 젊은 사원들이 선정에 불만을 갖고 입을 쑥 내밀었지만 사수가 너네는 정말 사회생활 할 줄 모르는 초랭이들이다, 하는 바람에 감정을 다스렸다.

"이거 넣으려면 이거 받아야 하는 거고, 현실과 이상을 적절히 조절하면서 부러뜨릴 생각 해야지. 어디서 순진을 떠니, 떨기를."

깊은 대화를 나누지는 않았지만 리애 씨에게도 골치 아픈 섭외 대상자들이 한둘이 아닌 듯했다. 그중 가장 난관은 영상 작업을 하는 돈수라는 작가였다. 작품을 상영할 스크린의 크기가 문제였다. 고궁 측에서 장소 허락을 하면서 걸었던 조건 중 하나는 어떠한 경우에도 고궁의 건물을 가리는 설치물이 있어서는 안 된다였는데 돈수는 그런 규정 따위는 납득하려 하지 않았다. 고궁의 담장을 훨씬 넘는, 웬만한 야구장 전광판만 한 사이즈를 고집했다. 그래도 들어줄 수밖에 없는 것이 초청 아티스트 중에서 가장 유명하고 국제적인 작가였다.

그 협상을 부러뜨리기 위해 부장과 이사까지 동원되었다. 그리고 어떻게 그런 각도를 찾아냈는지 몰라도, 고궁의 처마가 똑 끝나고 팔 벌린 나무들의 가지가 이어지기 직전 어떻게어떻게 45도 틀면 만인이 만족할 수 있는 대안이 나왔다. 하지만 그렇게 각도를 트는 데도 돈수는 예민해서 재차 설득을 해야 했다. 그리고 마침내 사무실을 방문한 돈수는 상영 중 작품의 가치를 떨어뜨리는 불의의 사고—화면이 일그러지거나 뒷배경에 뭔가가 비치는 등의—가 일어나면 배상한다는 각서를 받고 나서야 허락했다. 그는 외국에서 오랫동안 활동해서인지 아니면 국제적인 공증이 필요해서인지 서류를 영문으로 작성해달라고 했다. 그리고 딕션이 자기와 유사하고 매우 훌륭한 영어를 사용한다며 주로 리애 씨와 대화했는데, 뉴욕에 관한 이야기가 나오자 돈수는 살았던 지역을 물었고 리애 씨는 맨해튼이라고, 내가 알고 있는 것과 다른 지명을 댔다.

선생님은 곡은 완성했지만 제목은 붙이지 못하고 있다가 최종 단계에서야 '올라가려고 하면 내려가고, 내려가려고 하면 올라간다'라고 정했다. 곡 제목이 이전 것과 유사하다고 생각했지만 대놓고 물어볼 수는 없어서 "이거 초연이라고 팸플릿에 적을까요?" 했는데, 선생님은 무덤덤하게 그러라고 했다. 스타카토가 붙은 길고 짧은 아르페지오로 주로 구성된 그 곡은 좀 앙상한 느낌이 있긴 했지만 데모상으로도 훌륭했다. 그런데 선생님은 곡의 소개말은 쓰지 않겠다고 고집을 부렸다. 그냥 불러주기만 하면 받아 적겠다고 해도 선생님은 음, 하면서 뜸을 들이다가 나에게 일임했다. 행사 날 연주는커녕 참석하게 하는 데도 지난한 설득이 필요했던 터라 더는 강요할 수가 없었다.

어느 날 가보니 선생님은 짐 정리를 하고 있었다. 관리소장이 올라와서 선생님이 내놓은 운동기구를 고맙다며 가져갔고 이제는 몇 개의 소품만 식탁에 남아 있었다. 선생님은 마치 눈싸움을 하듯 그것들을 집중해 보고 있다가 카드와 편지 몇 장을 집어 천천히 찢었다. 유치한 서클 무늬가 그려진 스카프는 이따가 내려갈 때 옷 수거함에 넣어줘, 하면서 내게 건넸고 이제 남은 건 바싹 말린 꽃잎을 넣고 향수를 채워 넣은 유리병이었다.

선생님은 팔짱을 끼고 그 유리병을 내려다보고 있다가 엄지와 검지로 달랑 들어 쓰레기봉투에 넣었다. 나는 선생님이 워낙 살림에 젬병이라 쓰레기봉투에는 가연성만 넣어야 한다는 것조차 모르는가 싶어서 선생님, 이건 안 돼요, 하고 말렸다. 그러자 선생님은 도리어 그럼 어쩌니? 하고 내게 되물었다. 그런 선생님 얼굴에는 아직 다 정리되지 않은 복잡하고도 선명한 고통이 얼룩져 있어서 나는 차마 속을 알뜰히 비워 재활용으로 내놓으라고는 하지 못했다. 슈퍼로 가서 어떻게 하면 좋을지 묻자 주인은 별도의 특수폐기물용 봉투를 내밀었다.

"얼마예요?"

"5100원 되겠습니다."

"아니, 왜 이렇게 비싸요?"

"50리터라서 그렇죠."

"그렇게는 필요가 없는데, 그냥 요만한 병 하나 버릴 거라서요."

나는 두 손으로 뭔가를 움켜잡듯이 해서 크기를 표시했다. 주인은 보더니 그래도 할 수가 없어요, 라고 했다.

"대형밖에 안 나와."

나는 하는 수 없이 잘하면 쪼그려 앉은 사람 하나라도 충분히 버릴 수 있을 듯한 그 봉투를 사왔다. 선생님은 비닐봉지 안에 병을 떨구듯 넣더니 입구 부분을 느슨하게 묶었다. 거기에는 아직 충분한 양의 폐기물이 차지 않아서 버려진 것이 무엇인지 아주 오롯하게 보였다. 그날도 용건은 해결하지 못하고 쓰레기만 가지고 아파트를 나가려는데 선생님이 잠깐만, 하더니 뭔가를 더 가져왔다. 무더운 여름을 살아내지 못하고 선생님의 방관 속에 죽어버린, 아마도 내가 사다주었을 데이지 화분이었다.

선생님 곡에 대한 설명을 쓰기 위해서는 하는 수 없이, 그 곡을 썼던 선생님의 여름날들을 떠올려볼 수밖에 없었다. 타인의 마음을 헤아리기 위해서 최대한 가까이 가볼 수밖에 없는 과정이었고 아무래도 좀 더 어두운 편에 서보는 것이었다. 그 와사비 인간의 춤사위에 대해서도 다시 생각해볼 수밖에 없었다. 또다시 유튜브를 틀어서 밤마다 시청했는데, 너무 반복해서 눈에 무리가 간 것인지 아주 잠깐 눈물이 나기도 했다. 그는 리허설 영상에서 한국의 어깨춤 동작을 선보이고 있었다. 어깨가 올라가고 내려오고 올라가고 내려가는 동작을 전혀 유연하지 않게, 어색하게 느껴질 정도로 천천히 반복하면서, 한편이 올라가려고 하면 반대편이 내려가고, 또 내려가려고 하면 다시 올라간다고 설명하고 있었다. 그 이상하게 허탈하고 비애가 번지는 표정, 그러면서도 이것을 춤의 신명이라 설명하는 상황이 서글프게 느껴졌다. 세상의 어떤 환희는 그렇게 자유자재가 아니라 불가피

146

한 강제 속에 발생한다는 것이.

　나는 그것을 보고 나서 어떻게든 문장을 만들어보려다가 서양음악 작곡가 진은파가 만들어내는 동서양 음악의 조화, 한국적 선율의 재발견, 사랑과 평화의 메시지 같은 말로 대체해버렸다. 선생님의 그 여름에 대해서는 누구도 끼어들 수 없을 것 같았다. 스스로 어쩔 수 없는, 감정과 상태의 불수의근에 몰두해 있는 선생님의 연인조차도.

　소개글을 완성해 선생님에게 컨펌을 요청했지만 선생님은 내가 보낸 이메일을 읽지도 않는 것으로 예의 그 거부 의사에 다시 언더라인을 그었다.

　마침내 디데이가 되자 우리는 고궁 안을 종일 정신없이 뛰어다녔다. 특히 우리가 VIP라고 부르는 초대 인사나 클라이언트들이 왔을 때는 고궁의 경계석들을 허들처럼 넘어가며 일사분란하게 움직였다. 전시는 한 달 동안 이루어지는 상설이었고 디데이 행사는 공연이었지만 그래도 중간에 조명을 모두 암흑으로 만든 뒤 띄우는 돈수의 〈기괴의 탄생〉이 클라이맥스였다. 그걸 스크린에 띄우는 건 뭐 그리 어렵고 복잡한 과정도 아니었지만 각서까지 쓴 터라 직원들 모두 긴장했다. 어디서 수가 틀려 트집을 잡을지 몰랐다. 보름이라 더 둥실 떠오를 달마저 문제 삼을지 모른다고, 부장은 전시 쪽 팀장에게 기상청에 전화를 걸어 오늘 달이 어느 방향에서 뜨는지 확인해보라고 했다.

　내게는 그 일 이외에도 긴장해 있는 대목이 있었는데, 선생님이 온다는 사실이었다. 나는 전처럼 선생님에게 편하게 연락하지는 못하고 있었다. 그날 선생님이 유리병과 함께 내 화분까지 치워버린 것이 어느 날은 청소를 하는 사람의 당연한 행동처럼 여겨지기도 하고 어느 날은 내게 보여주는 어떤 메시지처럼 느껴지기도 했다. 선생님이 리애 씨와 만나게 된다는 점도 신경 쓰였다. 물론 선생님은 리애 씨에 대해 모르고 리애 씨도, 내가 전한 것 이외에는 선생님에 대해 모르며 결과적으로 모두를 알고 있다고 생각한 나도 양쪽에게 무슨 일이 있었는지 지금은 아주 모르게 되었다고 결론 내렸지만 모종의 관련자들이 맞닥뜨리는 듯한 긴장이 있었다.

돈수의 작품은 선생님 곡이 끝난 직후 발표되기로 예정되어 있었다. 그리고 각자의 이유로 회사 사람들이 긴장하고 있을 때 마침내 작품이 상영되었다. 그날부터 우천 시만 제외하고 고궁에서 무한반복될 그 영상은 자신의 엄지손가락을 열심히 빨고 있는 어느 우량아의 모습이었다. 솜털 하나도 다 잡아낼 듯한 고화질의 영상이 거대한 스크린에 떠올랐고 무아지경의 자족감을 느끼며 엄지를 탐하고 있는 아기의 열띤 반복이 펼쳐졌다. 그 쌕쌕하는 숨소리와 손가락들을 축축히 적시며 흘러내리는 투명하고 농도 짙은 침과, 머리카락이 땀으로 범벅이 된 상황에서도 도무지 놓지 않는 엄지를 카메라가 담고 있었다. 그 갈구와 애착과 버둥거리는 팔 동작을.

아직 행사가 끝나지 않았는데도 선생님은 자리에서 일어났다. 나는 선생님에게 인사를 해야겠다, 인사를, 그러니까 다정한 배웅을 해야겠다 하면서도 인파가 많아 눈으로만 우선 따랐는데, 리애 씨가 선생님에게 인사하는 장면이 보였다. 선생님은 고개를 약간 숙이면서 몇 마디 말을 했다. 리애 씨가 밤하늘을 가리키는 것으로 보아 보름달 얘기를 한 듯했다. 그러니까 그 영상의 정확히 반대편에 떠 있는 그 환하고 거대하며 완전한 원형인 것을. 둘은 어깨를 가까이 하며 고궁의 돌담길을 걷기 시작했다. 나는 아직 행사가 진행 중인데 리애 씨가 어디까지 함께 가는 건가, 저러면 또 사수들한테 한소리 듣지 않겠나 하면서도, 벌써 중간문을 넘어가는 그들을 따라가지는 못했다. 🔲

° 진은파의 자작곡 제목인 '올라가려고 하면 내려가고, 내려가려고 하면 올라간다'는 국립현대무용단의 2017년 공연 〈댄서 하우스〉에서 착안했다. 어깨춤 동작도 공연 장면에서 왔으나 그 의미와 해석 등은 관련이 없다.

신세이다이 가옥

박민정

1985년 서울에서 태어났다. 2009년 《작가세계》에서 등단했다. 소설집 《유령이 신체를 얻을
때》《아내들의 학교》《바비의 분위기》, 장편 《미스 플라이트》, 중편 《서독 이모》가 있다.

후암동 옛집에 대해서는 누구도 먼저 말을 꺼낸 적 없었다. 가족들 사이에서는 그랬다. 그러나 밖에서의 나는 공공연히 후암동에 대해 말하곤 했다. 멀리 남산타워를 바라보며 끝없이 올라야 했던 낮은 언덕들과 지금은 카페가 된 옛 이웃집들이 있던 후암동에서 서울 토박이로서의 내 정서적 기반이 형성되었다고.

　　"아마 그 집들도 할머니 집처럼 권연벌레가 득실거렸을 거야."

　　종종 어린 나를 겁주기 위해 "말 안 들으면 삼광초등학교로 다시 전학 보낼 거야"라고 무섭게 을러대던 어머니는 얼마 전 넌지시 이야기했다. 그 집을 떠나고 몇 년 후 운전면허를 취득했을 때 후암동 쪽으로 차를 몰고 가본 적 있다고. 고가도로 밑에서 유턴하는데 속도를 줄이지 않아 옆에서 아버지가 고함쳤고, 어머니는 몇 번이나 시동을 꺼뜨려 줄담배를 피워대던 아버지에게 곧바로 핸들을 내주어야 했다. 그날 이후 어머니는 다시는 핸들을 잡지 못했고 이십 년을 장롱

면허로 썩히다가 얼마 전 운전면허 갱신을 포기했다. 옛집을 떠난 이후 어머니의 입에서 '후암동'이라는 단어가 나온 적은 그때가 처음이었다. 그리고 얼마 지나지 않아 야엘이 한국에 왔다.

때문에 야엘이 한국에서 살았던 집에 대해 이야기했을 때, 나는 깜짝 놀라고 말았다. 야엘이 한국에서 살았던 곳이라면 후암동의 그 집밖에 없었다. 동생과 함께 이층 방을 썼던 게 기억난다는 그녀의 말을 듣자, 순식간에 내 머릿속에 마루와 방들, 화장실이 경계 없이 이어진 그 집의 정경이 떠올랐다. 야엘은 자기가 한국에 대해 기억하는 거라곤 그 집과 꼬마 소년뿐이라며 그 집에 가보고 싶다고 말했다. 남양주경찰서 접견실에서 아버지는 금단증상에 시달리는 사람처럼 계속 손을 떨었고, 간혹가다 짧은 영어로 야엘과 내 대화에 끼어들기는 했으나 대체로 가만히 있었다. 야엘은 처음 보는 사촌동생인 내게 주로 말을 건넸다. 사촌동생이라는 말이 그토록 공허하게 여겨지긴 처음이었다. 야엘은 아버지 쪽은 쳐다보지 않았고 가끔 어머니 쪽을 일별했다. 그녀가 오래전에 본 젊은 부부가 노년에 가까워진 모습으로 변했다는 걸 어떤 기분으로 바라보는지 궁금했다. 가족 접견이라는 이름을 단 만남이었으나, 야엘을 포함해 우리들은 그 어느 때보다 가족이란 이름에 걸맞지 않았다. 야엘은 자기를 김포공항까지 데려다준 작은아버지인 우리 아버지를 기억했으나, 그 딸에 대해서는 아는 바 없었다. 야엘이 한국을 떠난 1983년에 나는 아직 세상에 없었다.

마당 있는 집…… 이층에 우리 방이 있었고, 일층 부엌 옆 쪽방이 아주머니 방이었다.

꼬마 소년. 작은 남자아이. 나의 가장 어린 동생.

아버지를 태우고 운전하는 건 처음이었다. 평생을 전방을 제대로 주시하지도 않고 한 손으로 운전하던 아버지는 그날 도저히 운전을 할 수 없겠다고 했다. 나는 긴장했다. 운전한 지 일 년밖에 안 되기도 했고 나는 유독 운전에 소질이 없었다. 고속화도로에서는 번번이 출입구를 헷갈렸고, 낯선 길에만 접어들면 내비게이션의 안내를 잘 알아듣지 못했고, 일방통행 골목을 역주행하는 일은 예사였다. 운전면허가 없는 남편을 태우고 다닐 때는 차라리 내 멋대로 할 수 있었지만 아버지가 조수석에 앉자 너무 긴장한 탓에 편두통이 밀려왔다. 의외로 아버지는 내 운전에 대해 아무런 타박도 하지 않았다. 그저 눈을 감고 침묵할 뿐이었다. 그날 운전은 평소보다도 엉망이었는데 말이다. 남양주 시내에 접어들었을 때, 좌회전 신호가 끝난 것을 알지 못하고 유도선을 도는 바람에 사방에서 경적이 울렸는데도 아버지는 눈을 뜨지 않았다. 어머니에게는 오래전 자신을 향해 고함을 지르던 남편의 모습이 떠올랐을 터였다. 위험천만했지만 아무도 입을 열지 않았다. 남양주경찰서로 가는 길이었다.

오랫동안 꿈꾸던 일이 이뤄지듯 그렇게 야엘이 한국에 왔다.

언젠가 경찰서에서 연락이 온다면 누가 대표로 가야 하나, 나는 오래전부터 생각했다. 그녀가 말하는 꼬마 소년은 내 사촌오빠 강장훈이었고, 그는 이제 마흔을 넘겼다. 프랑스인 야엘 나임, 한국 이름 강장희. 강장희와 강장선과 강장훈. 삼 남매의 사진을 본 적 있었다. 강장희와 강장선은 내가 태어나기 전에 한국을 떠났다. 강장훈에게는 새어머니와 아버지 사이에서 태어난 두 동생이 있었는데, 강예리와 강예은이 그의 친동생이 아니라는 것을 나는 초등학교에 입학하기 전에 눈치챘다. 강장희와 강장선이 평생 한국을 찾지 않는다면 다행이겠지만, 만약 다른 입양아들이 그러하듯 그들이 제 부모를 찾아 한국에 온다면 누가 그들을 맞을 것인가. 새 가정을 꾸린 지 삼십 년이 넘은 큰아버지가? 그들의 존재를 아직도 모른다는 큰어머니나, 강예리와 강예은이? 그들을 외국으로 입양 보내자고 최초로 제안한 사람은 할머니였다. 그녀는 이미 죽고 없었다.

두 자매가 있다. 언니가 동생을 낳고 동생이 언니를 낳는다. 서로를 낳는 이 자매는 누구인가…… 스핑크스의 그 질문을 알게 되었을 때, 나는 강장희와 강장선을 떠올렸다. 정답은 낮과 밤. 옛날 옛적에 읽은 흔해빠진 이야기가 운전하는 내내 머릿속을 맴돌았다. 우리는 남양주경찰서에 도착할 때까지 야엘 나임이라는 사람이 강장희인지 강장선인지 모르고 있었다. 1983년, 그들이 한국을 떠나기 반년 전에 내 부모는 결혼식을 올렸다. 가족사진 한구석에 양장을 맞춰 입은 장희와 장선이 있다. 장희와 장선은 자주색과 곤색으로 색깔만 다른 벨벳 치마를 입고 있다(그건 내 어머니의 결혼 예단이기도 했다). 장희와 장선의 생김새는 서로 매우 닮아 있다. 큰아버지를 닮아 둥근 얼굴에 몽고주름이 선명한 외까풀 눈, 그리고 언젠가 외국 영화에서 본

156

표현대로 '꿀색' 피부. 아버지는 그녀들을 구분할 수 있을까. 야엘을 보고 그 사람이 장희인지, 장선인지 알아볼 수 있을까. 경찰서에 도착해 주차하면서 나는 아버지에게 물었다.

"누군지 알 수 있겠어요?"

아버지는 미간을 찌푸리며 대답했다.

"누군들 그게 중요하냐."

후암동 집은 할머니가 죽기 전 소유한 집이었다. 비록 좁은 골목에 다른 집들과 다닥다닥 붙어 있었지만 마당까지 딸린 엄연한 이층짜리 독채였다. 그 집을 떠올리면 담벼락에 피어 있던 능소화부터 생각난다. 후암동은 부모님 손에 끌려가던 무서운 친가가 있는 동네였고 어린 내게 능소화는 할머니 얼굴처럼 섬뜩하기만 했다. 사업을 하던 아버지가 기어이 고덕동 아파트까지 해먹고 우리가 후암동 집으로 들어가게 됐을 때, 고덕동에서 후암동으로 가는 내내 아버지는 자꾸만 화를 냈다.

"십팔 새끼들 운전을 개좆같이 하네."

어머니는 평소와는 달리 나로선 생전 처음 들어보는 쌍욕을 아버지에게 퍼부으면서 여기 너만 운전하냐, 란 말을 반복했다. 어머니가 진짜 하고 싶은 말은 따로 있다는 걸 나는 알고 있었다.

우리가 후암동 집에 살았던 기간은 일 년이 채 되지 않는다. 아버지의 소유였던 고덕동 아파트를 판 게 아니었으니까. 훗날 돌이켜보며 나는 완전히 망했다고 생각했던 그 어린 시절이 실은 그다지 망한 것도 아니었다는 사실에 놀라워했다. 나와 남편이었다면 그렇게까지 가진 게 없었을 때 아파트를 팔지 않고 버텨낼 수 있었을까? 고덕동 아파트를 전세 놓고 다시 사업을 벌인 아버지는 반년 만에 회복해서 나를 원래 다니던 초등학교로 전학을 보내주었다. 다시 학교에 갔을 때 나를 기억하는 아이들은 몇 되지 않았다. 학급 부원들이 "교가를 가르쳐줄게" 하면 나는 그 노래를 안다고 말하기가 쑥스러워 그냥 배웠다. 살던 집을 전세 놓고 나갔다가 세입자를 내쫓고 다시 집에 들어가는 과정에 대해서는 몰랐으나, 고덕동으로 돌아왔을 때 '모든 것이 제자리로' 돌아왔다고 느꼈던 순간에 대해서는 명확하게 기억하고 있다.

고덕동 아파트는 내가 스무 살이 되었을 때 재건축되었다. 아파트가 새로 지어지는 동안 우리는 근처 빌라에서 살다가 78년식 아파트가 초고층의 주상복합건물로 변신했을 때 다시 그곳에 들어갔다. 남편을 처음 만났을 때 그는 내게 "그래도 평탄한 유년 시절을 보내셨네요"라고 했는데, 나는 그 말이 기분 나빴고, 그 말의 진의가 뭘까 일주일 동안 생각했다. 그는 이름도 처음 들어보는 깡촌 출신인데 나는 서울에서 태어나 자랐기 때문에? 우리집 숟가락 사정도 모르면서 그따위 말을 하는 데 기분이 상했었다. 연애할 때 우린 딱 한 번 크게 싸웠다. 결혼 얘기가 나오던 즈음이었는데, 그가 "그래도 자기네 집은 형편이 되니까……"라고 중얼거렸다. 사실 틀린 말도 아니었는데, 그때 나는 나도 모르게 후암동 집에 얹혀살던 시절이 떠올라 그에게 화를 냈다.

화가 났던 게 그것 때문만은 아니었다. 내게 부동산은 공포였다. 결혼 날짜를 넉넉히 일 년 후로 잡아뒀을 때부터 나는 스트레스에 시달렸다. 본래 식탐이 많았지만 그즈음에 나는 하루에 한 끼를 겨우 챙겨 먹었고, 죽어라 매달릴 건 그것밖에 없다는 듯 운동에 집착했다. 하루에 오 킬로미터씩 운동장을 뛰었고 줄넘기를 했다. 그런 나를 두고 친구들은 웨딩 다이어트를 하냐며 웃었지만 나는 정말이지 공포를 느끼고 있었다.

서울에 방 한 칸 얻는 게 그렇게 힘들지는 몰랐다. 나는 내내 부모님과 함께 살았기 때문에 자취하는 다른 친구들처럼 피터팬 같은 집 구하기 커뮤니티를 들락거릴 필요도 없었고, 강남이 비싸다는 것만 알았지 서울 각 지역의 시세를 전혀 몰랐다. 내 눈에는 다 무너져가는 집의 전세가 몇 억대라는 사실이 경악스러웠다. 남편의 집에서는 남편이 결혼할 때 주려고 마련해둔 돈 몇천만 원이 전부라고 했고, 우리집도 고덕동 아파트를 팔지 않는 이상 별다른 방도가 없었다. 남편의 입장에서야 우리집이 그나마 괜찮아 보였겠지만 나는 그때 말 그대로 공포를 느꼈던 것이다. 내게 집값을 전부 떠넘기면 어쩌지? 강남은 당연히 꿈도 못 꾸고 마포나 강변 같은 동네도 말도 안 되게 비싸고…… 용산은 놀랍도록 비쌌다. 내게 그 동네는 우리집이 망했을 때 기어들어간 동네였는데? 결혼을 준비하는 일 년 동안 나는 예전보다 더 많이, 더 깊이 후암동 집을 생각했다. 1980년대의 상황과 지금의 상황은 물론 다르겠지만 어떻게 할머니는 그 집을 소유했을까. 그러고도 어떻게 작은아들에게 떡하니 고덕동 아파트를 사주었을까? 어머니는 결혼을 앞둔 내게 농담하곤 했다.

"가난한 남자랑 결혼하려니 피곤하지?"

내 문제에 공감한다는 듯 말했지만 아버지와의 결혼을 앞둔 1982년에 어머니는 가난과는 다른 문제에 직면해 있었다. 그건 바로 강장희와 강장선과 강장훈, 세 아이들이었다. 예비 시댁의 사정은 만만찮았다. 결혼 전 어머니가 후암동 집으로 처음 인사를 드리러 갔을 때, 큰아버지의 첫 번째 부인은 사라지고 없었다. 어머니는 그녀가 세 아이를 낳고도 그렇게 사라져버린 까닭을 얼마 안 돼 이해하게 됐다. 예비 시아버지는 돌아가신 후였는데, 그에 대해서는 "징용 끌려갔다 와서⋯⋯"란 설명만 들었고, 어머니는 더 이상 묻지 않았다. 당시 후암동 집에 살고 있던 식구는 할머니, 큰아버지, 장희와 장선과 장훈, 그리고 시댁 될 집에 인사드리러 간 첫날 어머니를 놀라게 한 아버지의 여동생, 고모였다. 어머니는 고모를 처음 본 순간을 영원히 잊지 못할 거라고 했다. 할머니 때문이었다. 고모는 누가 봐도 임부라는 게 티가 날 만큼 배가 불러 있었는데, 무슨 말을 하려고 하면 할머니가 득달같이 고함을 질렀다고, 임신한 여자를 어찌나 구박해대는지 소름이 끼쳤다고 했다. 그래도 어머니는 그때 그길로 도망 나오지 않은 것에 대해서 평생 후회하지 않았다. 비정한 어머니에 홀아비인 큰형에, 그리고 어찌된 사정인지 홀몸으로 애를 배고 있던 여동생이 있었지만 아버지를 믿을 만한 남자라고 생각했으니까. "자기 사업도 하고 아파트랑 차도 있었으니까?"라고 내가 물으면 어머니는 눈을 흘겼지만, 그게 가벼운 이유가 아니라는 걸 결혼을 준비하는 동안 확실히 알게 됐다.

그때 고모가 품고 있던 아이는 내가 어린 시절에 유일한 사촌언니라고 믿었던(장희와 장선의 존재를 몰랐을 때) 강수진이다. 그녀는 친가의 손주들 중 가장 공부를 잘했다. 예리와 예은이 재수 없게 굴 때마다 앞장서서 내 편을 들어주기도 했다. 그녀는 중학교 때 자기 어머니를 일층 부엌 옆 쪽방에서 이층 큰 방으로 옮기는 데 성공했다. 남양주경찰서에서 야엘이 후암동 집에 대해서 기억나는 대로 말하며 "일층 부엌 옆 쪽방이 아주머니 방"이었다고 했을 때, 나는 그녀가 말하는 아주머니가 누구인지 단번에 알아듣지 못했다. 그녀는 고모를 말하는 것이었다. 일곱 살의 어린아이의 머릿속에도 깊숙하게 새겨졌을 그 모습, 할머니에게 지독하게 구박당하던 고모.

우리가 그 집에 살 때 할머니는 아침밥을 야무지게 먹고 등교하려는 수진의 뒤에다 대고 뜬금없이 독한 년이라고 욕을 했는데, 수진은 못 들은 척 씩씩하게 걸어나갔다. 수진의 인내심을 시험하기라도 하려는 듯 그 뒤로도 욕을 퍼부어대던 할머니는 "언젠가 저년이 나를 죽일 거다"라고 뇌까리기까지 했다. 할머니가 돌아가시던 날 수진은 누구보다 열심히 울었다. 수진은 그때 서울에서 가장 들어가기가 힘들다던 외고 입학을 앞두고 있었고, 나에겐 동경의 대상이었다. 역시 수진 언니는 다르다. 나는 죽어라 쥐어짜내도 눈물이 나오지 않는데. 자기보다 어린 예리와 예은이 식모 대하듯 하는데도 담대하게 견뎠던 수진은 대학교에 입학할 때까지 후암동 집에서 버티며 살았다. 고모를 지키면서. 나는 채 일 년이 못 되는 시간도 버티기 어려웠던 후암동 시절을 생각하면, 지금은 대기업 소속 변호사가 되어 남부럽지 않게 살고 있다 해도 그녀가 가엾어진다. 어떤 종류의 기억은 사람을 영영 망가뜨릴 수밖에 없기에.

어머니는 1980년대 당시의 유행대로 결혼식에 앞서 약혼식을 올린 후 일 년간 출근하듯 후암동 집에 드나들었다. 장희와 장선과 장훈을 씻기고 먹였고, 출산을 앞둔 고모를 돌봐주었다. 왜 도망치지 않았을까. 그땐 단지 아버지의 여자친구일 뿐이었는데. 나는 몇 번이고 물었지만 어머니는 대답하지 않았다. 다만 어머니는 그게 두려웠다고 했다.

딸 둘에 아들 하나를 낳게 될까봐.

나를 낳은 후 더는 아이를 낳지 않기로 한 부모님은 종종 할머니의 막말에 시달려야 했다. 유치원에 다닐 적엔 나도 그 말을 또렷이 들었다.

"너희들은 왜 피임을 하는 것이냐? 죄받고 싶냐?"

나는 그 '죄받는다'는 말을 할머니에게서 배웠다. 가톨릭은 불교, 개신교에 이은 할머니의 세 번째이자 마지막 종교였다. 성당에서 그런 말을 들었던 걸까, 짐작해보기도 했다. 피임도 유산도 죄받을 일이라는 말. 그러나 할머니는 혹시 생기는 게 딸이면 떼버리라는 말도 거침없이 했다.

딸 둘에 아들 하나란 아직도 설명이 필요한 자녀 구성이다. 많은 친구들이 "저희 집은 딸 둘에 아들 하나고요, 막내는 우연히 생긴 거래요"라거나, "저희 집은 딸만 셋이어도 괜찮았는데 남동생이 생긴 거래요"라는 식으로 둘러대는 걸 봤다. 물론 그 어떤 경우에도 내 큰 아버지의 자식들, 장희와 장선과 장훈의 사례에 비할 수는 없었다.

어머니는 장희와 장선을 입양 보내는 날까지 그 사실을 몰랐다. 결혼한 지 육 개월이 지났을 때였고 후암동 집에 거의 붙어살다시피 했는데도. 그날도 어머니는 후암동 집에서 수진을 낳은 지 얼마 되지 않은 고모와 장희 삼 남매를 돌보는 데 여념이 없었다. 애들 넷을 보살피는 꼴이었다. 그런데 나란히 노란 가방을 메고 당시 탁아를 겸하던 미술학원에 간다고 나간 장희와 장선이 밤늦도록 돌아오지 않았다.

그 시절 어머니와 장희와 장선이 함께 찍은 사진이 있다. 주황색 능소화를 배경으로 어머니는 두 아이들의 어깨를 붙들고 있다. 아이보리색 투피스 정장 차림이다. 어머니는 언젠가 말했다.

"난 그건 기억난다. 장선이가 작은엄마 왜 요즘은 예쁜 옷 안 입어요, 했던 거."

그렇게 차려입고 예비 시댁에 가서 애들 보는 것부터 김장하는 것까지 다 했다고 했다. 그런데 그 말밖에는 딱히 장희와 장선이 어떤 말을 건넸었는지 기억나지 않는다고 했다. 묻는 말에도 대답을 잘 안 하던 아이들이었으니까. 아니, 어른이라면 덜컥 겁부터 내던 아이들이었다. 그런데 어느 날 변죽 좋게 그런 말을 해와서 기억이 난다고 했다.

"뭔가 내 처지를 알고 하는 말 같기도 하고…… 그때는 솔직히 그 애들에게 많이 지쳐 있었어. 그래서 그 말에 대답을 안 해주었던 것 같다. 시큰둥하게 그냥 한 번 보고 말았지."

어머니는 자기가 기억하지 못하는 수많은 순간에 아이들에게 눈치를 줬으리라고 술회했다. 야엘은 어머니를 어떻게 기억할까, 나는 궁금했다.

대개 입양아들이 고국을 찾아오는 용건은 친부모를 찾기 위해서다. 하지만 야엘은 아니었다. 야엘은 우리가 경찰서에 도착하기 전에 자신의 의사를 분명히 밝혔다고 했다. 자기에게는 부모가 없다는 식으로 말했는데, 그게 비유인지 아닌지 잘 모르겠다고 경찰이 이야기했다. 그 집, 그리고 꼬마 소년. 야엘이 한국에 대해 기억하는 건 그것뿐이고, 한국에 온 까닭은 생전에 막냇동생을 꼭 한 번 만나보고 싶어서라고 했다. 오직 아들이어서 한국에 남을 수 있었던 막냇동생 장훈. 그녀가 자기를 버린 아버지를 찾을 의사가 없다는 건 얼마간 다행스러운 일이었다. 야엘은 끝내 장선에 대해서는 이야기하지 않았지만 야엘과 대화를 하다가 나는 그녀들이 각각 다른 나라에 입양되었다는 걸 알게 됐다. 아이들을 데리고 김포공항에 나갔던 아버지조차 모르던 사실이었다. 야엘은 홀로 프랑스로 가 북동쪽 소도시 스트라스부르에서 평범한 가정의 외동딸로 자라났다고 했다. 아버지는 으레 해야 하는 말을 하는 것처럼 짧은 영어 문장으로 야엘에게 말을 걸기도 했는데, 결국 마지막 질문은 "결혼은 했니?"였다.

야엘은 정형외과 전문의와 결혼한 지 십 년이 넘었다고 말했고,

그때 부모님의 얼굴에 처음으로 안도하는 기색이 어렸다. 나는 야엘에게 그녀가 그토록 보고 싶어하는 막냇동생 장훈의 메일 주소를 적어주었다.

야엘은 한국에 며칠 더 머무를 거라고 말했는데, 알고 보니 야엘은 남편과 함께 한국에 온 거였다. 야엘이 굳이 나올 필요가 없다고 했는지 그녀의 남편은 끝내 차에서 나오지 않았다. 어머니는 심란해하며 말했다.

"프랑스인이겠지?"

돌아가는 길에도 운전은 내가 해야 했다. 아버지가 자꾸 머리가 아프다고 했다. 나는 고덕동까지 가는 길을 머릿속으로 그려보며 심호흡을 했다. 심장이 아프다고 느꼈는데, 운전을 해야 하는 탓에 긴장한 것이라고 생각했다. 그냥 아버지를 이해하고 싶기도 했다. 아버지에게는 야엘을 만나는 순간이야말로 필생의 순간이었을 것이다. 1983년에는 미처 알지 못했겠지만.

장훈은 장훈대로, 수진은 수진대로 참 대단하다고 생각했던 건 그들은 후암동 집의 쇠냄새에 대해 아무 말도 하지 않았기 때문이다. 그 집에 살던 시절 나를 괴롭혔던 건 특유의 쇠냄새였다. 냄새의 원인은 그릇과 수저에 있었다. 어머니는 결혼 예단으로 갖가지 물건을 해왔는데, 할머니가 고집을 부리며 그릇붙이 따위는 필요 없다고 했다는 거였다. 아직도 후암동 집을 생각하면 그 비릿한 냄새가 코끝에 맴도는 것 같다. 거무튀튀한 쇠그릇에 담긴 반찬도 밥도 먹기 싫었지만 할머니 앞에서 밥투정이란 있을 수도 없는 일이었고, 묵묵히 밥을 먹는 사촌들을 보는 게 미안하기도 했다. 특히 상훈과 수진을 보는 마음이 그랬다. 상훈은 할머니가 죽고 못 사는 손자여서 비싼 배나 멜론 같은 것이 생기면 혼자만 먹을 수 있었고, 제사에서 절을 할 수 있는 유일한 손주였는데도 나는 늘 그가 불쌍했다. 그에게 어린 시절에 떠나보낸 누나들이 있다는 걸 몰랐을 때부터. 예리가 시도 때도 없이 상훈을 걷어차는 걸 봤기 때문이기도 했다. 예리와 예은 자매에 대해서는 별로 추억하고 싶은 것도 없고, 그녀들도 후암동 집에서 나름대로 버티며 어린 시절을 보냈다는 것에 대해서도 동정하고 싶지 않다. 내게 그 집에서 나 말고도 불쌍한 딸은 수진뿐이었다.

예리는 한참이나 언니인 수진에게 종종 너, 너 하며 반말을 했는데 그때마다 수진은 웃고 말았다. 수진은 키도 크고 덩치도 커서 곰 같았다. 둥글넓적한 얼굴이 희디희어서 백곰 같았던 수진은 온순한 곰처럼 예리와 예은의 예의 없는 행동을 참아냈다. 다만 그녀들이 내게 손찌검을 하려 들 때나 할머니에게 터무니없는 내 험담을 할 때면 미간을 찌푸리며 언성을 높였다. 그럴 때마다 나는 수진이 쓰고 있는 작은 무테안경마저도 의젓해 보인다고 생각했다. 양보도 잘하고 인내심도 강한데 화도 낼 줄 아는 언니.

나는 그녀가 후암동 집에서 이십 년 가까이 살았다는 게 여전히 믿기지 않는다.

그 집에 대해 다른 방식으로 말해볼 수도 있다. 철근콘크리트 블록조에 아스팔트로 방수 처리된 평지붕의 일본식 고택. 그 집을 일본

식이라고 말할 수 있는 건 실제로 그 집이 해방 전에 지어지기도 했고, 다다미방이 있는 것이나 마루와 방들과 화장실이 경계 없이 이어져 있다는 점에서도 그랬다. 해방 전에 지어진 고택이 어떻게 징용공 출신의 아내에게 넘어왔는지 알 수 없었으나, 분명 그 집은 한때 일본인의 소유였을 터였다. 후암동 그 골목의 집들이 죄다 그런 구조로 이루어져 있다는 건 결혼을 준비할 때 알았다. 도대체 용산이 왜 이렇게 비싼지 알아보다가. 어릴 땐 그 이름을 알지 못했던 권연벌레가 나다니던 집. 마당이랍시고 송충이가 심심찮게 돌아다니던 집. 어느 날 수진이 제 발로 기어나가려다가, 정말이지 '기어나가려다가' 할머니에게 들켜 두들겨맞았던 집.

그 일은 우리 가족이 그 좁은 집에 비집고 들어가 얹혀살 때 일어났다.

나는 밤마다 꼭 두 번은 깨어나 화장실에 가는 아이였는데, 그게 후암동 집에서 살 때 보통 곤혹스러운 일이 아니었다. 나중에는 보다 못한 어머니가 내게 약을 먹이기까지 했지만 쉬이 고쳐지지 않았다. 문제는 부모님과 내가 머물던 방에서 화장실에 가려면 반드시 할머니의 방을 거쳐야만 하는 데 있었다. 처음에 할머니는 송충이처럼 오소소 걸어가는 나를 발견하곤 "아이고, 애, 걸거쳐라" 하고 말했는데, 날마다 반복되자 나를 앉혀놓고 따귀를 때렸다. 부모님이 달려와서 항의하는데도 애 버르장머리를 운운하며 고함을 지르자 어머니는 처음으로 할머니에게 소리를 지르며 반항을 했다. 그때 아버지에게 매달려 있던 내가, 어머니를 노려보며 쌍욕하던 할머니를 향해 이 집에 망령이 들었나, 중얼거렸다고 나중에 부모님이 말해주었다. 기가 센 할머니조차 깜짝 놀라 나를 뜯어봤다고 하는데, 내 기억엔 없지만 그게 사실이라면 내가 그 말을 할 수 있었던 건 그 말도 할머니에게 배웠기 때문일 것이다. 할머니가 수진을 보며 그 말을 한 적이 있었다.

여름방학이었다. 수진은 하루 종일 공부만 했다. 학원이나 과외 수업을 받지 않아도 수진은 항상 공부를 잘했다. 놀러 나가지도 않고 텔레비전이나 만화책 따위를 보지도 않고 앉은뱅이책상에서 공부만 하는데도 할머니에게 칭찬을 받기는커녕 "애, 거시기야, 물 좀 떠와라" 같은 말만 들었다. 항상 일층에서 부엌일을 하던 고모가 어쩐 일인지 집을 비우고 집안에는 할머니와 수진과 나밖에 없던 여름의 한낮. 나는 선풍기 앞에 바짝 다가가 입을 벌린 채 바람을 쐬고 있었고 할머니는 성당에서 돌아온 참이었다. 할머니가 갑자기 "요년이 미쳤나?" 소리를 꽥 질렀다. 달려가 보니 할머니는 수진의 허리를 붙들고 있었고, 수진은 그 덩치 큰 몸을 비틀며 할머니의 손아귀에서 빠져나가려 애쓰고 있었다. 수진은 자꾸만 창 쪽으로 기어올라가려고 했는데, 나는 눈앞에 펼쳐진 광경에 놀라 어쩔 줄 모르고 발만 굴렀고, 할머니는 내게 가만히 서 있지 말고 얼른 와서 요년 좀 붙잡으라고 고함을 질렀다. 종종 수진을 따라 창밖을 바라보면 땅은 까마득히 멀어 보였다. 그렇게 수진을 놓쳐버리면 큰일이 난다는 것을 서슬 퍼런 할머니도, 나도 알고 있었기에 나는 사력을 다해 수진의 다리에 매달렸다. 그러다가 할머니는 급기야 울부짖듯 "아이고, 장희, 장선이가 어디서 뒤졌나보다. 장희, 장선이 망령이 들었나보다"라고 말했고, 그 순간 나는 그들이 누군지 단번에 깨달았다. 어머니가 가끔 아버지를 비웃듯 던지던 말이 있었다.

"딸들이라고 그렇게 버려놓고."

그때 말하는 딸이 고모인지 수진인지 헷갈렸지만 때로 아버지가 발끈하며 "그래서 우리집이 근본 없는 집구석이라고 말하고 싶은 거야?" 할 때면, 거기엔 내가 모르는 이야기가 숨겨져 있겠거니 싶었다. 그 딸들이 바로 장희와 장선이었다.

나는 그날에 대해서 부모님께 이야기하지 않았다. 수진을 지켜줄 수 없어 안타까웠다는 것도. 그날이 후암동 집에서 가장 끔찍한 날이었다는 것도. 나는 수진의 다리에 하염없이 매달려 있었고, 힘에 부쳐 보이는데도 계속해서 수진을 때리던 할머니는 한참 후에야 맥빠진 목소리로 "자빠진 강아지 앙알대듯 요년이"라고 말하며 매질을 거뒀다. 할머니의 마지막 말은 이랬다.

"그렇게 나가고 싶으면 네 에미랑 같이 처나가거라."

나는 아직도 그날 수진이 왜 창으로 기어올라가려고 했는지 모른다. 스무 살이 될 때까지 버티며 살았는데, 그땐 왜 도망가려고 했을까. 나이가 들며 수진과의 연락도 뜸해졌고 언제라고 수진과 속 깊은 이야기를 할 기회도 딱히 없긴 했지만, 그날에 대해 언급해서는 안 된다고 생각했다. 다만 끝내 나를 혼란스럽게 만들었던 건 그날 죽어라 수진을 붙들던 할머니의 모습이었다. 할머니는 왜 수진을 두고 장희와 장선을 떠올렸을까. 딸들의 불우함이 마치 내력인 양 할머니는 왜 그녀들을 동일시했을까.

성당 성도는 나가야 끗발이 없어도 장례식이 붐빈다던 할머니의 말답게 장례식장은 할머니의 본당 교우들로 넘쳐났다. 빈소를 가득 메운 교우들의 연도煉禱가 이어질 때, 수진은 구석에 앉아 엉엉 울었다. 할머니가 천국에 갈 수 있을까? 나는 할머니의 영정사진을 보면서 할머니가 어머니에게 쌍욕을 퍼붓던 순간을 떠올렸다. 울기는커녕 누가 쥐어박는대도 눈물이 날 것 같지 않았다. 예리가 나를 툭 치며 "언니는 울지도 않아?" 쏘아댔다. 그리고 수진의 옆에 다가가 사이좋은 척을 하며 울기 시작했다. 그저 나는 그들을 멀리서 바라보며, 마치 고딕소설의 한 장면처럼 망령이 깃든 집에서 빠져나가려 애쓰던 수진과 그녀가 악령이라도 되는 듯 그녀를 붙들던 할머니를 자꾸만 생각할 뿐이었다.

야엘을 만나고 온 후 나는 가장 궁금했던 걸 아버지에게 물어보았다. 할머니가 어떻게 그 집을 소유하게 되었는지. 아버지는 기억을 더듬으며 말했다.

"1970년대 후반이었나, 그 일대가 완전히 바뀌었던 때가."

큰아버지가 열 살 때부터 할머니와 함께 시장통에서 장사를 하며 악착같이 돈을 모았는데, 1970년대 후반에 강남과 동부이촌동 개발로 그 일대의 집값이 왕창 떨어져 할머니와 큰아버지가 평생 모아온 돈으로 마련한 집이라고 했다. 특히 일본 사람들이 살던 문화주택단지는 귀신이라도 들린 양 다들 꺼렸다. 할머니는 그 집을 사면서 매우 만족했다고 했다. 이렇게 마당도 딸린 기와집이 똥값이라니 행운이라며 좋아했다고. "일본 사람들이 버리고 간 집이면 어떠냐? 일본 귀신이 들린 집도 아닌데"라며 할머니는 그 일대 주택을 기피하는 사람들을 비웃었다고 했다. 아버지의 그 말을 들으며 나는 '망령 든 집'이라고 소리치며 수진을 붙들던 할머니의 모습을 떠올렸지만 입을 다물었다. 아버지는 내가 그렇게 싫어하던 삼광초등학교도 오래전엔 일본 애들만 다니던 소학교였다고 했다.

"후암동도 부자 동네였을 때가 있었다. 그런데 지금은 누가 거기서 살려고 하냐? 용산이라고 다 같은 용산이 아니란다."

그건 그렇지, 나는 생각했다. 같은 강남이어도 청담동과 포이동이 다른 것처럼. 마찬가지로 어떤 사람은 반포동과 내곡동을 같은 서초구라고 생각하지 않는다. 이런 걸 아예 몰랐으면 좋았을 텐데, 오랫동안 서울에 살다 보면 알게 되는 쓸데없는 정보들이었다. 내가 잠실에 있는 고등학교에 다니던 시절에는 용산에서 전학 온 아이를 두고 '강북 애'라고 놀리던 아이들이 있었다. 안양 출신의 대학 동기가 "나는 서울 애들이 동작구를 강남으로 안 친다는 걸 대학 와서야 알았다"고 했을 때 나는 이 일화를 들려주었다. 친구는 용산이 얼마나 비싼데, 하며 웃었다. 게다가 내 기억에 그 아이는 옥수동 아이였다고 하자 친구는 더 크게 웃었다. 옥수동 애를 두고 송파구와 강동구에 사는 애들이 강북 애라고 놀렸다니 코미디라며. 남편은 이런 이야기에 그다지 공감하지 못했고, 때로는 "역시 서울 토박이는 다르네"라고 말해서 내 신경을 거스르기만 했다. 몇 년 전 남편과 연애 중일 때 그의 고향에 간 적이 있었다. 그 동네의 이름이 입에 잘 붙질 않아 난처했다. "자기네 동네가 울진이었나?" 물으면 남편은 어이없어하며 "아니, 울진은 원자력발전소 있는 동네고 우리 동네는 죽변" 하고 대답했다. 죽변은 아주 작은 어촌이었다. 행정구역상으로는 '울진군 죽변면'인데 그는 꼭 울진과 죽변은 다른 동네라고 구분해서 말했다. 언젠가 그에게 '그게 바로 내가 고덕동과 둔촌동을 구분하는 이유다'라고 말하고 싶었지만 그만두었다. 결혼을 준비하는 혹독한 과정을 거치며 남편도 서울에 대해서 조금은 깨닫기 시작했다. 내게 깃든 후암동 집에 관한 기억이 어떤 것인지에 대해서도 아주 조금은.

야엘이 후암동 집에 가보고 싶다고 말했을 때, 나는 딱히 대답할 말을 찾지 못했다. 장훈의 메일 주소야 얼마든지 전해줄 수 있었지만, 지금 후암동 집은 친척들 중 누구의 소유도 아니었고, 장희와 장선의 망령이 들었다는 할머니의 말마따나 모두에게 지긋지긋한 옛집일 뿐이었다. 그 집이 헐리지 않고 그대로 있으리란 보장도 없었다. 그리고 지금은 야엘이 된 강장희가 굳이 그 집에 가보고 싶은 까닭이 대체 뭐란 말인가. 뭐 좋은 기억이 있다고.

하지만 한편으론 이런 생각이 들기도 했다. 서울 사람들이 그토록 자주 이 구역에서 저 구역으로 이사 다닌다는 걸 프랑스 사람인 야엘은 모를 수도 있겠다고. 미술학원에 가는 줄 알고 나갔다가 다시는 돌아가지 못했던 어린 시절의 옛집에 가면, 미처 프랑스까지 챙겨 가지 못했던 애착인형이나 스케치북, 혹여 어렸을 적의 사진첩 따위가 남아 있으리라고 생각할지도 모른다고도. 동생 장선과 장훈과 함께 지내던 시절의 한 자락이 거기 남아 있다고 여길지도 모른다고.

그렇지만 내가 할 수 있는 건 여기까지라고 생각했다. 아버지는 말했었다.

"장희는 의사랑 결혼해서 잘산다니 다행이고 장선이도 어딘가에서 잘 살아 있겠지."

잘사는지 못사는지 모르면서 나까지 그런 무책임한 말을 늘어놓고 싶지는 않았다. 장훈에게도 따로 연락하거나 일이 어떻게 되어가고 있는지 묻지 않았다. 장훈이 친누나를 만나고 큰아버지가 곤란해한다는 그따위 구질구질한 이야기를 듣고 싶지 않았다. 물론 남편에게도 털어놓지 않았다. 그녀들이 불쌍하고 돌아가신 할머니가 지독히도 모질었다는 뻔한 이야기를 하고 싶지 않았다.

야엘에 대한 생각이 가끔 걷잡을 수 없이 커질 때면 나는 나도 모르게 구글 지도 앱을 켜 야엘이 사는 도시라는 스트라스부르를 검색했고, 맥없이 그 동네를 손가락으로 더듬어보았다. 어느 날엔 그러다 문득 '삼광초등학교'를 검색했는데, 내가 줄넘기와 크레파스를 사던 삼광문방구가 아직도 있다는 걸 알고 반가워하다 '일본인 문화주택단지'라는 이름을 발견하고 깜짝 놀랐다. 할머니의 소유였던 후암동 집을 비롯해 그 일대를 부르는 말이었다. 신세이다이, 미요시와, 쓰루가오카 가옥…… 낯선 외국어들이 '두텁바위길'이란 순한글과 함께 뒤섞여 있었다. 나는 능소화가 핀 그 집 담벼락을 올려다보며 집에 들어가기 싫어 발을 질질 끌었던 어린 시절을 떠올렸고, 쇠고기뭇국을 먹든 사골곰탕을 먹든 항상 비릿한 쇠냄새에 비위가 상했던 걸 생각했다. 수진은 전부 잊어버렸을까. 나는 후암동 집에 멋대로 신세이다이 가옥이라는 이름을 붙여보았다. 장희가 야엘이 되었듯. 사람들이 그런 집들을 적산가옥이라고도 부른다는 것은 꽤 나중에 알게 되었다. 🔲

동경 너머 하와이

박상영

1988년 대구에서 태어났다. 성균관대에서 프랑스어문학과 신문방송학을, 동국대 대학원에서 문예창작학을 공부했다. 2016년 단편 〈패리스 힐튼을 찾습니다〉로 문학동네신인상을 받으며 작품 활동을 시작했다. 제9회 젊은작가상, 제10회 젊은작가상 대상, 제11회 허균문학작가상을 수상했다. 저서로 소설집《알려지지 않은 예술가의 눈물과 자이툰 파스타》와 연작소설《대도시의 사랑법》이 있다.

아빠가 벤츠를 샀다. S클래스로.

그것만으로도 뭔가 조짐이 좋지 않았는데, 역시나 예감이 틀리지 않았다는 것을 깨달은 것은 삼 개월 전 엄마의 전화를 받은 뒤였다.

"너네 아빠가 이상하다."

엄마 말에 따르면 허파에 바람이 들었는지 지갑을 닫을 수 없을 정도로 많은 수표를 꽂고 시도 때도 없이 여기저기를 쏘다닌다고 했다. 어딘가에 살림을 차렸거나 젊은 여자랑 바람이 났거나 그게 아니라도 최소한 뭔가 이상한 짓을 벌이고 있는 게 분명하다고 말하는 엄마의 목소리에는 체념과 약간의 설렘이 섞여 있는 것 같았다. 나로서는 그의 사정을 알고 싶지 않았고 알 바도 아니었다. 다만 그들의 갈등이 내 인생에 아무런 영향을 미치지 않기를 바랄 따름이었다.

때문에 보름 전, 아빠가 사라졌다는 연락을 받았을 때에도 나는 별로 놀라지 않았다. 그저 올 게 왔다는 생각이었고, 솔직히 둘 사이의 문제는 둘이서 알아서 처리해줬으면 하는 마음이 컸다. 지금껏 내가 그래왔듯이 말이다. 앞으로 얼마 동안 저 두 사람을 견디고 살아야 하나 생각을 하니 가뜩이나 무료한 삶이 조금 더 무료해지는 기분이었다. 한없이 무기력한 기분에 젖어 있던 와중에 문득 얼마 전 아빠와의 통화가 떠올랐다.

"삼성생명에 네 이름으로 들어놓은 적립형 보험 있지? 그거 해약해놔라."

"왜 벌써? 조금만 더 있으면 만기 아닌가?"

"어디 주기로 한 돈이 있는데, 아무래도 미리 좀 처리해야 할 것 같아서 말이다."

삼성생명에 전화를 걸어 지금까지 (아버지가 나의 명의로) 부은 돈이 얼마이며 만기일이 언제인지 물어보았다. 총액이 오천만 원이 넘는 꽤 큰돈이었다. 삼 개월만 더 기다리면 만기일인데 아무래도 당장 해약하는 것보단 추이를 지켜보는 게 낫다는 생각이 들었고, 원래부터 부모님의 말을 곧이곧대로 잘 듣는 아들은 아니었으므로, 대수롭지 않게 그 일을 잊어버렸다. 그런데 엄마의 말을 듣고 나니 아무래도 심상치 않은 기분이 들었다.

아빠가 갑자기 사라졌다고?

부모만큼 탓하기 좋은 대상이 없긴 하지만 요즘 나는 정말이지 누구라도 탓하고 싶은 상태다. 삼 년 전에 (그토록 꿈꾸던) 작가가 됐을 때만 해도 자살의 종이 딸랑딸랑 울리고 있던 내 인생에 동아줄이 내려온 것만 같았고, 비단길이 펼쳐질 줄로만 알았다. 내가 걷는 이 길이 비단길이 아닌 진창이었다는 사실을 깨닫는 데는 오랜 시간이 걸리지 않았다.

다른 많은 작가들처럼 나 역시 생계를 위해 회사생활과 작가생활을 병행하고 있다. 새벽 네 시에 일어나 글을 쓰고, 출근을 하고, 회사 근처에서 점심을 대충 때운 뒤 역시 글을 쓰고, 다시 사무실에 복귀해 무슨 일인지도 모를 일을 하고, 퇴근을 하고 집에 돌아와 스트레스성 폭식 증후군에 시달리며 위장에다 꾸역꾸역 음식을 구겨 넣는 삶을 반복하다 보니 나는 어느새 나 자신이 누구이며 무엇을 위해 살아가고 있는지를 잊게 되었다. 마치 물에 빠진 채로도 쳇바퀴를 돌리는 햄스터처럼 말이다.

게다가 내가 다니는 회사는 중산층 가정에서 보수적인 교육을 받고 자라나 서울에 있는 사년제 대학을 졸업한 남성들이 주류를 이루고 있으며, 내가 쓰는 소설이라는 게 결코 옆자리에 앉은 동료에게 떳떳이 보여줄 수 없는 종류의 (동성애와, 섹스 중독과, 갖은 성병이 등장하는) 소설인지라, 나는 사무실의 누군가 내 책을 읽은 것은 아닐까, 그래서 모두가 내 뒤에서 나를 손가락질하고 있는 것은 아닐까, 하는 과잉된 자의식에 하루 종일 사로잡혀 있곤 했다. 끊임없는 불안 속에서 이어지는 격무, 격양된 감정 속에서 무뎌져버린 감각. 동력을 잃은 마비의 쳇바퀴를 굴리기 시작한 건 나지만, 적어도 내 의지로 내려올 수는 없었다. 정신을 차린 순간에도 이미 벗어날 수 없는 내 삶의 굴레, 내 삶의 중력.

　나의 인생.

　게다가 나와 이름이 비슷한, 작가 화자를 전면에 내세운 이번 책이 나온 뒤로는 회사 사람들뿐만 아니라 가족들과 나 사이에도 대단히 불편한 단절이 생겨버렸다. 지난해에 첫 책을 냈을 때에는 발간되자마자 그것을 사 본 엄마가 소설 속 여러 이상한 에피소드들이 내 얘기인지 아닌지 슬쩍 떠보려 들어서, 나는 앞으로 영원히 내 책을 읽을 생각도 하지 말고 설사 읽더라도 절대 읽은 티를 내지 말라고 으름장을 놓았다. 엄마의 성격상 책이 나왔다는 소식을 들으면 절대 안 읽을 사람이 아니라, 이번 책은 아예 발간된 사실조차 말하지 않았다. 사십 년 차 기독교인인 엄마가 동성애와 섹스 중독과 온갖 성병으로 점철된 내 책을 읽고 나서 무슨 생각을 할지 두려웠다. 심지어는 책을 내고 난 뒤로는 인터넷 포털 사이트에서 내 이름을 검색하면 '게이'라는 연관 검색어가 달렸고, 때문에 책이 안 되면 안 되는 대로 고민이고, 잘돼서 기사라도 날라치면 또 누가 봤을까 싶어 불안하고, 노인들 스마트폰을 다 뺏어야 돼, 생각하다 나조차도 이런 생각을 하는 내가 웃기고 황당한 날들이 계속되고 있었다.

　아무튼 아빠가 사라진 뒤로 엄마가 하루걸러 한 번씩 전화를 해 너희 아빠가 바람이 난 거 같다느니, 카카오톡 메시지의 1이 지워졌다느니, 너라도 메시지를 한번 남겨놓으라느니 성화였고 그때마다 나는 조금은 심드렁한 기분으로 "그냥 엄마한테 서운한 일이 있었겠지. 별일 없을 거야. 요즘은 졸혼이다 뭐다 갑자기 그러는 경우도 많대……" 대충 대답을 하고 치웠다. 남들이 보기에 너무 무신경한 대응이라고 볼 수도 있겠지만 전국 단위의 물류업체를 경영하는 아빠가 며칠씩 집을 비우는 것은 자주는 아니지만 종종 있는 일이었고, 또 이십여 년 동안 같은 집에서 살아본 결과 둘은 결코 사이가 좋은 부부는 아니었으므로 둘 중 누군가 갑자기 집을 뛰쳐나간다 해도 하나도 이상할 것이 없다고 생각했기 때문이었다. 인신매매나 납치나 뭔가 사고가 있었으면 협박을 하거나 연락이 왔겠지. 슬그머니 카카오톡 메시지를 읽고 전화기를 꺼놓는 대신. 엄마는 그런 나의 의연한 태도를 보고 역시나 혈관에 얼음이 흐르는 박씨 집안 사람답다고 평했다. 네, 잘 알겠습니다.

그리고 하나 더.

원모.

아빠가 사라졌다는 전화를 받았을 때는 이미 원모가 사라져버린 지 일주일쯤 지났을 무렵이었다. 원모는 나와 만난 지 삼 년 정도 된 남자고, 만나고 있긴 하지만 통상적인 의미로 만난다고 하기엔 우린 다른 남자도 많이 만나니까 뭐, 어떻게 설명해야 할지 잘 모르겠다. 어떻게 설명해야 할지 모르겠어서 아무에게도 우리 관계를 설명하지 않은 지 삼 년이 넘었다. 남들이 보기에는 섹스 파트너? 그러나 그렇게 부르기엔 우리 관계는 뭔가 더 끈적끈적하다고. 불가피하고 미지근한 온도가 남아 있고, 쓸데없이 정서적 교감 같은 것도 있단 말이야. 그러니까 그냥 섹스 파트너도 아닌데, 그렇다고 딱히 폴리가미 같은 것도 아니고 그냥 심심할 때 밥이나 먹고 섹스나 하고 서로 못할 짓을 하면 한심한 표정으로 혀를 끌끌 차주는 그런 존재. 그러니까 통상으로 설명할 수 없는 비통상의 관계.

그런 원모와 연락이 되지 않았을 때도 별로 놀라지 않았던 건 또 어디서 약이나 하고 나자빠져 있겠구나 싶은 생각 때문이었다. 원모는 은평구 출신이지만 부모님의 이혼 후 중학생 때 어머니를 따라 하와이로 이민을 갔으며 (그의 주장에 따르면 대학이라는 것을 졸업할 때까지) 쭉 그곳에 살았고, (또한 그의 주장에 따르면 취직을 위해) 한국으로 다시 건너왔다고 했다. 원모가 어떤 일을 하는지 정확히 아는 사람은 없다. 가끔은 원모 자신조차도 자신이 무슨 일을 하는지 모르는 것 같기도 했다. 그나마 원모와 제일 가까운 나조차도 그가 무역이나 통역과 관련된 회사에 다닌다는 것만 알고 있었고, 그마저도 원모가 대충 떠들어낸 것이니 아마도 거짓말일 확률이 높았다. 어머니를 만나러 간다는 핑계로 미국이나 일본 같은 데를 들락날락하곤 했는데 왠지 약이나 다른 많은 불법적인 것을 떼다 팔고 있을지도 모른다는 생각을 하기는 했다. 그도 그럴 것이 원모는 아는 사람은 다 아는 약쟁이로 '저놈 저러다 깜빵 가지'의 '저놈'을 맡고 있는 애였다. 그런 사정을 아는 다른 친구들은 나에게 도대체 원모랑 어울리는 이유가 뭐냐고 우려 섞인 질문을 하곤 했는데, 나로서는 원모가 일본이나 미국에 갔다 올 때마다 구찌 지갑이나 루이비통 키 링 같은 것도 사오고, 내 방 화장대 위에 파퍼스도 몇 통이나 올려놓고, 섹스도 잘하고, 외로울 때마다 귀신처럼 알고 먼저 전화도 걸어주고……

아무튼 그를 마다할 이유가 전혀 없었다. 원모가 요즘 중독되어 있는 아이스를 하고 나면 짧으면 사나흘, 길면 일주일 동안 꼼짝도 않고 집안에만 처박혀 있었다. 며칠씩 연락이 되지 않는 경우도 부지기수였으며 혹시나 하는 마음에 집으로 찾아가 봐도 이불을 뒤집어쓴 채 시체처럼 누워 있는 경우가 대부분이었다. 나는 그의 칩거를 나의 글쓰기와 비슷한 것으로 인식했다. 오로지 자기 자신만을 바라보는 일종의 자아도취 상태, 정도로.

아무리 그런 원모일지라도 열흘이 넘도록 연락이 끊긴 것은 처음이었다. 전화를 해봐도 전화기가 꺼져 있다는 안내음만 들리고. 이렇게까지 오랫동안 연락이 안 되는 건, 왠지 불안한데…… 혹시 거추장스럽게 자살씩이나 해버린 건가 싶어 그의 오피스텔에 가 반쯤은 떨리는 마음으로 (나머지 반은 설레는 마음으로) 문을 열어보았다. 당연히 원모는 그곳에 없었으며, 화장대 앞에 널브러져 있는 쓰다 만 일회용 주사기와 피가 묻은 알코올 솜이며, 뚜껑이 열린 키엘 수분크림이며 에스티로더 파운데이션이 그가 급작스럽게 방을 떠났다는 사실을 알려주고 있을 따름이었다. (원모는 때때로 거의 분장 수준으로 메이크업을 하고 약쟁이 친구들과 술을 마시러 나갔다.) 집안 여기저기에 정신없이 널려 있는 옷가지며 싱크대에 아무렇게나 쌓여 있는 일회용 용기, 그 위를 나선형으로 비행하는 초파리들. 모르는 사람이 보기에는 큰 사달이 난 것처럼 느껴질 수도 있으나 평소에도 워낙 개차반처럼 사는 애라 그냥 외출을 한 건지 아니면 급하게 어디 끌려가버린 건지 구별할 수 없었다. 나는 갑자기 들이닥친 경찰에 의

해 끌려나가는 원모의 모습을 상상하며 벽장을 열어보았다. 하와이에 갈 때마다 들고 가는 커다란 트렁크가 그대로 있었다. 맥북도 침대 위에 얌전히 놓여 있었다. 열어보니 비번이 걸려 있었다. 원모의 영어 이름이며 생일 같은 것을 쳐보았지만 열리지 않았다. 이상하게 예감이 좋지 않았다. 나는 바닥에 굴러다니는 샤넬 쇼핑백에 원모의 노트북을 집어넣었다. 혹시나 싶어 피 묻은 주사기와 갈변한 화장솜도 쇼핑백에 넣었다. 그리고 침대에 누워 베개에서 나는 원모의 냄새를 맡으며 그에게 문자를 남겼다.

　—어디야? 나 지금 너희 집임. 쥐굴도 니 방보단 깨끗할 듯.

　—약쟁이 친구들이랑 약 때리다 죽은 거니?

　—아님 네게 원한을 갖고 있는 남자 1030102명 중 한 명에게 살해를 당한 거니?

　—니 뼛가루는 종로 포차 오줌통에 뿌려줄게. 니가 가장 좋아하며 너에게 가장 어울리는 그곳에……

　당연히 원모에게서 연락은 없었다. 큰일이었다. 원모에게 털어놓고 싶은 얘기가, 원모에게만 털어놓을 수 있는 이야기가 잔뜩 있는데……

　두 남자의 부재는 내 일상에 묘한 파문을 남겼다.

　그들은 도대체 왜, 어디로 떠난 것일까.

　남자들에게는 괴로울 때마다 파고들 동굴 하나가 있다고 하던데, 그들 모두가 자기본위라는 동굴의 끝자락에서 길을 잃고 만 것일까?

하긴 나 역시도 원모를 제외하고는 거의 누구도 만나지 않은 채 지난 삼 년을 보내왔으니, 나를 알고 지냈던 다른 사람의 입장에서는 내가 동굴 속을 헤매고 있다고 느낄지도 모르겠다. 처음 글을 쓰기로 마음 먹었을 땐 분명히 세상에 인정받고 싶다는, 나름대로 개연성이 있는 욕망으로 가득 차 있었던 것 같은데, 정신을 차려보니 어느새 나는 이렇게 뭘 꿈꾸고 뭘 바라는지도 모르는 채 벽만을 바라보는 미라가 되어버렸다. 온갖 벌레들에게 살을 다 파먹힌 채 텅 비어 있는.

그리고 며칠 지나지 않아 나는 또다시 엄마의 다급한 전화를 받게 되었다. 국세청에서 서류가 날아왔다고 했다. 실상을 알아보니 아빠가 지난 오 년간 지속적으로 부가세를 탈루해 부당이익을 취했고, 벌금을 포함한 탈세액과 직원들의 퇴직금을 횡령한 금액이 총 오십억이 넘는다고 했다.

오십억.

그제야 나는 아빠가 충동적으로 사들인 벤츠며 지갑이 터지도록 꽂혀 있던 수표가 어디서에서 온 것인지 알게 되었다.

"뭔가 잘못된 것이 분명하다. 고작 한 명의 인간이 그렇게나 큰돈을 쓸 수 있겠니……"

나로서는 충분히 그럴 법하다는 생각이 들었는데 일단 돈이라는 게 쓰면 써지기 마련이고, 아빠의 평소 모습으로 미뤄 보건대 충분히 그럴 만한 사람이었기 때문이었다.

아빠는 서비스직 사람들에게 무조건 존댓말을 쓰며, 또래의 중장

년 남성들과는 달리 냄새에 민감해 꾸준히 디오드런트와 향수를 사용했다. 매일 선크림을 바르고 주름이 지지 않은 셔츠만 입으며, 삼십 년 전 받은 승진 기념 시계를 가죽끈을 갈아가면서까지도 차고 다녔다. 멀리서 얼핏 보면 점잖은 실용주의자나 잘 늙은 지식인처럼 보이지만(삼십 년째 고수하고 있는 티끌 하나 없는 금테안경이 그를 더욱 그렇게 보이게 만들었다) 자세히 살펴보면 말도 안 되는 면모를 갖추고 있었다.

그 시절에 나쁘지 않은 집안에서 자라나 대학 교육을 받고, 대학 교육을 받은 자가 들어갈 수 있는 고만고만한 회사에서 사회생활을 시작한 아빠는 경제발전기에 젊은 시절을 보낸 사람답게 인생에 대한 나이브한 낙관을 가지고 있으며, 경제관념이 있긴 한 걸까 싶을 만큼 말도 안 되는 투자(를 빙자한 도박)를 해왔다. 자기 혼자서 자기 돈 가지고 그렇게 살면 누가 뭐라고 할까마는, 문제는 그가 한 가족(그러니까 내 가족)의 가장이라는 점이었다. 임원 승진에서 밀려 충동적으로 회사를 그만두고 자신의 이름을 내건 사업체를 차린 뒤로 아빠는 엄마와 내 명의로 빚을 내 장외주식 투자나 부동산경매, 땅투기 등에 몰빵하곤 했으며 (다른 모든 소시민들이 그렇듯) 투자는 언제나 처절한 실패로 끝나버렸다. 당연히 가정은 화목하지 못했으며, 신용불량자가 된 엄마는 몇 년 동안이나 내 명의로 금융거래를 해야만 했다. 그것도 모자라 나는 몇 번이고 (드라마에서 몰락의 클리셰로 등장하는) 검은 양복을 입은 사람들이 구두를 신은 채 집안에 들이닥쳐 빨간 차압 딱지를 붙이는 장면을 현실로 목도해야 했다.

맹세컨대 그런 장면은 십대의 정신 건강 및 발달에 좋을 게 없었다.

　내가 아는 아빠는 언제나 타인에게 호인이었다. 대형 세단을 몰고 다니며 식사 자리에서 언제나 계산서를 집어들었으며, 모두의 경조사를 살뜰히도 챙겼다. 친가나 외가에 큰일이 생겼을 때도 조금 과하다 싶을 정도로 나서서 (금전적인 부분을 포함한) 일 처리를 도맡았으며 대학 동창들과의 골프 모임에도 빠지지 않고 참석했다. 술을 잘 마시지 못하면서도 거의 모든 술자리에 꼬박꼬박 참석하는 사람이 우리 아빠라는 사람이었다. 그것뿐이라면 그래, 사회적 역할 수행에 적극적인 사람이구나, 정도로 여길 수 있을 것이다.

　고등학생 때, 야간자율학습을 마친 늦은 시간, (처음이자 마지막으로) 아빠가 나를 태우러 학교 앞에 온 적이 있었다. 교문 앞에 차를 세운 아빠는 5반에서 도무지 나를 찾을 수 없었다며 도대체 어디 있었냐고 물었다.

　"아빠, 나 9반이야. 5반은 이과 반이고."

　"너 문과였냐?"

　"……"

　조수석에 나를 태운 후 아빠는 교문 앞에서 담배를 태웠다. 나는 가방을 조수석 바닥에 내려놓은 뒤 무심코 글러브 박스를 열어보았다. 그 안에는 푸른 천으로 덮인 직사각형의 보석 케이스가 있었다. 열어보니 보증서를 포함한 다이아 목걸이였다. 엄마 선물인가? 엄마 생일은 멀었는데? 결혼기념일도 한참 남았고…… 어느새 아빠가 차에 다가와 얼른 보석 케이스를 집어넣고 글러브 박스를 닫았다.

내가 기억하는 한 엄마가 아빠에게서 다이아 목걸이를 받은 적은 없다.

생긴 것도 멀끔하고 정중한 말투에 바깥에서 사장입네 하며 교양이란 교양은 다 차리고 다니는 아빠가 실상 최악의 가족 구성원임을 눈치채는 사람은 많지 않았다. 대외적으로 엄마는 사모님이었고 나는 사장 아들이었으므로, 우리는 또 우리 나름대로 우리에게 주어진 화목한 가정의 역할극을 수행하느라 바빴다. 내가 서울에 있는 대학에 합격해 방을 구하러 다닐 때에도 아빠는 아파트 전세금을 가지고 투자인지 뭔지를 하다가 완전히 말아먹어 나를 보증금이 없는 반지하 하숙집에 살게 만들기도 했다. 자고 일어나면 문 앞에서 바퀴벌레와 지네가 전투를 벌이고 있는, 그야말로 지하 생활이나 다름없는 환경이었다(정작 아빠 본인은 지하는커녕 단칸방에도 살아본 적이 없었다). 학자금 대출을 받아 등록금을 내고, 학교를 다니며 알바를 하고, 생계를 위해 직장을 구하고, 월급 중 일부를 대출금으로 상환하며 작가가 된 이후에도 계속해서 직장생활을 해야만 하는 것에 대해 별 불만은 없었다. 다들 그렇게 살고 있으니까. 별것도 아닌 돈을 벌기 위해 하루하루를 버티며 살아가니까. 내 평생 빌리고 번 돈을 다 합쳐도 오십억의 발톱의 때만도 못하다는 것은 확실했다. 그런데 그 큰돈을 다 썼다고? 자기 혼자서? 뒤늦게 격렬한 분노가 일기 시작했다.

엄마는 아무래도 큰고모가 뭔가를 알고 있는 눈치라며 그 늙은 너구리(엄마는 다소 의뭉스러운 성격의 큰고모를 그렇게 부르곤 했다)의 옆구리를 살살 긁어 아빠의 소재라도 알아내라고 했다.

"일단 어딨는지라도 알아야지 파산선고를 내려 자리에 주저앉히든 감옥에 처넣든 대책을 마련할 수 있지 않겠니."

엄마는 아빠에게 아쉬운 소리를 할 때나, 친가 사람들이 필요할 때마다 번번이 내게 연락을 하게 만들었다. "너희 박씨 집안 사람들은 피에 찬바람이 불어서 말 한마디 섞기가 싫다"는 것이 이유였는데 그건 나도 동의하는 바였다. 나 역시 친척들이 보기 싫어 명절이며 제사 때 김포의 큰아버지 댁에 가는 대신 발리나 하노이에 가서 수영을 하거나 이태원에서 술이나 진탕 퍼먹는 노선을 택한 지 오래됐으니까.

엄마는 아무래도 불안해서 안 되겠다며, 엄마 명의로 된 남양주의 아파트며 빌라 같은 걸 지킬 수 있는 방법을 찾으러 변호사 사무실을 돌 것이라고 했다.

"아들아, 우리가 할 수 있는 건 하나다. 얼른 그 인간을 찾아내라."

나는 한숨을 쉬며 전화를 끊었다. 감옥이라. 감옥 가기가 어디 쉽나. 나는 갑자기 아빠가 부럽다는 생각을 해버리고야 말았다. 가족의 안위 따위 안중에 없이 제멋대로 돈을 펑펑 쓰다 결국에는 잠적해버리고야 마는 손쉬운 삶. 그러다 문득 얼마 전에 유명인사들의 부모가 빚을 지고 갚지 않아 사회적으로 물의를 일으킨 일련의 사건이 떠올랐고, 혹시 내 신간 인터뷰 기사에 빚쟁이들이 댓글을 다는 거 아냐? 북 토크 행사 자리에 찾아오기라도 하면 어쩌지? 하는 과잉된 자의식에 사로잡혔다가, 다행히 내가 하나도 유명하지 않다는 사실을 깨닫고는 정신을 차렸다. 이 와중에도 오로지 내 생각을 하고 앉아 있는 나. 어떤 일이 있어도 자기본위, 오직 나의 안위만을 생각하는 me, myself and I.

어쨌거나 나는 큰고모에게 전화를 걸었다. 큰고모는 요즘 사촌형의 애를 봐주느라 반포의 아파트에서 지내고 있다고 했다. 전화기 너머로 아이 우는 소리가 들렸다. 나는 아무것도 모르는 척 큰고모에게 물었다.

"고모, 요즘 아빠한테 연락 온 것 없어요?"

"그걸 왜 나한테 묻니."

평소에도 살가운 성격은 아니지만 묘하게 공격적이고 방어적인 큰고모의 말투를 들으니 아무래도 뭔가 있는 것 같다는 생각이 스쳤다.

"아니, 별일은 아니고, 아빠가 요즘 통 전화를 안 받아서요. 바쁜 일이 있나 했지."

큰고모는 자기는 잘 모르겠다고 말했다. 나는 사촌형의 약국 사정이며 큰고모부의 근황 같은 것을 살갑게 물었다. 큰고모는 금방 방어적인 태도를 거두고 실로 오랜만에 말이 통하는 사람을 만났다는 듯 반가워했고(실제로 한 살짜리 영아만 하루 종일 상대하고 있으니 대화할 사람이 절실하기는 했을 것이다) 나는 아무것도 모르는 척 할아버지가 살아 계실 때 집안이 얼마나 융성했는지에 대해 늘어놓기 시작했다(경험상 말수가 적은 친가 친척들의 입을 열게 하는 데는 이만한 대화 주제가 없었다). 너희 할아버지가 시장이었을 땐 명절 때마다 이국의 과일이며 고기며 생선이 너무 많이 들어와 음식이 썩어나가는 일이 많았다느니, 너희 아버지는 스무 살이 될 때까지 소고기 말고 다른 고기는 입에 대지도 않았다느니(그 사실은 익히 잘 알고 있었는데 신혼 때 엄마가 해주는 돼지고기 요리를 냄새가 난다는 이유로 건드리지조차 않았다는 얘기를 귀에 먼지가 날 때까지 들었기 때문이었다. 엄마와 내가 눈에 보이는 거면 입구멍에 다 집어넣는 종류의 인간이라면 아빠는 과자 하나를 먹어도 꼭 미제 쿠키를 고르는 종류의 사람이다), 남들은 일 년에 한 번 먹을까 말까 한 바나나가 우리집엔 사시사철 넘쳐났다느니 하는 얘기를 들을 때면 뭐랄까, 그래서 그 많은 돈은 다 어디 갔는데요, 어디로 흩어져버렸길래 지금 난 이 꼴로 살고 있는데요, 묻고 싶어졌다. 물어 뭐하나. 그러는 큰고모도 지금은 관절염이 걸린 다리로 아들 내외가 낳은 신생아를 봐주는 처지인데. 할아버지가 뒷돈을 대서 큰아버지와 아버지의 군대를 빼준 얘기며, 우리집이 구에서 처음으로 자동차를 몰고 다닌 집이었다는 둥, 큰고모가 신이 나서 온갖 자랑을 쏟아내는 동안 나는 슬쩍 아빠에 대한 질문을 얹었다.

"근데 고모, 아빠 어릴 적에 사고 같은 거 친 적은 없어요? 사람을 팼다든가, 물건을 훔쳤다든가, 도박을 했다든가."

"필수가 그런 걸 할 애는 아니지. 큰 사고는 아니고 일본 유학 갔을 때 찡빠에 다니는 정도였지 뭐. 친구들을 잘못 만나서."

일본 유학? 찡빠? 찡빠가 뭐지? 혹시, 빠찡코? 도대체 무슨 말을 하는 건지. 태어나서 처음 듣는 얘기였다.

"갑자기 그런 걸 왜 묻니?"

"아, 그냥 글쓰다 뭐 참고할 게 있을까 싶어서요."

큰고모는 또 글쓰기에 관해 묘한 환상이나 경외심 같은 것을 갖고 있는 옛날 사람답게 소설 때문이라고 하니 아무렇지 않게 무장해제를 하고 아빠의 과거에 대해 말해주었다. 큰고모가 말하는 아빠의 젊은 시절은, 내가 알고 있는 것과는 완벽히 달랐다.

원모에게서 연락이 온 것은 그로부터 이틀 뒤였다.

031로 시작하는 모르는 번호였는데, 원모는 자신이 화성에 있다고 했다.

"화성? 마스? 세일러 마스!"

"아니, 경기도 화성."

"알아. 근데 거기를 왜? 또 약 때리러 갔니?"

원모는 속삭이는 목소리로 나에게 조용히 하라며, 자신이 현재 외국인보호소에 있다고 했다.

"거기를 왜?"

"안 좋은 일이 생겨서"라는 말을 듣는 순간 나는 줄줄이 사탕처럼 잡혀가는 마약 투약 연예인들에 대한 뉴스가 떠올랐다. 이 새끼가 언젠가 걸릴 줄은 알았지만 그 언젠가가 지금이 될 줄이야. 보나마나 어디서 신나게 약을 때리다 들통난 거겠지. 쭈뼛거리는 원모에게 닥치고 자초지종을 제대로 말하라고 하자 다른 말은 하지 않고 다만 자신의 여권을 보내달라고 했다. 여권이라니. 뭔가 단단히 문제가 생긴

게 틀림없구만.

"내 여권 어딨는지 알아?"

"잘 알지. 내 손에 있어. 이미 너희 집에 가서 알토란같이 다 훔쳐 왔거든."

"그래, 잘했어. 내가 불러주는 주소로 보내주면 돼."

"알았어. 여권 부쳐줄게. 이번에 뭐 많이 잘못된 거야?"

"있잖아, 나……"

원모가 강제추방을 당한다고 했다. 그 말인즉슨 이제 다시 한국에 들어올 수 없다는 것이었다. 영원히? 다시 올 수 없다고? 갑자기 뜨거운 것을 삼킨 것처럼 싸한 기분이 들었다. 뭐야. 이거 너무 오버스럽지 않아? 라고 생각을 하면서도 감각되는 통증의 크기가 너무 커서 당황스러웠다. 한동안 침묵이 감돌았다. 평소에는 이런 상황에서 아무렇지 않게 농담을 던지는 게 내 주특기인데, 농담조차 나오지 않았다.

"맥북은? 옷이랑 화장품은, 니 물건들은 어떡하게."

"그냥 다 너 가져."

"필요 없는데."

"그래도 가져. 아님 버리고."

"오피스텔 보증금은 어쩌고……"

"어차피 이백에 이백 방이야. 다음 달에 돈 안 내면 집주인이 알아서 방 빼겠지 뭐."

공항으로 배웅이라도 나갈까, 물어보니 경찰에 연행돼 추방당하는 거라 얼굴도 볼 수 없을 거라고 했다.

뭐야. 이건 정말이지 진짜 그럴듯한 이별이잖아. 마치 짠 것처럼 완벽한 단절이잖아. 그런 확신에 다다르자 갑자기 눈물이 날 것만 같았다. 그치만 나이가 서른몇인데 이런 일로 울기엔 난 좀 너무 멀리 왔잖아? 참자, 참어.

그나저나 그 후진 오피스텔, 좁아터진 방에 월세를 이백씩이나 내고 있었단 말이야? 눈탱이를 제대로 맞았네. 그러니까 돈이 없지. 등신 같은 새끼. 약쟁이 새끼. 등신 같은 약쟁이 새끼. 약을 하려면 곱게 어디 숨어서 하든가 칠렐레팔렐레 아무데서나 주사를 꽂고 다니니 안 걸리고 배겨…… 별의별 생각이 꼬리에 꼬리를 물고. 지가 지 몸을 망치다 조용히 자기 나라로 쫓겨난다는데 내가 무슨 할 말이 있겠냐마는.

"그러길래 잘 좀 살지 그랬어…… 더도 말고 덜도 말고 남들처럼만."

남들처럼이라는 말을 해놓고도 스스로가 웃겨서 괜히 핑 돌던 눈물이 멎어버렸다. 남들이라니. 남들 같은 소리를 하고 앉았다, 내가.

"하와이 자주 놀러와. 날씨도 좋고. 약하기도 좋고. 벌레도 많고."

전화를 끊은 후 책상 밑에 아무렇게나 던져둔 원모의 샤넬 쇼핑백을 열어 보았다. 맥북이며 화장품 사이에 놓인, 잔뜩 꾸드러진 알코올 솜을 집어올렸다. 균이 득실득실해 보이는 갈색조의 말라비틀어진 솜을 무슨 애착 인형이라도 되는 것처럼 만지는데 뭐랄까, 이런 표현은 너무 센티멘털한 것 같지만 어쩐지 원모의 허벅지를 쓰다듬는 느낌인걸.

퍼석하게 죽어 있는 세포들의 조합.

원모의 허벅지에는 초승달처럼 생긴 작은 흉터 같은 게 있었는데, 코를 박고 자세히 보면 푸른 색조로 아주 작게 'One More NO LOVE'라는 문법에 어긋나는 문구가 비뚤비뚤한 점묘화 기법으로 새겨져 있는 걸 발견할 수 있었다. 뭘까. 이 중2스러움이 물씬 풍기는 문구는. 딱 봐도 프로의 솜씨는 아니었다. 내가 웃으며 흉터를 관찰하자 원모는 슬쩍 다리를 빼면서 말했다.

"별건 아니고, 중학교 때 하이테크로 펜빵 한 거야, 내가."

펜빵이라니. 칼로 조그맣게 상처를 내거나 뾰족하게 펜촉을 깎아 부러 흉터를 내는 것. 너무나도 투명한 자해행위. 이반의 상징이자 소심한 반항! 우리 학교에서도 칼빵이며 펜빵이 유행해 한동안 교사들이 단속에 나섰던 적이 있었지. 나 역시도 한 번쯤 호기심으로 손목에 글씨 같은 걸 새겨보려다 아플 것 같아서 포기한 적이 있는데, 이 정도 크기면 거의 상습적인 자해라고 봐도 되지 않을까? 반항조차 소심하면서도 요란하게 하는 게 참으로 원모다웠고, 이럴 때면 원모가 하와이가 아니라 안양이나 군포 어디의 중학생처럼 느껴지곤 했다. 나는 길쭉하고 흉측한 자국을 거듭 만지며 원모, 노러브, 라고 중얼거리다 또 웃어버리고야 말았다.

원모 너는 참, 날 웃기려고 태어났나 보다.

그런데 그 자국을 처음으로 본 게 언제였더라. 첫 섹스를 한 날 밤? 나란히 침대에 누워 뒹굴대며 만화책을 읽던 어느 날? 이제는 잘 기억나지 않는다.

기억나지 않는 것은 그것뿐만이 아니었다.

원모는 어느 순간부터 내 일상의 일부가 되었는데, 이를테면 이런 식. 희미한 빛에 눈을 떠보면 새벽 다섯 시. 장소는 어김없이 원모의 오피스텔이나 나의 방. 수면무호흡증이 있는 원모는 당장이라도 숨이 멎을 것처럼 요란하게 코를 골고, 나는 간밤에 원모에게 놓아준 주사기와 알코올 솜을 치우고 함께 들이마셨던 파퍼스가 새어 나오지 않도록 다시 한번 뚜껑을 견고하게 닫고, 가방에서 노트북을 꺼내 원모나 나의 책상 앞에 앉았다. 이어폰을 끼고 내 머릿속에 떠오르는 아무 말이나, 대개는 누군가에 대한 원망이나 이루지 못한 욕망 같은 것들을 정신없이 쏟아냈다. 과거의 추악하고 부끄러웠던 순간들을 떠올리는 것을 통해서만 얻을 수 있는 구원. 나를 통해서만 나를 잊을 수 있는 역설. 어쩌면 한없이 배설에 가까운 그 과정을 통해 나는 내가 처한 현실로부터 도망칠 수 있었다. 그러다 문득 원모가 갑자기 코골이를 멈추면 혹시나 원모가 죽은 건 아닐까, 기어이 죽어버린 건 아닐까 하는 생각에 손가락을 코밑에 대보고 죽지 않았구나, 생각하며 그제야 회사에 갈 준비를 했다. 눈에 인공눈물을 넣고, 병원에서 처방받은 세로토닌과 도파민을 촉진하는 다섯 알의 약을 먹고…… 정신과 약은 잘 정제된 마약이야, 라고 말해준 게 원모였나? 아니면 다른 사람이었나? 느릿느릿 면도를 하고, 샤워를 하고, 뜨거운 물을 받으며 생각했다.

나는 원모를 왜 좋아하지.

젖꼭지를 잘 빨아줘서. 함몰된 내 왼쪽 유두에 고양이 저금통이라는 별명을 붙여주어서. 나랑 성감대가 같아서. 귀 뒤쪽에서 달콤한 냄새가 나서. 뒤통수가 잘 깎아놓은 감자같이 생겨서. 몸에 털이 하나도 없고 체온이 낮아 매끌매끌하고 시원한 물개를 안고 있는 기분이라서. 나에게 아무것도 묻지 않아서. 나에게 아무것도 기대하지 않아서. 인생이 커다란 구멍 같아서, 모두가 나를 스쳐지나가 버리고 온갖 더럽고 쓸모없는 것들이 껴 있지만 결국에는 무엇으로도 채울 수 없는 수챗구멍 같아서, 아무리 많은 것들을 때려 박아도 나아질 게 없어서, 그게 허무해서 매일 맥락 없이 웃다가 울다가, 또 이유없이 화를 내고 있으면 아무것도, 정말이지 아무것도 묻지 않고 나를 꽉 안아주어서. 등을 쓰다듬어줘서.

그 손길만큼은 말도 못하게 따뜻해서.

숨고 싶으면서도 표현하고 싶어하는 내 욕망이 자연스럽게 느껴지게 해주어서. 아무것도 아닌 사람처럼 느낄 수 있게 해주어서. 아무것도 묻지 않아주어서.

약점을 틀어잡고 있으니 어디도 도망갈 수 없을 거라는 것을 잘 알아서. 원모가 다른 남자 천 명 만 명을 만나고 다녀도 결국에는 다시 나를 찾을 걸 알아서. 모든 게 사라져버리고 없어져버릴 것 같다는 과장된 공포에 사로잡힌 나에게 원모는 최고의 존재였지. 그러니까 원모는 나의 아이스. 나의 거울. 당장이라도 굴러떨어질 것 같은 내 일상을 간신히 붙잡아주는 낚싯줄.

원모에게 이 모든 얘기를 털어놓고 싶다. 그치만 원모는 여기 없네.

다음날 어김없이 출근을 한 나는 오전을 대충 때우다 홀로 점심을 먹고 사무실로 돌아왔고 컴퓨터를 켰고 책상 서랍에서 칫솔을 꺼내 느릿느릿 양치질을 하기 시작했고 화장실에서 거울을 보며 아, 못생겼다, 생각하다 다시 자리에 돌아와 앉았다. 막 양치를 마쳐 건조한 입술에 침을 바르며 책상 위에 올려둔 바셀린의 뚜껑을 열었다. 삼 년 전 입사했을 때부터 이 자리에 있었던, 조금도 양이 줄어든 것 같지 않은 바셀린. 내가 죽어도 이 바셀린은 이대로 끈끈하고 기름진 채로 이 자리에 남아 있을 것만 같은 느낌.

바셀린처럼 살아야 했어. 유들유들하고 축축하게, 그러나 절대 소진되지는 않게. 말도 안 되는 자기 연민에 젖어 아무 쓸모도, 필요도 없는 일을 하기 시작했고, 내 옆자리의 차장이 외근을 나간 뒤로는 마치 내게 할당된 업무인 양, 워드 프로세서 창을 켜서 소설을 쓰기 시작했다. 그때 모르는 번호로 전화가 걸려왔다. 원모일까 하는 생각에 다급히 복도로 나가 전화를 받았다. 전화기에서 생각지도 못한 목소리가 흘러나왔다. 아빠였다. 아빠는 다짜고짜 일층으로 내려오라고 했다.

"갑자기 그게 무슨 소리야."

"너희 회사 앞이다. 너한테 할 말이 있어서 왔는데 로비에서 들여보내주질 않네. 얼른 내려와봐."

"아니, 아빠, 아무 말도 없이 이렇게 다짜고짜 오면 어떡해. 갑자기 자리를 어떻게 비워. 나도 일이 있는데."

"그럼 너 있는 팀 이름이랑 층수 말해봐라. 아빠가 올라가마. 가서 너희 팀장한테 인사도 하고 얼굴도 보면 되겠네."

"미쳤어? 여기가 유치원도 아니고, 오긴 어딜 와."

나는 아빠에게 일단 기다리라고 한 뒤 화장실에 가는 척하며 엘리베이터를 탔다. 일층에 도착하자 멀리 아빠의 모습이 보였다. 그는 간절기마다 교복처럼 입는 체크무늬 버버리 반팔 셔츠를 입은 채 다소 거만한 포즈로 뒷짐을 지고 있었다. 나는 아빠를 보자마자 얼른 밖으로 나가자고 팔을 잡아끌었다.

회사 건물 앞에는 떡하니 아빠의 벤츠가 서 있었다.

"아빠, 여기 차 세우면 벌금 내."

"나오면, 내면 되지."

이런 상황에서도 가오를 잡고 있는 아빠를 보니 복장이 터졌다. 벤츠 하나 몰고 다닌다고 누가 보면 이 회사 회장님이신 줄 알겠어. 다 망한 주제에. 하긴 빚 오십억에 과태료 사만 원을 더 붙인다고 한들 뭐가 달라질까 하는 생각을 하니 모든 게 부질없게만 느껴졌다. 자꾸 복잡한 생각이 들어 괴로워지려는데 아빠는 내게 보험금이 어떻게 되었는지 물었다.

"어, 해약해서 통장에 넣어놨지. 오천 얼마였나."

나도 모르게 거짓말이 절로 나갔다.

"한 이백은 너 갖고, 오천만 원을 여기로 부쳐줘야겠다."

아빠가 대표이사, 라고 적힌 자신의 명함을 건네주었다. 명함 뒤쪽에 몽블랑 볼펜으로 적어놓았을 계좌번호는 처음 보는 사람의 명의였다. 아빠에게 돈을 빌려준 사람 중 한 명이거나 아니면 아빠가 차명으로 금융거래를 하는 계좌인 것 같았다. 나는 주머니에 명함을 넣고 아빠의 심중을 떠볼 생각으로 아무것도 모르는 척 물었다.

"근데 갑자기 서울은 어쩐 일이야."

"클라이언트 만날 일이 있어서 왔다. 일 끝나고 잠시 들렀지."

클라이언트 같은 소리 한다. 빚쟁이나 아니면 다행이지. 아무것도 모르는 척 또 질문을 얹었다.

"핸드폰 번호는 갑자기 왜 바꿨어? 아빤지도 몰랐네."

"쓰던 걸 잃어버렸다."

"엄마는 잘 지내? 요즘 바빠서 연락을 통 못했어."

"너희 엄마야 항상 똑같지 뭐."

아빠는 내가 현재 아빠의 (완벽히 망해서 감옥에 들어갈 위기인) 상태를 모른다고 생각하는 것 같았다. 하긴 엄마와 내가 속 얘기를 미주알고주알 나눌 만큼 대단히 살가운 사이도 아니고, 평소에도 몇 주 정도 연락하지 않고 지내는 것은 예사인지라 아빠의 추론이 영 틀린 것은 아니었다(책이 나온 뒤로는 내가 부러 엄마의 연락을 피하기도 했었다). 그러나 아빠가 간과하고 있는 사실이 하나 있었다. 엄마는 말수가 적고 다른 모든 사안에 대해서는 무심한 편이지만 단 한 가지, 남편 욕은 누구보다도 열정적이고 즉각으로 공유한다는 사실을.

아빠는 내게 "산보나 할래?" 물었고 나는 "아빠, 나 일하는 중이잖

아. 나는 사장이 아니라 그냥 사원이라고" 대답했다. 아빠는 "그러냐 허허, 그러면 별수 없지" 했고 이상하게 그 힘없는 목소리를 듣고 나니 앞으로 아주 오랫동안 그의 얼굴을 볼 수 없을 것 같다는 생각이 들었다. 그도 그럴 것이 평소와 같은 복장이라고는 하지만 정리되지 않은 구레나룻이며 운전을 오래한 듯 한쪽이 까맣게 타버린 얼굴이 묘하게 그를 도망자처럼 보이게 했다. 나는 또 슬그머니 마음이 약해져 오십억에 반차 하나를 얹는다고 한들 뭐가 달라질까 하는 마음이 생겨나버렸다. 에라, 모르겠다. 나는 아빠에게 잠깐 기다려보라고 한 후 사무실로 올라가 급한 집안일 때문에 그러는데 반차를 쓸 수 있겠냐고 팀장에게 말했다. "무슨 집안일?" "음, 그러니까, 아버지의 병환(이나 다름없는 목숨을 위협할 만한 범죄 행각과 빚 때문)입니다." 팀장은 언제나처럼 못마땅한 표정으로 "가봐"라고 말했고 나는 정말 집안에 대단히 큰일이 생긴 것처럼 황급히 가방을 싸서 사무실 밖으로 나왔다.

다시 빌딩 밖으로 나오니 아빠는 벤츠에 기대서서 담배를 피우고 있었다. 뭐라고 한소리를 하려다 말았다. 담배를 피우는 모습만큼은 예전과 별다를 바 없었고, 중독에서만큼은 일관성을 가지고 있다는 게 이상하게도 반가웠다.

아빠와 나는 나란히 운전석과 조수석에 앉았다. 차가 세종로를 달리기 시작했다. 둘 다 막 점심을 먹은지라 딱히 갈 만한 곳이 떠오르지 않았다. 아빠는 커피나 한잔하자고 했고 나는 고개를 끄덕였다.

아빠가 차를 몰고 간 곳은 회사 근처의 플라자호텔이었다. 주차장 입구가 잘 보이지 않는데도 아빠는 익숙한 듯 로비 옆쪽의 지하주차장 입구로 향했다. 이곳에 자주 와본 것일까? 내가 아는 아빠는 평생 동안 고향인 P시를 떠나지 않은 사람인데. 차에서 내려 엘리베이터를 기다리며 아빠를 찬찬히 훑어보았는데, 살이 많이 빠진 것 같았다. 살이 빠지다 못해 키까지 쪼그라든 느낌. 하긴 환갑도 한참 지났고 어느새 칠순을 바라보는 나이니 키가 준다고 해도 이상할 건 없었다. 모르는 사람이 보면 부자지간이라는 것을 알아챌 수 없을 정도로 우리는 생김새가 달랐다. 삼십이 년 동안 모르지 않았던 그 사실이 사뭇 이상하게 느껴졌다.

일층의 커피숍에 도착해 커다란 테이블에 앉았다. 아빠는 언제나처럼 뜨거운 아메리카노를, 나는 비엔나커피를 시켰다. 아메리카노,라는 단어를 내게 처음 가르쳐준 사람이 아빠였다. 그는 주말에 나와 함께 목욕을 갈 때에도 동네가 아닌 역 근처의 호텔 목욕탕에 가는 사람이었다. 목욕을 마친 후 호텔의 커피숍에서 아메리카노를 시켜 마시던 그의 모습이 내 기억 깊숙이 남아 있다. 아빠는 내 얼굴이 수척해진 것 같다며 덧붙였다.

"일이 많아도 쉬어가면서 해라. 너무 조바심내지 말고."

정말이지 조바심이라고는 하나도 찾아볼 수 없는 표정으로 뜨거운 아메리카노를 마시는 아빠의 모습을 보니 부아가 치밀어올랐다. 중학생 때 내가 학교에서 심하게 따돌림을 당해 미국 도피 유학을 준비할 때에도, 고등학생 때 부정교합 치료 수술을 받으려고 했을 때에도, 대학 입학금도, 나를 위해 마련된 목돈은 어김없이 아빠라는 이름의 블랙홀로 흡수돼버렸다. 어릴 적부터 누적된 그 경험들을 통해 나는 기꺼이 희망을 내다버리고 체념이라는 두 글자를 뼈에 새길 수 있었다. 내가 깨닫지 못하는 사이 나는 쳇바퀴를 돌리듯 일상의 관성에 젖어 단 한 순간도 쉴 수 없는 사람으로 자랐다. 그런데 그런 당신이 내게 쉬라고 말을 하네. 만오천 원이 넘는 커피를 홀짝홀짝 마시며, 나는 어떤 말을 어떻게 해야 할지 몰라 아빠의 얼굴을 빤히 바라보았다. 아빠가 창문 쪽을 바라보며 말했다.

"신문에서 네 기사를 봤다."

"아, 응. 책 나와서 인터뷰 많이 다니고 있어."

"왜 아빠한테 말을 하지 않고. 책 나왔다고."

그러는 아빠도, 오십억이 넘는 돈을 탈세하고 횡령하고 착복하고 출처 모를 곳에 써 없앨 때까지 나에게 한마디도 하지 않았잖아, 뭐 그런 말을 하고 싶었지만 할 수 없었고 대신에 아주 조용히, 아무 일도 없는 것처럼 덧붙였다.

"작가가 책 나오는 게 뭐 큰일이라고."

"기사에서…… 네가 퀴어…… 소설이라는 걸 쓴다고 하더구나."

"응, 그거 요즘 유행하는 거야. 노인들 보기 재미없으니까 보지 마."

얼른 말을 돌리고 싶었지만 무슨 말을 해야 할지 잘 떠오르지 않았다. 우리 사이에 한동안 무거운 침묵이 감돌았다. 침묵을 깬 것은 아빠였다.

"커피 다 마셨으면 잠깐 걸을래?"

나는 고개를 끄덕이고 계산서를 집었다. 아빠는 계산서를 뺏어 들더니 지갑에 빼곡히 꽂힌 오만 원짜리 중 한 장을 꺼내 계산서 사이에 넣어놓았다. 그리고 거스름돈도 챙기지 않은 채 밖으로 나갔다. 나는 한 발짝 늦게 계산대에 들러 아빠의 차번호를 등록하고 거스름돈을 챙기며 뭐랄까, 설명할 수 없이 복잡한 마음이 들었다.

　바깥으로 나오니 오후의 끄트머리. 초가을의 하늘은 웬일로 깨끗했고 시청 앞 광장에는 사람들이 별로 없었다. 아빠는 잔디밭을 밟고 싶다고 했고 우리는 횡단보도를 건넜다. 아빠와 말없이 광장을 빙 둘러 걷다 아무것도 설치되지 않은 간이무대에 나란히 걸터앉았다. 아빠는 뒷주머니에서 손수건을 꺼내 자리를 닦고 그 위에 앉았다. 아빠가 내게 말했다.

　"여기도 참 많이 바뀌었구나."

　"아빠 여기 와본 적 있어?"

　"내가 딱 너만 했을 때 여기 플라자호텔에 들어가려고 했었다."

　태어나서 처음 듣는 말이었다. 하긴 내 기억 속의 아빠를 되짚는 것은 무의미했다. 내 기억 속의 아빠는 단 한 번도 자신의 꿈이나 희망이나 욕망에 대해서 말하지 않았다. 나는 아빠가 어떤 사람인지 전혀 모른다. 나의 부모님은 언제나 바쁜 사람이었다. 함께 놀이공원에 간 기억도, 진지하게 고민을 나눠본 적도 없었다. 단지 부모님들의 다툼을 통해서, 엄마를 통해 전해 듣는 아빠라는 사람의 악행을 통해서 나는 그에 대해 간접적으로 알고 있었을 뿐이었다. 그간 나는 아빠라는 이름의 허상을 좇고 있었을 뿐, 그라는 존재의 실체에 대해 아무것도 알지 못한다는 것을 요 며칠간 절실히 깨닫고 있었다.

며칠 전 큰고모가 내게 해준 말.

아버지는 고등학생 때부터 몇 번의 자살 시도를 해 정신병동에 입원한 전력이 있으며, 검정고시로 고등학교 과정을 마친 후 먼 친척이 이사장으로 있는 대학에 들어가게 됐다고 했다. 좋지 않은 성적으로 간신히 대학을 졸업한 후 할아버지가 알아봐준 몇 군데의 직장을 전전했던 아빠는 결혼을 전제로 사귀던 여자에게 이별을 고하고 일본 유학길에 올랐다. 당시 우리나라에서는 생소한 분야였던 호텔 경영을 공부하기 위해서였다고 했다. 가족들은 그의 선택을 지지했는데, 집안의 유일한 오점이자 망나니였던 막내아들이 태어나서 처음으로 뭔가를 하고 싶어하는 의지를 보였기 때문이었다. 해외여행 자유화가 시행되기도 전에 당시에는 몹시 드물던 유학길을 홀로 떠나며 아빠는 어떤 기분이었을까. 이곳이 아닌 다른 곳에서 이곳에 없는 학문을 공부하며, 일상이 아닌 다른 곳에서 구원을 찾을 수 있을 거라는 희망에 부풀어 있었을까? 지금까지와는 완벽히 다른 삶을 살 수 있으리라 기대하고 있었을까? 왠지 그렇지는 않았을 것 같다. 숨 막히는 지금의 삶으로부터 탈출하고 싶어 낚싯줄처럼 가는 희망에 몸을 던진 것은 아닐까. 단지 이곳이 아니면 된다는 마음. 그저 현실 도피와 진배없는 미래가 없는 감정을 나는 잘 알고 있다.

아빠는 꼬박 육 개월 만에 다시 한국으로 돌아오게 되었다. 소식이 끊긴 아빠를 찾아 도쿄로 간 큰고모가 '빠찡코'를 전전하고 있던 아빠를 발견했다. 큰고모는 아빠에게 비보를 전했다. 한국에 두고 온

여자(즉 나의 엄마)가 임신을 했다는 사실을. 아빠는 며칠이고 큰고
모를 피하다 결국에는 짐을 싸서 다시 한국으로 돌아오게 되었다. 그
때 아빠는 어떤 생각을 했을까. 어떤 마음으로 다시 이곳에 돌아오게
되었을까. 그에게 나의 존재는, 가족의 의미는 무엇이었을까. 아빠가
강박에 가까울 만큼 지독하게 자신의 과거 얘기를 하지 않았던 것도
어쩌면……

　　아빠는 자리에서 일어나 잔디밭에 쪼그려앉았다. 그리고 뭔가를
뽑아 돌아왔다. 아빠의 손에 있는 건 잡초에 달린 작고 푸른 꽃 하나
였다. 아빠는 한참이나 자신이 꺾은 꽃을 바라보고 있었다. 이 사람
은 누구일까. 내가 아는 아빠는 또래의 남자들에 비해 섬세하고 심미
적 기호가 남달랐지만, 적어도 잔디밭에서 꽃을 꺾는 종류의 감성을
가진 사람은 아니었다. 나이가 들어 호르몬 조절이 되지 않는 걸까,
이젠 하다 하다 별걸 다 하는군, 삐딱한 생각이 들었다. 꽃을 쥐고 있
는 아빠의 등이 잔뜩 굽어 있어 가뜩이나 마른 몸이 더욱 말라 보였
다.
　　나는 그 등의 모양을 잘 알고 있었다.
　　초등학교 4학년 때, 다른 모든 가정들처럼 우리집에도 IMF의 광
풍이 불어닥쳤다. 내 기억으로는 그때가 우리집이 처음으로 망한 순
간이었다. 태어나 한 번도 겪어보지 못한 경제적 곤란에 직면한 아빠
는 백방으로 돈을 빌리고 다녔었다. 어린 내가 기억하는 아빠는 밤늦
게 집에 들어와 우주를 짊어진 것처럼 고개를 앞으로 잔뜩 뺀 자세로

TV를 보는 사람이었다. 그 무렵 생일을 맞은 아빠에게 나는 《인생 2막, 당신에게도 희망은 있다》라는 책을 선물했었다. 그게 내가 그에게 건넬 수 있는 유일한 지지와 응원의 메시지라고 생각했다. 내가 준 선물을 받아든 아빠는 기뻐하는 대신 화를 냈다. 감정을 주체하지 못한 채 책을 집어던지며 소리쳤다.

"우리 가족에게 더 이상의 희망은 없다. 더 나아질 일은 없을 거란 말이다!"

화를 내는 아빠의 얼굴은 잔뜩 일그러져 마치 우는 것처럼 보였다. 고개를 돌린 아빠의 어깨는 그 어느 때보다도 안으로 굽어 있어 당장이라도 구겨져버릴 것 같았다.

하나도 닮은 구석이 없는 우리 부자지만 구부정한 자세와 앞으로 쭉 나온 거북목만큼은 비슷했다. 언젠가 원모가 그런 나를 보고 허공에 이마를 기대고 있는 사람 같다는 말을 한 적이 있었다. 이상하게 그 말이 아직까지도 마음에 남았다. 허공에 이마를 기대고 있는 사람. 나, 그리고 필수 씨.

생각해보면 그와 내가 닮은 점이 하나 더 있기는 했다. 고등학생 때 자살 시도를 해 정신병원에 입원한 것. 아빠가 죽으려 한 건 나와는 다른 이유였겠지만. 하긴 또 뭐 그리 다른 이유였을까 싶기도 하다. 허공에라도 이마를 기대고 있어야만 하는 사람들에게는 어쩔 수 없는 일이었을지도 모르겠다.

나는 마치 대단한 보물이라도 되는 것처럼 꽃을 바라보고 있는 아빠에게 물었다.

"아빠, 근데 나 왜 낳았어."

"어쩌다가 낳았지."

"아빠, 근데 왜 그렇게 큰 빚을 졌어? 그 돈은 어디 갔어?"

아빠는 몇 초 정도 아무 말도 하지 않고 있다가 뭔가를 꾹꾹 누르는 듯한 목소리로 대답했다.

"어쩌다가 그랬지. 어쩌다 다 없어졌지."

"아빠."

"왜, 또 뭐가 궁금하냐."

때로 그런 말들이 있다. 입 밖에 꺼내는 순간 후회할 것을 알게 되는 말들. 상대방뿐만 아니라 말을 꺼낸 나 자신까지도 훼손해버리고야 마는 말들. 지금 이 순간 그렇다는 것을 알면서도 나는 나 자신을 멈출 수가 없었다.

"아빠, 그냥 남들처럼, 그렇게 살면 안 됐어? 남들처럼 그냥 매일 출근하고 퇴근하면서, 애 크는 거 보면서 집도 사고 빚도 갚고 눈치도 봐가면서, 회사에 계속 다니고 은퇴도 하고, 때가 되면 연금 받아서 바둑이나 두고, 더도 말고 덜도 말고 딱 남들처럼 그렇게 살면 안 됐어?"

남들처럼 살 수 없었냐고 말하는 나 자신이 우스워 당장이라도 웃음이 터질 것 같았다. 아빠는 아무 말도 하지 않고 고개를 숙이고 있었다. 입술이 떨려 입술을 꽉 깨물고 아빠의 얼굴을 바라보았다.

아빠는 고개를 숙이고 있었다. 다시는 해를 보지 않을 것처럼 고개를 푹 숙인 채 울고 있었다. 할머니의 장례식 때에도 울지 않았던 그가 이제는 손수건으로 콧잔등과 뺨을 연신 훔치고 있었다. 나는 그 모습을 못 본 척 고개를 돌렸다.

잔디밭에는 아이들이 뛰놀고 있었다. 세상천지에 아무런 근심이 없는 듯 웃으며 뛰어노는 아이들. 유모차를 미는 내 또래의 부부들. 눈이 부시게 맑은 날씨와 영원히 바래지 않을 것처럼 반짝이는 시청 청사. 나는 바지 주머니에서 명함을 꺼내 손바닥에 올려놓았다. 대표이사 박필수. 뒤쪽에 적힌 정체불명의 계좌번호를 한동안 바라보다가 주먹을 쥐며 명함을 구겼다. 그러고는 잔디밭에 명함을 버렸다. 다시 고개를 돌리자 아빠는 언제 그랬냐는 듯 눈물을 멈추고 허리를 꼿꼿이 편 채 먼 곳을 바라보고 있었다. 아빠의 콧등에 검은 흙 같은 것이 붙어 있었다. 아마도 손수건에서 묻어난 것 같았다. 나는 가만히 그 검은 자국을 보았다. 아빠가 내게 말했다.

"엄마가 네 소설을 읽고 걱정이 아주 많은 것 같더구나. 네가 그……"

"보지 말라니까. 왜 꼭 보고 그런대. 가족들이 봐서 좋을 게 뭐 있다고."

"그래서 내가 엄마한테 말했다. 우리 아들이 그렇게 태어났으면 그건 그것대로 어쩔 수 없는 것 아니겠냐고……"

더 무슨 말을 해야 할지 몰라서 그냥 가만히 있었다. 아무 말도 하고 싶지 않았다. 아빠가 나에 대해 조금이라도 더 알게 하고 싶지 않았다. 나의 숨은 욕망과 결핍과 나의 진실에 대해서 알게 하고 싶지 않았다. 내 인생의 중요한 순간마다 언제나 공란의 자리였던 그에게 나를 이해할 기회를 주고 싶지 않았다. 단지 공란에 불과해야 할 그에게 용서라는 자리를 내어주고 싶지 않았다. 나는 아랫입술을 꽉 깨물었다. 더 많은 감정들이 새어 나가지 못하게.

"적어도 내 생각은 그렇다. 살면서 어쩔 수 없는 일들이 더 많지 않니."

이 말을 어디서 들었더라.

그래, 원모.

아이스를 하고 나면 사나흘 동안 아무것도 하지 않고 방안에만 누워 있던 원모. 나는 그런 원모에게 물을 먹이고 이불을 덮어주고는 묻곤 했었다. 원모는 힘없이 내 허벅지를 파고들며 말했다.

"있잖아, 나는 네가 부러워."

"뭐가 부러워. 거지같이 사는데. 매일 네 시에 일어나서 투잡을 뛰어도 십 년 넘게 원룸 신세를 못 벗어나는구만."

"그래도 너는 네가 무얼 하고 싶은지 잘 알잖아."

"누굴 죽이고 싶은지는 잘 알고 있긴 하지."

"응, 그런 거. 누굴 죽이고 싶은지 누구한테 화를 낼지, 알잖아."

"너도 뭘 하고 싶은지는 잘 알잖아. 약 때리기."

"뭐래."

"원모야, 근데 넌 약이 왜 그렇게 좋아? 주사 맞으면 눈에서 막 빛이 나와? 세상이 막 무지갯빛으로 물들고 머리가 쏟아질 것 같아? 근심 걱정이 다 잊혀져? 사는 게 미칠 듯이 행복해져?"

"아니, 그냥 정신을 차려보면 시간이 뭉텅이로 없어져 있어. 그게 좋아."

"우리 귀여운 원모, 어쩌다 이렇게 훌륭한 약쟁이로 자랐을까."

"별다른 이유가 뭐 있겠니. 살다 보니 그렇게 된 거지. 살면서 어쩔 수 없는 일들이 더 많지 않나."

아빠는 아무 말도 하지 않고 계속 플라자호텔 쪽을 바라보고 있었다. 리모델링을 한 후에도 왠지 튀튀한 구석이 남아 있는 그 건물, 삼십이 년 전 그의 꿈이었던 그곳을. 지금 내 나이에 아빠가 되어 삼십이 년 동안 제멋대로 살아온 뒤, 서른두 살의 아들에게 돈을 빌리러 온 그는 지금 무슨 생각을 하고 있을까. 자신의 인생이 완벽한 실패란 것이 만천하에 드러나 버린 지금 그는 도대체 무슨 생각을 하며 이 순간을 버티고 있을까. 잔뜩 구겨지고 쪼그라들어 당장이라도 없어져버릴 것만 같은 아빠의 옆모습에 대고 나는 물었다.

"아빠, 하와이는 어느 쪽이야?"

"어디 보자…… 여기가 북쪽, 저기가 남쪽이니까. 저쪽이 동경이겠네. 하와이는 동경 너머의 어딘가 아니겠냐."

아빠는 손가락으로 끝이 보이지 않을 만큼 아주 먼 지점을 가리키며 말했다. 나는 손끝이 가리키는 곳을 바라보며 대답했다.

"나, 그쪽으로 가게. 하와이에."

"언제?"

"언제라도."

"회사는 어쩌고."

"그만두지 뭐."

"그래도 괜찮겠냐?"

"안 괜찮을 건 또 뭐야."

"네 말이 맞다. 살아보니 너무 열심히 살 필요는 없더라."

너무 열심히 살 필요가 없다는 아빠의 목소리가 너무 열심히 산 것처럼 고되게 들렸고, 이상하게 그 목소리가 내게는 너무나 익숙했다. 샤워기 아래에서 노래를 부르는 내 목소리, 내 귀에 대고 속삭이는 원모의 목소리, 살면서 한 번쯤은 들어본 적이 있는 누군가의 목소리.

나는 고개를 숙여 잔디밭에 떨어진 명함을 바라보았다. 잔뜩 구겨져 본래의 형태를 짐작할 수조차 없어져버린 종잇조각을. 원모는 지금 이런 내 모습을 본다면 뭐라고 할까. '또, 또 허공에 이마를 기대고 있네.' 핀잔을 주려나? 아니면 '거봐. 넌 누구한테 화낼지 알고 있는 사람이라니까' 확신에 차서 말하려나.

원모야, 있잖아. 틀렸어. 나 이제, 누구를 미워하고 어디에 화를 내야 할지 잘 모르겠거든. 아무리 생각해봐도 도통 모르겠거든.

목표가 있었던 시절은 적어도 지금보다는 삶이 조금 더 심플했던 것 같은데 이제는 이루고 싶은 지점도, 도려내고 싶은 지점도 다 희미해져버렸다. 누군가를 마냥 미워하거나 사랑할 수 있었다면 사는 게 이토록 힘들지는 않았을 텐데. 더 이상 기댈 곳도 빠져들 곳도 없어져버린 나는 고개를 들어 아빠의 손끝이 가리켰던 아득히 먼 저 너머의 어떤 지점을 바라볼 뿐이었다. 🔳

제21회 이효석문학상
우수작품상 수상작

햄의 기원

신주희

1977년 서울에서 태어났다. 단국대 국문학과를 졸업하고 중앙대 문예창작과 대학원을 수료했다. 2012년《작가세계》에서 등단했다. 소설집《모서리의 탄생》이 있다.

좁은 우리 속 표범은 병든 고양이처럼 풀이 죽어 있었다. 철장 안의 새들은 날아오르다 곧장 시멘트 바닥으로 떨어졌다. 비어 있다고 생각한 사육장에도 짐승이 있었다. 자세히 보니 털뭉치에 가까운 그것은 털 속에 등뼈를 잔뜩 세우고 있었다. 겨우 존재하는 것처럼 보이던 동물들, 지금은 어디에 있을까.

　　지난해 자주 들리던 동물원이 폐원되었다. 우연한 일이겠지만, 그 뒤에 나는 일을 하게 되었다. 나는 오늘도 구두를 신고 넥타이를 맸다. 지하철을 타고 강남역에 내려 보험을 파는 사무실에 들어섰다. 아침 조회가 끝나고 커피 한잔을 마셨다. 자리에 앉아 인터넷으로 뉴스를 보다가 검색창에 '4월의 미술 전시'를 쳐 넣었다.

　　〈뛰는 순간〉 최은희 개인전.
　　〈인간, 오브제 그리고 변형〉 제2회 김영주 정기전시.

〈최선의 감각〉권해람, 김수철, 최창현 그룹전.

〈식물의 말〉윤기수 개인전.

아는 이름들을 추렸다. 작품이라고 뭔가를 내놓는 쪽과 그것을 작품이라 여기는 쪽의 조합만 바뀌었을 뿐 보이는 이름은 몇 달 전과 비슷했다. 나는 지하철 노선을 따라 대략의 동선을 짰다. 인사동에서 〈뛰는 순간〉, 삼청동 〈인간, 오브제, 그리고 변형〉으로, 가능한 최선의 동선을 고려해서 익선동 〈최선의 감각〉. 이제 일을 시작할 시간이었다. 나는 휴대폰에 저장된 순서대로 전시의 주인공들에게 전화를 걸었다. 조바심이 났다. 보험을 시작할 때만 해도 전화를 잘 받아주던 사람들이 어느 순간부터 전화를 피하는 것 같았다. 어쩌다 전화를 받은 이들도 말을 맞춘 듯 비슷한 반응을 보였다.

알잖아. 내가 요즘 통 작업을 안 해.

지금 좀 바쁜데, 내가 연락할게.

아무래도 소문이 난 모양이었다. 미술계 언저리에서 이름을 팔아먹고 살던 내가 보험을 팔기 시작했다는 것이. 그렇다고 쉽게 포기할 순 없었다. 이거라도 하지 않으면 의미도 없는 그림을 죽도록 그려야 했다. 그것은 예술적인 의도와는 별 상관없는 노동처럼 느껴졌다. 어디에도 재현되지 못하고 머릿속에서만 맴도는 이미지와 싸우는 일이었다. 심지어 눈이 사라졌으면, 하고 바랐던 때도 있었다. 그러는 동안 나는 무려 마흔이 되어 있었다. 마흔만 된 것이 아니라 신용까지 불량한 사람이 되었다. 나는 입 속에 거슬리는 이물을 뱉듯 퉤, 하

216

고 소리를 냈다. 그러나 이제는 살 만하지 않은가. 그래도 예술을 했던 자인데, 하는 자괴감의 시절은 이미 지난 지 오래였다. 내 돈으로 밥을 먹고 방세를 내는 것만으로도 감사한 경지에 이르렀다. 나는 다시 통화 버튼을 눌렀다. 그러나 세 번째 시도는 또다시 음성 사서함으로 넘어갔다. 난처한 기분으로 휴대폰을 보는데 뜻밖의 이름이 화면에서 반짝거렸다. 화 씨였다.

선배.

그렇게 말한 화 씨는 수화기 너머로 가만가만 숨소리를 냈다. 나는 잠자코 숨소리를 듣고 있다가 말했다.

왜? 무슨 일 있어요?

네. 그게.

뭔데?

햄이 죽었어요.

나는 화 씨의 축축한 목소리를 들으며 한동안 화 씨처럼 숨만 내쉬었다. 가만, 가만히.

죽음을 맞이한 사람은 대학동기 햄이었다. 부음을 듣고 장례식장으로 가면서 나는 햄의 잘못된 선택들에 관해 생각했다. 햄과 나란히 앉아 그림을 그리거나 복도에서 담배를 피우던 것이 먼저 떠올랐다. 정물화, 인물화, 누드 크로키 같은 것들을 반복해서 그리던 시절이었다. 새우깡에 소주를 마셨다. 예술을 아네, 모르네 주정을 했다. 좆이나 개, 엿이나 뻑 같은 단어를 그것과 붙여 말했고 돈은 벌지 않았다.

그때는 햄도 나도 술로 살을 찌우며 살았다. 며칠씩 남의 자취방을 번갈아 떠돌았다. 햄은 천 원짜리 한 장이 없을 때에야 비로소 집으로 돌아갔다.

햄의 부모는 그에게 질문 같은 것은 하지 않았다. 취업 계획을 추궁하거나, 왜 남들처럼 미술학원 아르바이트를 하지 않는지 궁금해하지 않았다. 그건 유난히 괴팍했던 그의 작업에 관해서도 마찬가지였다. 십 년을 넘게 기른 머리칼을 잘라 곰 인형의 배 속을 채우는 것을 보고도, 그 인형을 사람들에게 가족이라 소개하는 것을 알면서도 그랬다. 햄의 부모는 치과를 돌아다니며 사람들의 치아를 모으고, 그것을 개의 턱뼈에 붙여 넣는 아들에게 꼬박꼬박 용돈과 등록금을 쥐어 주었다. 그 시절 나는 햄에게 혹처럼 달라붙어 그 호사를 함께 누렸다. 햄과 내가 집에 있으면 그의 아버지는 제일 먼저 TV 소리를 줄였다. 어머니는 부엌으로 들어가 조용하게 밥상을 차렸다. 일인용 상 위에 새로 끓인 국과 반찬을 올리고 몇 만 원을 함께 두었다. 햄의 부모는 무성영화에 나오는 사람들처럼 기척 없이 재빠르게 움직였다. 나는 햄과 함께 누워 가만가만 딛는 그들의 발소리를 들었다. 언젠가 햄은 그의 부모를 두고 이런 말을 했다.

내 부모는 예술을 경외하는 것 같아. 허리가 휘고 손톱이 빠지도록 말이야. 평생 식당일 말고는 아는 게 없는 사람들인데, 마치 내 작업을 이해하는 것 같아.

그러나 뜻밖에도 그의 말은 점차 반대의 의미로 내게 남았다. 정

218

확히는 햄의 졸업 작품 때문이다. 그것은 〈거미〉라는 제목의 영상 작업이었다. 줄거리는 기억나지 않는다. 애초부터 스토리가 없었기 때문이다. 영상에는 햄의 집이 등장했다. 거미줄처럼 복잡한 느낌으로 촬영된 집에 희끗희끗한 것이 자꾸만 나타났다 사라졌다. 싱거운 표정으로 영상을 보던 나는 영상의 하이라이트 부분에 이르러서야 희끗거리는 것의 정체가 햄의 부모임을 알아차렸다. 흔들리는 영상 속에 햄의 어머니와 아버지가 알몸을 드러낸 채 클로즈업되고 있었다. 햄은 그것으로 최우수 졸업 작품상을 거머쥐었다. 상을 받은 햄의 등 뒤로 반쯤 몸을 구부린 노부부가 서 있었다. 울지도, 웃지도 않는 그 묘한 눈을 보다가 느닷없이 가슴이 뻐근했다. 손에서 땀이 나고 얼굴이 빨개졌다. 이미 붉어진 얼굴이 한도 끝도 없이 뜨거워졌다. 알 수 없는 수치심에 뺨이 간지러웠다.

졸업 후 시간이 지나면서 햄의 작업은 점점 더 극단적이 되어 갔다. 끝내 그가 동물의 피를 수혈받는 엽기적인 계획에 대해 이야기했을 때 나는 난생처음 무모함에 대해 생각했다. 마침내 그가 무엇이라고 할 수 없는 정체불명의 상태에 이르렀음을, 어딘가로부터 완전히 멀어졌음을 깨달았다. 더는 그를 말릴 부모도 없었다. 몇몇 동료들이 설득해 보았지만 소용없었다. 쇼크와 면역 반응에 대비한 몇 가지 테스트는 그저 형식에 가까운 수준이었다. 미국에서의 전례가 있었다지만 아무도 그의 안전을 장담하지 못했다. 하지만 그는 그에 대한 모든 우려를 자신이 진행하려는 작업의 일환으로 받아들였다. 햄은 곧 말馬의 피, 말의 혈청血清을 수혈받았다.

그러니까 한때 햄의 몸에는 말의 피가 흘렀다. 그리고 그는 정말이지 말처럼 굴었다. 전보다 걸음걸이가 빨라졌고 힘차졌다. 소리에 예민해져서 자주 놀랐지만 당근과 설탕을 먹는 것으로 안정을 되찾았다. 햄은 활기차게 작업실과 전시관을 오갔다. 그의 요청에 따라 동료들은 그를 짐승으로 분류했다. 사람들을 만나 밥을 먹고 술을 마실 때에도 그는 진짜 짐승처럼 숟가락이나 젓가락을 쓰지 않았다. 생각보다 아무렇지도 않은, 아니 오히려 좋아 보이는 그에게 사람들은 농담을 던졌다. 소원대로 케이론[1]이 되었으니, 독화살만 조심하라고.

그러나 그 기묘한 활기는 온몸의 붉은 반점을 시작으로 조금씩 시들어갔다. 햄의 몸에서 노랗고 진한 고름의 수포가 촘촘하게 돋아났다. 그것들은 하나씩 터지며 짐승의 냄새를 풍겼다. 거대한 냄새가 햄의 몸을 장악했다. 햄은 동료들을 만날 때마다 자신의 상태를 늘어놓았다. 머리카락이 빠지더니 이가 흔들린다고. 밤만 되면 원인을 알 수 없는 고열에 시달린다고. 활기가 사라진 햄의 얼굴을 보며 동료들은 지갑을 열었다. 그렇게 모인 치료비는 검고 푸른 곰팡이가 피어난 햄의 손에 쥐어졌다. 그는 그렇게 반인반수半人半獸의 모습으로 6인용 병실에서 죽어갔다. 마지막으로 내가 햄을 보았을 때, 그는 나를 보며 혼잣말 같은 질문을 했다.

---

1 그리스신화에 등장하는 반인반마 족인 켄타우로스 족의 하나로 불사의 몸으로 태어났지만 히드라의 맹독을 바른 헤라클레스의 화살에 맞아 신음하다가 제우스에게 죽음을 간청하여 숨을 거두었다.

예술이란 무엇으로 존재 가치를 유지하는가.

햄은 자답했다. 어떤 논리나 철학이 아니라 실험적 행위들을 통해서만 유효한 답을 얻을 수 있다고. 나는 오래도록 햄의 얼굴을 보았다. 평안해 보였다. 고통으로 굳어 있던 턱이 느슨하게 벌어져 있었다. 검붉었던 반점도 활동을 멈춘 화산처럼 서늘하게 식어 있었다. 무엇보다 그의 몸을 집어삼킨 짐승의 냄새가 말끔히 사라져 있었다. 햄은 겨우 몸을 일으켰다. 침대 귀퉁이에 기대어 팔과 다리를 가슴에 붙였다. 막 날아오를 것 같은 새처럼 보였다. 나를 보며 피식, 웃는가 싶었는데 곧 밍밍한 얼굴이 되었다. 나는 생각했다. 그래, 참 오래도 버텼구나.

그날 집으로 돌아와 나는 마음을 정리했다. 그림을 그리지 않겠다, 결정했다. 작업실의 그림들을 내다버리고 창을 열었다. 방범용 철장 너머로 바람이 불어왔다. 바람을 맞으며 눈이 뻥 뚫린 것처럼 울었다.

햄이 한 가장 잘못된 선택은 바로 이것일지도 몰랐다. 우리가 숭배하던 것, 그 예술이 주는 멸시와 모욕을 끝까지 견딘 것.

아직 오후라 그런지 장례식장에는 사람이 별로 없었다. 햄의 아내와 아들이 주눅 든 사람처럼 서서 문상객을 맞고 있었다. 햄의 아내가 나를 보며 알은체를 했다. 부의금이 든 봉투를 꺼내 함에 넣고 절을 하는 동안, 햄의 아내는 뭔가 할 말이 있는 표정으로 나를 봤다. 잠시 뒤 햄의 아내가 육개장과 편육, 떡을 챙겨들고 내가 앉아 있는 테이블로 왔다.

손님이 계신데, 가보셔도 괜찮습니다.

아니요. 그게 아니라, 여쭤볼 게 있어서요.

아, 네.

아이 아빠가 보험을 들어놓은 게 있다고 한 말이 기억이 나서요.

네?

아무리 찾아도 그게 안 보여요.

뭐가요?

보험증서요.

나는 햄 아내의 얼굴이 절박해지는 것을 보며 묘한 기분에 빠져들었다. 보험증서를 벌써? 하는 생각을 했고, 다짜고짜 이런 얘기를? 했다.

지금 보험 일하는 거 맞으시죠?

아, 네. 맞아요. 저도 보험 얘기는 들은 적이 있어요. 그게 아직 살아 있는지는 확인을 해봐야 할 것 같지만.

왜요?

초반에 보험료를 좀 밀린 걸로 알고 있는데…….

아, 정말 난감하네요. 보험증서가 없어도 괜찮은지가 알고 싶었는데. 그럼 혹시, 보험료를 지금 한꺼번에 내면 어때요?

나는 다급한 햄 아내의 대답을 듣고서야 현실로 돌아온 느낌이었다. 햄이 자기 인생을 예술의 일부로 생각했을지 몰라도 처자식의 입장은 다르니까. 나는 건성으로 고개를 끄덕였다. 그러니까 햄이 저지

222

른 가장 잘못된 선택은 예술이 주는 모욕을 참고 어쩌고 한 게 아니었다. 보험료를 제때 내지 않은 거였다. 나는 불안이 역력한 햄 아내의 얼굴을 보며 대답했다.

너무 걱정 마세요. 제가 한 번 알아볼게요.

장례식에 모인 사람들은 서로의 눈치를 보며 햄의 죽음을 두고 차라리 잘된 일이라고 했다. 살 가능성도 없었지만, 살았다면 앞으로 겪어야 할 고통이 엄청났을 것이라 여겼다. 마땅히 고통이 사라진 지금이 더 좋은 것이 아니냐고 수군댔다. 또 누군가는 그의 몸이 한 장의 추상화 같다고도 했다. 햄이 끝내 보여주고 싶던 것, 그에게 죽음이란 그가 추구했던 작업의 한 가지 형식에 불과하지 않겠느냐고. 때문에 햄은 미제未濟로 남긴 것 없이 자신의 작품을 완성한 것이라고. 그렇게 거창하게 시작된 이야기는 온갖 미학과 철학, 다다이즘의 역사 등등의 썰로 옮겨졌다. 그러나 핵심은 햄이 마지막으로 남긴 유작의 가격이었다. 말의 혈액을 수혈받아 영상으로 기록한 적마赤馬 프로젝트. 유작의 전망은 이랬다. 작가가 죽었으므로 작품의 가격은 오를 것이다. 햄의 죽음을 계기로 더는 이런 작업을 할 작가가 없으므로 가격은 더더 오를 것이다. 이야기는 점점 햄의 작업으로부터 멀어졌다.

나는 혼자 앉아 술을 마셨다. 화 씨를 기다렸다. 화 씨는 연극 연출가였고, 딱 한 번 그녀의 극본을 무대에 올린 적이 있었다. 나는 연출가에 대한 선입견이 없었는데, 화 씨와 만나면서부터 선입견을 갖기 시작했다. 많은 연출가들이 그렇듯, 화 씨는 소주를 마셨다. 소주라는 단어는 화 씨의 옷차림과도 어울렸다. 흰색이나 검정색 티셔츠에 청바지. 치마는 입지 않았다. 말투와, 앉아 있는 자세, 모텔을 들락거리는 횟수 역시 그랬다. 한때 햄의 여자 친구였다가 나의 여자 친구로 전향한 것도 내가 연출가에 대해 상상했던 대로였다. 물론 다른 연출가들과 확연하게 다른 점도 있었다. 만나는 족족 밥값과 술값을 낸다는 것과 담배나 기름값 같은 것에 인색하지 않았다는 것이다. 언젠가 택시를 잡으며 청담동, 하고 외치는 화 씨를 보고 나는 좀 의아한 기분이 된 일도 있었다. 아무래도 화 씨가 했던 말 때문이 아니었나 싶다. 예술의 배고픔과 외로움에 관해 자주 토로하던 그녀였다. 그런 화 씨에게 꽤 오랫동안 연락이 없었다. 나는 갑자기 연락이 닿지 않는 것도 연출가스러운 행동이라 여겼다. 사실, 그것 말고는 달리 화 씨와 헤어지게 된 이유를 찾지 못했다.

마른 여자 하나가 들어와 문상을 하는데 화 씨였다. 흰색 티셔츠에 검정색 바지를 입고 있었고 전보다 더 긴 머리와 더 마른 몸을 하고 있었다. 문득 나와 눈이 마주쳤는데, 화 씨는 모르는 사람과 눈을 맞춘 표정을 지었다. 무심했고 화 씨 특유의 당돌함이 없는 눈빛이었다. 문상을 마친 화 씨는 영정 앞에서 잠깐 우물쭈물하더니 다시 나를 돌아봤다. 잠시 뒤, 내 앞에 앉은 화 씨는 영정 앞에 있을 때보다 더 야위어 보였다. 티셔츠 안으로 툭 불거진 어깨뼈가 도드라졌다.

매캐한 향냄새도 풍겨왔다. 머리카락에 가려진 눈이 충혈되고 피곤해 보였다. 화 씨가 변명하듯 나에게 말했다. 그동안 사고가 있었어요, 하고.

무슨 사고요?

말해도 못 믿을 거예요.

보험도 안 되는 사고였나 보네. 나한테 말을 하지.

네?

나 요즘 보험 팔아요. 신기하죠?

저 심각해요.

어색함을 만회해보려고 던진 농담에 화 씨는 미간을 찡긋거렸다. 나는 빙글거리며 화 씨의 잔에 소주를 따랐지만 어쩐지 심사가 꼬였다. 심하게 진지한 화 씨의 태도가 마음에 들지 않았다. 침묵이 시작되었다. 나는 멋쩍어서 자꾸만 술을 들이켰다. 술기운이 오르면서 화 씨가 갑자기 연락을 끊은 것을 추궁해볼까, 하는 생각도 했다. 갑자기 사고라니. 그래서 어쩌라고. 그러다가 다시 속으로 중얼거렸다. 지금에 와서 그게 무슨 소용인가, 이것 때문에 언성이 높아지면 그땐 또 어쩌고. 나는 곧 다 관두자고 마음먹었다. 모든 게 성가시고 애매했다. 나는 화 씨의 눈치를 살피며 최대한 진지하게 물었다.

무슨 사고였는데요?

나 아무래도 눈이 사라지고 있는 것 같아요.

눈?

네. 눈.

눈은 제자리에 잘 있는데요?

아니요. 머지않아 냄새, 소리, 촉감만으로 살아야 할지 몰라요. 세상이 평면처럼 납작해진 기분이에요.

도대체 그게 무슨 말이에요?

아니다. 사실, 눈이 사라졌다는 것은 정확한 표현이 아니에요.

그럼요?

나는 선배의 눈과 코와 입이 보여요. 그리고 동시에 지금 내 눈에는 보이지 않는 곳, 그러니까 선배 머리 위에 가마가 두 개나 있는 것도 보여요.

내가 화 씨의 말에 고개를 갸웃거리자 그녀가 말을 이었다.

마치, 〈마리 테레즈 발테르의 초상〉을 보는 것처럼요.

피카소?

네. 보는 게 아니라 느껴지는 거고, 느껴지는 게 한꺼번에 펼쳐지는 것 같다고요.

그러니까, 보이는 것 이외의 것이 동시에 보인다.

맞아요. TV를 보고 있는데 TV의 뒷면의 열 같은 게 느껴져요. 안경을 집으려는데 안경을 집는 제 뒤통수가 보이고. 시점의 순간이동 같은 거라면 이해가 쉬울까요?

아, 이건 보통 사고가 아니네.

그렇죠?

그렇네.

나는 입맛을 다시며 건성으로 고개를 끄덕였다. 잔을 비우며 아,

이 여자도 정상은 아니네. 여긴 도대체 제대로 사는 인간이 하나도 없네, 했다. 짜증이 밀려왔다. 속이 좋지 않았다. 화 씨가 비밀스런 고백을 하듯 조용하게 속삭였다.

그런데요, 혹시 이 상태가 예술의 본질과 관련 있는 건 아닐까요?

뭐요?

나는 본질, 이라는 단어가 내 귓속으로 날카롭게 파고드는 것을 느꼈다. 마치 오랫동안 날아오기를 기다려온 소리처럼 크고 뚜렷하게. 곧이어 원인도 모르고 앓던 병病의 정체에 어렴풋 다가선 것 같은 기분이 되었다. 대체로 어둡고 깜깜하기만 했던 두려움의 형체를 손으로 더듬어보는 것 같았다. 나는 잠깐, 여기가 어디고 왜 화 씨와 마주 앉아 이런 얘기를 나누는지 잊어버렸다. 그리고 그다음 순간 내뱉은 말은 스스로도 놀랄 만큼 낯설었다.

지랄하고 있네.

정말 지랄 맞은 얘기였다. 사실은 그렇다고 생각할 게 별로 없었는데도 그랬다. 화 씨는 원래부터 그랬고, 지금도 그런 얘기를 하고 있으니까. 예술계, 라고 저들끼리의 값을 정한 세계의 사람들은 죄다 이런 얘기를 떠드니까. 화 씨는 멈춘 화면처럼 잠시 술잔을 응시했다. 눈을 깜빡이는 화 씨에게 나는 뭔가를 수습하듯 다급하게 말했다.

병원엔 가봤어요?

아니요.

병원엘 가 봐요. 그럼.

혹시, 같이 가줄 수 있어요?

화 씨는 백지 같은 표정으로 말했다. 갑자기 얼음물을 뒤집어쓴 듯 당황한 것은 나였다. 화 씨는 우물쭈물하는 나를 향해 같이는 좀 그런가? 하며 풋, 하고 작게 웃었다. 가볍게 술잔을 비웠고 가방을 챙겼다. 화 씨는 천천히 일어섰다. 나는 장례식장을 빠져나가는 화 씨를 물끄러미 지켜보다 몸을 일으켰다. 휘청휘청 화 씨의 뒤를 쫓아 장례식장을 빠져나왔다. 걸을 때마다 몸에서 무엇인가가 빠져나가는 것처럼 헛헛했다. 저 멀리 화 씨의 머리통이 점처럼 보였다. 화 씨는 진짜 눈이 사라진 사람처럼 걸었다. 기이한 선을 그리며 멀어져갔다. 횡단보도를 건너는 화 씨가 선과 선 사이를 음표처럼 뛰어 올랐다. 화 씨의 이름을 불렀으나 화 씨는 뒤돌아보지 않았다. 나는 건물 모서리로 사라지는 화 씨를 오도카니 서서 지켜봤다. 얼굴이 화끈거렸다. 오랜만에 느껴보는 이것은 분명, 수치심이었다. 감히, 라고 생각했던 그것. 그 지랄 맞은 것에게 내뱉고 싶었던 말을, 나는, 누구에게 한 건가.

잠이 오지 않았다. 장례식장에서 화 씨의 이야기를 들었을 때는 그냥 아, 다들 정상이 아니구나, 했는데 화 씨와 헤어지고 오는 길에 나는 내내 화 씨의 이야기를 곱씹고 있었다. 눈? 눈이 사라져? 나는 당연히 화 씨가 거짓말을 하고 있다고 생각했다. 설명할 수 없는 일이지만, 나는 화 씨를 본 순간부터 그렇게 생각했던 것 같다. 거짓말을 하는 사람. 그러니까 화 씨가 나를 속이고 있을 수도 있겠다. 나에게 밥과 술을 사주며 예술가 행세를 하는 것일지도 모르겠다, 하고. 느닷없이 화가 치밀었다. 나는 욕조에 물을 받았다. 따뜻한 물에 몸을 담그면 좀 나아질까 싶어서였다. 역시 소용없었다. 나는 속으로 계속 화 씨에게 따지고 있었다. 왜 하필 눈이냐? 보이는 것 말고 다른 게 보인다고? 웃기고 있네. 왜, 햄처럼 피가 문제라고 하지? 개나 소나 다 예술하면 소는, 소는 누가 키워? 나는 나름대로 여러 각도에서 반박했지만 더럽고 찜찜한 기분은 마찬가지였다. 특히, 믿을 수 없을 만큼 진지한 화 씨의 얼굴을 떠올리니 등골이 서늘하기까지 했다. 따뜻한 우유를 마시고 누워도 쉽게 잠들 수 없었다. 베개를 다리 사이에 끼웠다가, 이불을 말아 등 뒤에 받쳤다가, 늘 자던 방향의 반대로 누웠다가 다시 제자리로 돌아왔다가. 몸을 뒤척일 때마다 덥다는, 춥다는, 혹은 두렵다는, 외롭다는 생각들이 머리를 스쳤다. 나는 고개를 돌려 가로등 빛이 번지는 창문을 올려다봤다. 나무의 그림자가 바람에 규칙적으로 흔들리고 있었다. 빛에 어둠이 흔들릴 때마다 화 씨의 진지한 목소리가 생각났다. 나, 아무래도 눈이 사라지고 있는 것 같아요. 나, 아무래도 눈이……

나는 참지 못하고 휴대폰을 꺼내 통화 버튼을 눌렀다. 어둠 속에서 화 씨의 이름이 반짝거렸다. 화 씨는 전화를 받지 않았다. 나는 문자를 찍어 보냈다.

우리, 병원 같이 갑시다.

그 메시지를 보내고 나서야 나는 비로소 눈을 감았다. 실은 처음부터 이러고 싶었는지 모른다. 알고 싶다. 햄의 그것을. 화 씨의 그것을. 돌이켜보니, 나는 그것이 알고 싶어서 지금까지 쭉 이러고 있는 건가, 하는 생각까지 했다.

화 씨를 다시 만난 것은 순전히, 원인도 모르는 채 앓는 그녀의 병이 궁금해서였다. 햄을 잃었으니, 혹시 화 씨도, 하는 두려움도 한 몫했다. 어색한 인사를 나누는 그 사이사이 화 씨는 자꾸만 자신의 눈두덩을 더듬거렸다. 그러면서 중얼거렸다. 마치 알사탕만 한 유리 구슬이 눈알 대신 눈꺼풀 속에 있는 것 같다고. 황당한 일이지만 그 것이라도 있어서 안심이 된다고. 나는 횡설수설하는 화 씨를 부축해 병원 진료실로 향했다.

의사는 화 씨의 말을 제대로 듣지 않았다. 의사가 잠을 잘 자는지, 스트레스를 많이 받는지를 물었다. 이번에는 화 씨가 질문과 상관없 는 대답들을 했다. 엇갈린 둘의 대화는 검사를 좀 더 해보자, 하는 것 으로 결론지어졌다. 나와 화 씨는 나란히 진료실을 빠져나와 검사실 로 향했다.

간호사가 화 씨의 눈꺼풀을 벌리고 산동제를 넣었다. 그리고 눈 을 문질렀다. 눈두덩에 고여 있던 어둠이 몸 안쪽으로 천천히 퍼져나 가는 느낌이라고 화 씨가 내게 말했다. 소독약 냄새와 미지근한 주 사기와 간호사의 손이 보인다고.

눈을 감았는데도?

네.

그 말을 듣고도 간호사의 표정에는 변화가 없었다. 화 씨의 팔에 노란색 고무줄을 묶은 간호사가 탁, 탁 혈관을 두드리며 말했다.

환자분, 지금 플루오레세인 들어갔어요. 오줌 누실 때 형광색의 소변이 나올 수 있습니다.

나는 눈을 감고 있는 화 씨를 대신해 간호사를 향해 고개를 끄덕였다. 화 씨가 흥분한 듯 몸을 떨며 말했다.

아! 이제 완벽하게 빛이 사라졌어요. 내 몸 안에 모든 구멍이 닫히는 느낌이에요. 대신에 그 속에 수십, 아니 수백 개의 눈이 돋아나고 있어요. 이상적인 예술작품을 천 개의 눈을 가진 아르고스[2]라고 하지 않나요?

중계를 하듯 화 씨가 입을 열자 간호사가 은색 쟁반을 들고 검사실 밖으로 나갔다. 나는 화 씨 앞에 섰다. 그녀의 얼굴을 빤히 들여다봤다. 화 씨의 눈동자가 노골적으로 빠르게 움직이고 있었다. 뭐야, 눈이 사라졌다더니. 맥이 풀리듯 코웃음이 났다.

지금, 내 몸속의 혈관들이 보여요. 혈관을 따라 노란 섬광이 반짝거리고. 세상에 너무 아름다워요.

밑도 끝도 없이 기분이 좋아진 화 씨의 얼굴이 화사해졌다. 턱이 활기로 단단해졌다. 문득, 나는 말馬의 피를 수혈받았던 햄의 얼굴을 떠올렸다. 화 씨가 술에 취한 사람처럼 중얼거렸다.

빛을 내는 유연한 동물이 된 기분이에요. 어둠 속을 하늘거리며

2 그리스신화에 등장하는, 온몸에 무수한 눈이 달린 거대한 괴물.

부드럽게 헤엄치고 있어요. 나, 가오리가 됐어요. 다른 가오리 한 마리가 내 머리 위를 매끄럽게 지나가요. 발아래 조개껍질이 물살을 따라 또르르 굴러다니고. 저기, 산호와 이름 모를 열대어도 보여요.

화 씨는 허공 어딘가를 향해 팔을 뻗어 휘적였다. 나는 더럭 겁이 났다. 화 씨도 햄처럼 공허한 움직임을 거듭하다 너덜더덜해져 사라지는 것은 아닌가. 나는 커다란 모니터와 화 씨의 얼굴을 번갈아 살폈다.

잠시 뒤 의사가 방안으로 들어섰다. 딸깍, 하고 전등 스위치를 내리는 소리가 들렸다. 화 씨와 나는 나란히 어둠 속에 잠겼다. 모니터와 화 씨 사이에는 검사기가 있었다. 화 씨의 눈과 검사기 사이에는 볼록한 렌즈가 있었다. 나는 모니터를 응시했다. 의사가 렌즈를 확대하자 무수한 점을 연결한 혈관이 나뭇가지처럼 펼쳐졌다. 과연 화 씨의 말대로 그 선들은 발광發光하고 있었다. 이번에는 의사의 손이 반대 방향으로 돌아갔다. 그러자 화 씨의 눈알이 우주에 떠 있는 지구 같았다. 밤의 지구. 발광하는 혈관이 지구 위의 길처럼 촘촘히 뻗어 있었다. 원근법이 사라져도 될 만큼 렌즈가 멀어지자 화 씨가 고개를 좌, 우로 흔들었다. 그녀의 눈두덩 속에서 유리구슬 같은 눈알이 딸그락, 딸그락, 소리를 낼 것 같았다. 간호사가 화 씨의 머리를 잡으며 말했다.

환자분, 움직이면 안 됩니다.

간호사가 심드렁한 표정으로 시계를 봤다. 혈관이 막혔는지 어쨌는지에 관해 의사는 끊임없이 말했다. 그의 말에 따르면 화 씨의 혈관은 모두 정상이었다. 신경도 정상이라서 거꾸로 맺힌 상像이 충실하게 뇌에 전달되고 있다고 했다. 그것은 놀랍게도 정상범위의 착시도 허용하고 인식하고 있다고 말했다. 의사는 과도한 업무 스트레스로 인해 정상 범위의 착시가 조금 과다하게 전달될 때가 있다는 소견을 밝혔다. 나는 다소 놀란 표정으로 화 씨를 봤다. 놀라운 일이 아닐 수 없었다. 정상범위의 착시라니. 화 씨의 눈에서 그렇게 세련된 일이 벌어지고 있다니! 나는 이것에 관해 화 씨에게 말하고 싶었다. 마치 고해성사를 하듯 은밀한 고백을 하고 싶었다. 나의 그것, 나의 그림에 대하여. 사소한 감상을 점으로 찍고, 엉터리 관념을 직선으로 남발했던 시간들에 대하여. 오로지 눈으로만 휘갈겼던 무수하고 무지한 선들이 떠오르자 말할 수 없는 안타까움이 밀려왔다. 나는 어렴풋이 무엇인가를 깨달은 기분이 되었다. 그러나 여전히 그것을 말로 설명할 수는 없었다. 혼란스러움을 끝내기 위해 나는 화 씨처럼 눈을 감았다. 그러자 언젠가 화 씨가 들려줬던 극본 얘기 하나가 떠올랐다. 화가가 하나 있었어요, 하고 시작된 화 씨의 이야기는 이랬다.

화가가 있다.

화가이므로 그는 그림을 그린다. 그는 책과 커피 잔과 물컵에 몰두한다. 책과 커피 잔과 물컵을 그려야지, 생각하자 걷잡을 수 없이 그것이 그리고 싶다. 그릴 것이 그것밖에 없어서가 아니라 의미가 없는 것이 그것뿐이기 때문이다. 만약, 책과 커피 잔과 물컵에 어떤 의미가 있었다면 그는 그것을 그렇게 오랫동안 반복해서 그릴 수 없었을 것이다. 그는 식전, 식후로 인과관계 없이, 시멘트를 바르듯 캔버스에 물감을 덧바른다. 평면에 얄팍한 높이와 무게가 생긴다. 그러나 그것은 책과 커피 잔과 물컵을 그리는 것과는 거리가 멀다. 오히려 필사적으로 그것을 그리지 않으려는 것과 같다. 마치, 형태나 의미에 구속되어 있는 책과 커피 잔과 물컵을 거부하겠다는 듯이. 전에 알던 그것과 다른 생소한 아름다움을 찾고야 말겠다는 듯이. 때문에 화가는 무엇도 쉽게 그릴 수 없다. 그리질 못하니 쉽게 잠들지 못한다. 그림 1보다는 2가, 2보다는 3이 괜찮기를 기대한다. 하지만 무엇이? 무엇이 어떻게 괜찮아진단 말인가, 를 따지다 그는 전보다 더 깊이 낭패한다. 그게 화가를 괴롭힌다. 화가는 초 단위로 늙어간다. 도대체 뭐가 잘못된 건가. 화가가 중얼거린다. 아, 아무래도 안 되겠어. 차라리 눈이 사라져버리면. 아무것도 보지 않으면. 화가는 생각한다. 오후엔 내 눈을 없앨 것이다, 하고.

그 이야기를 다 들은 뒤, 나는 화 씨에게 물었다.

이거, 누구 얘기예요?

화 씨는 옆에 누워있던 내 얼굴을 물끄러미 보다가 이렇게 말했다.

병신 같죠?

내가 좀 놀라서 누구, 내가요? 하고 묻자 화 씨는 시무룩한 표정으로 말을 이었다.

내가 쓴 이야기들은 미래엔 어떻게 될까요? 이런 것을 이렇게 남겨놓아도 될까요? 이게 썩지도 않고 남아서 영영 이렇게 방치된다는 게 너무너무 무섭지 않아요?

나는 화 씨를 향해 희미하게 웃었다. 무슨 소리인지 도무지 알 수 없었다.

검사를 마친 화 씨는 이제 진짜 눈이 보이지 않는 사람 같았다. 병원에 올 때만 해도 혼자서 벽을 짚고 걸었는데, 지금은 아무것도 하지 못했다. 나는 화 씨의 손을 잡고 걸었다. 택시에 태우고 화 씨의 집 근처에 내려서도 손을 잡았다. 골목을 지나 언덕을 올랐고 언덕에 있는 벤치에서 둘은 잠시 쉬었다. 내가 화 씨에게 물었다.

우리 여행 가기로 한 거 기억나요?

기억나요. 매번 계획만 세웠잖아요.

우리 여행을 갑시다.

우리가 여행을 갈 수 있을까요? 눈도 사라진 이 마당에.

화 씨와 연인이던 시절에 나는 그녀의 얼굴만 보면 어디로인가 떠날 계획을 세웠다. 여행지는 계절마다 달랐다. 아직 알싸한 추위가 남아 있던 봄에는 고비사막으로 낙타를 타러 가자고 했다. 화 씨가 지독한 여름 감기에 걸려 함께 병원을 다녀오던 길에는 뜬금없이 여름 수국을 보러 제주에 가자고도 했다. 그 뒤로 여행지는 몇 번 더 바뀌었다. 여행은 늘 어떤 이유로 미뤄졌다. 그러던 어느 날이었다. 화 씨가 지도를 한 장 들고 왔다. 가을이었고 유난히 바람이 불던 날이었다. 카페에서 만난 화 씨는 다도를 하듯 단정한 자세로 앉아 테이블 위에 지도를 펼쳤다. 그러고는 자, 지도에서 아무 데나 찍어봐요, 했다. 화 씨는 손으로 나의 눈을 가렸다. 화 씨의 차가운 손이 눈두덩에 닿았다. 나는 잠시 어리둥절하게 앉아 있다가 손가락을 뻗어 지도를 더듬거렸다. 손끝에 지도의 얇은 두께가 만져졌다. 나는 검지와 중지를 펴서 사람의 다리처럼 만들었다. 그리고 지도 위를 걷는 시늉을 했다. 하나, 둘, 셋, 넷. 다시, 하나, 둘, 셋, 넷. 나는 어디쯤에 멈춰서야 할까. 화 씨가 천천히 가렸던 눈을 열어주었다. 손끝이 육지를 벗어나 바다 한가운데 어디쯤에 멈춰 있었다. 화 씨의 얼굴이 완고해졌다. 이번에는 꼭 가요, 어디든.

그때 화 씨의 말대로, 어디든 꼭 가야할 것 같았다. 무엇보다 생각을 정리하고 싶었다. 나는 폐원된 동물원을 떠올렸다. 거기 텅 빈 우리들을 보여줘야지. 나는 화 씨에게 물었다.

우리 동물원에나 가볼래요?

너무 지겹지 않을까요?

텅 빈 동물원인데도?

그건 좋겠네.

사자나 호랑이 같은 건 없어요.

없어요?

네. 다 철장 밖으로 나갔어.

다시, 돌아오나요?

아니요. 그럴 것 같지 않아요.

구불구불한 골목이 내려다보이고 골목 모퉁이를 돌아 어딘가에서 희미하게 라디오 소리가 들려왔다. 화 씨가 나의 어깨에 머리를 얹었다. 나의 어깨는 직각에 가까웠지만 화 씨의 머리칼은 맑고, 고요하고, 침착하게 내려앉았다. 화 씨는 눈을 비비며 감은 눈에 맺혀 있는 것들에 대해 말했다. 내가 쓰고 싶은 얘기가 있는데요, 하며 조곤조곤 이야기를 시작했다. 말하고 말해도 의미를 알 수 없었지만 나는 아무것도 질문하지 않았다. 그저 몇 번씩 고개를 끄덕였다. 🔖

유진

최진영

1981년에 서울에서 태어났다. 2006년 《실천문학》 신인상을 받으며 작품 활동을 시작했다. 장편 《당신 옆을 스쳐간 그 소녀의 이름은》 《끝나지 않는 노래》 《나는 왜 죽지 않았는가》 《구의 증명》 《해가 지는 곳으로》 《이제야 언니에게》, 소설집 《팽이》 《겨울방학》, 단편 〈비상문〉이 있다. 한겨레문학상, 신동엽문학상을 수상했다.

문자 메시지 도착 소리를 듣고 잠에서 깼다. 예전에 다녔던 미용실과 안경점에서 보낸 생일 축하 메시지였다. 이불 속에서 나와 창문을 열었다. 초겨울의 쌀쌀한 바람이 금세 방을 식혔다. 간단히 씻고 청소하는 동안 몇몇 친구들에게서 생일 축하 메시지가 왔다. 매번 잊지 않고 기억해줘서 고맙다고 답장을 보냈다. 연말을 잘 보내자는 이른 인사도 덧붙였다.

황태와 미역 한 줌을 넣고 간단히 국을 끓여먹었다. 해 질 무렵까지 노트북 앞에 앉아 그날 써야 할 글을 썼다. 방이 거의 어두워졌을 즈음 노트북을 끄고 스탠드를 켰다. 옷장에서 스웨터와 조끼와 점퍼를 꺼내 입은 뒤 겨울 외투를 들고 집을 나섰다.

세탁소에 겨울 외투를 맡기고 나오는 길에 전화를 받았다. 공미는 내 생일마다 전화를 했다. 생일이 아닌 날에 연락한 적은 없었고 내가 먼저 공미에게 연락한 적도 없었다. 내가 '연락을 하지 못해서 미안하다'고 말하면 공미는 '뭘 그런 말을 해, 내가 널 모르는 것도 아니고'라고 대답했다. 생일이면 공미의 전화를 기다렸고 공미는 반드시 전화했으나 전화가 오지 않는다고 서운할 것 같지도 않았다. 나는 공미의 생일이 8월의 어느 날이라고만 알고 있었다. 우리는 스물한 살에 만나 거의 이십 년 가까이 알고 지낸 사이였다.[1] 이제 와 '근데 네 생일이 언제지?'라고 물을 수는 없었다.

공미와 통화를 하며 집에서 멀어지는 방향으로 발걸음을 돌렸다. 일 년에 한 번 주고받는 연락은 매번 한 시간 넘게 이어졌다. 나는 산책 중에 통화를 끝내고 싶었다. 집에서는 조용히 있고 싶었다. 공미는 아이와 남편 이야기를 했다.[2] 새로 시작한 일에 대해서도 말했다. 공미에게 전할 수 있는 안부는 나에 대한 것뿐이고 지난 일 년은 그전과 별 차이가 없어서 나는 할 말이 없었다.[3] 통화가 거의 끝날 무렵 공미가 물었다.

근데 너 기억해?

다음 말을 기다렸다.

---

1 이십대 후반에서 삼십대 초반까지 거의 오 년 정도 연락이 끊겼던 적은 있다.
2 연락이 끊겼던 시기에 공미는 결혼과 출산을 했다.
3 연락을 끊었다가 다시 연락을 하게 된 사이 공미의 마음속 나는 어떤 존재에서 어떤 존재로 변한 것일까? 공미에게서 연락이 오지 않던 때에도 나는 공미를 종종 생각했다. 생각만 했을 뿐이다. 공미도 그랬을까? 그런데 공미는 생각만으로 그치지 않고 진짜 연락을 했다. 그 낙차를 알 것 같으면서도 알 수가 없다. 나는 그것을, 완전히 알 수는 없기에 짐작과 오해가 가능한 낙차를 글로 쓰고 싶을 때가 있는데 이미 쓴 것도 같다. 쓰기를 실패하지 않고 썼지만 실패했다. 이런 이야기는 공미에게 할 수 없다.

유진 언니 있잖아.

잠깐 공미의 말을 알아듣지 못했다.

기억 안 나? 옛날에 우리 같이 알바할 때 매니저 언니.

오랜 시간 밀폐되었던 병의 뚜껑을 비틀어 열면 냄새가 훅 끼치는 것처럼 그 시절의 향기가 먼저 떠올랐다. 그건 랑콤. 유진 언니의 향기. 랑콤 OUI.

알지, 그럼. 당연히 알지.

나는 약간 주저하며 중얼거렸다.

어떻게 그 언니를 잊어.

하지만 거의 잊고 살았다. 삼십대를 지나며 유진 언니를 떠올린 적은 아마도 없을 것이다. 공미는 지난가을에 유진 언니의 장례식에 다녀왔다고 했다. 찬란한 햇살과 또렷한 단풍 때문에 자꾸 눈이 감기던 날이었다고 했다. 요즘 암이 워낙 흔하니까, 흔하니까 다 나을 것 같은데 안 그렇기도 한가봐, 근데 있잖아, 언니는 나랑 드문드문 연락할 때도 전혀 내색을 안 했거든, 언니라면 그럴 만하다는 생각도 들고, 언니는 웃으면서 갔대, 아니 언니가 결혼은 안 했는데 배우자는 있거든, 배우자가 장례식을 다 챙겼어, 되게 차분하고 속 깊은 사람 같았어, 조촐했지만 분위기가 좋았거든, 음악도 나오고 장례식 같지 않았어, 너 기억해? 사장님 아들 있잖아, 그래, 우리가 거북이라고 부르던 그 꼬맹이가 어른이 되어서⋯⋯

근데 넌 언니랑 계속 연락을 했구나.

나는 그렇게 중얼거렸다. 질문처럼. 깨달음처럼.

가끔 했지. 언니가 늘 반갑게 받아줬어. 너처럼.

'너처럼'이라는 말을 듣고 잠깐 숨을 들이마셨다. 나의 죄책감을 공미가 알아채지 못하길 바랐다. '근데 그동안 나한테는 왜 언니 얘기 하지 않았어?'라고 물어보지는 못했다.[4]

그날 밤 불을 끄고 이불을 덮은 채로 상상했다. 공미가 누군가에게 나의 부고를 전하는 상황을. '너 기억나?'라는 말과 함께 전해질 나의 마지막 안부. 나의 부고를 듣고도 나를 전혀 기억하지 못하는 사람을 상상하다가 잠들었다. 그날 밤 아주 오랜만에 옥상 꿈을 꾸었다.

그리고 매일 유진 언니를 생각했다. 강한 바람이 불어 가림막이 벗겨진 것처럼, 가림막 안에 놓여 있던 온갖 잡동사니가 바람에 휩쓸려 이리로 저리로 굴러다니는 것처럼, 따로따로 굴러다녀 그전엔 보지 못한 부분이 더 눈에 띄는 것처럼, 유진 언니와 함께한 그 시절의 기억은 연속성 없이 개별적으로 세세하게 떠올랐다. 머리를 감다가 설거지를 하다가, 책장에 책을 꽂다가 빨래를 개키다가, 어두운 방에서 불을 켜기 직전에 문득 떠올랐다. 그러던 중에 오빠의 전화를 받았다. 뒤늦은 생일 축하에 이어 부탁이 있다고 했다. 괜찮다면 이나

---

4 공미는 내가 언니를 잊었다고 생각했을 것이다. 잊은 사람의 얘기를 굳이 꺼낼 필요는 없다고 생각했을 것이다. 공미가 아니었다면, 어쩌면 나는 평생 언니를 떠올리지 못하고 살았을 수도 있다. 그건 나에게만 잔인한 일일까? 언니는 나를 기억했을까? 공미는 언니에게도 물어봤을까? '언니, 기억해요?'라고 내 안부를 전하기도 했을까?

를 겨울방학 동안 보살펴줄 수 있느냐고 물었다.

*

　대입 원서를 쓰던 시기에 난 무기력에 빠져 있었다. 여러 대학의 커트라인을 살피고 원서를 넣고 논술과 면접을 치르는 과정을 다 해낼 의욕이 없었다. 나는 내 인생에 관심 없(는 사람처럼 보이고 싶었)고, 그런 것에 심드렁한 사람(처럼 보)이고 싶었(으나 사실 사람들은 내가 어떤 사람인지 별 관심이 없었)다.

　당시에는 특차 제도가 있었다.[5] 나는 나의 수능점수로 합격 가능한 대학에 원서를 넣었고 크리스마스 전에 합격 소식을 들었다. 그 겨울, 친구들은 바빴다. 여러 도시의 이런저런 대학을 찾아다니며 논술과 면접을 치르는 동시에 운전면허증과 컴퓨터 자격증을 땄다. 펌과 염색을 했으며[6] 다이어트를 시작했다. 쌍꺼풀이 없는 아이들은 실핀에 풀을 묻혀 눈두덩에 바르거나 쌍꺼풀 테이프를 붙여서 임시 쌍꺼풀을 만들었다.[7] 화장품과 옷을 보러 다녔고 귀를 뚫었다. 오후에 만나 커피를 마시고 밤에 만나 술을 마셨다. 벼르다가 고백하거나 충동적으로 고백했다. 그리고 또 무엇을 했을까? 나는 거의 동네

5　수능점수만으로 당락을 결정했으며 특차로 합격하면 정시모집에 원서를 낼 수 없었다.

6　볼륨매직펌과 어두운 와인색 염색이 유행이었다. 미용실에 다녀오면 과연 모두가 더 아름다워졌다.

7　그렇게 계속 임시 쌍꺼풀을 만들다 보면 어떤 경우 진짜 쌍꺼풀이 생기기도 했다.

밖으로 나가지 않았다. 부모님은 맞벌이였고 오빠는 입대했기에 낮에는 집에 혼자 있을 수 있었다. 나는 늦게 일어나 대충 밥을 먹었다. 비디오 대여점에서 옛날 영화 두어 편을 빌려와 보면서[8] 담배를 피웠다. 부모님이 돌아오는 저녁부터 부모님이 잠드는 밤까지 내 방에서 나가지 않았다. 밤이 깊어 거실이 조용해지면 주방으로 나가 뜨거운 우유에 믹스커피 두 봉지를 타서 다시 방으로 들어갔다. 달고 느끼한 커피를 마시며 라디오를 듣고 낙서를 했다. 어둡고 비관적이고 끈적끈적하다가 끝내 횃불처럼 타오르는 낙서였다. 우울감과 무기력은 내 몸을 통째로 받아들이는 안락한 소파였다. 우울감은 팔이 여럿인 시바 신처럼 쉬지 않고 나를 쓰다듬었다. 나는 매일 파괴되었으나 창조되었고 창조된 나는 파괴되기 전의 나와 다르지 않았다. 무의미하다는 생각뿐이었다. 기나긴 겨울이었다.

낯선 도시에서 스무 살을 시작했다. 내가 입학한 학교에는 나와 같은 지역에서 온 사람이 한 명도 없었다. 기숙사는 2인 1실이었다. 나는 동급생과 같은 방을 썼다. 아침에 일어나면 '잘 잤느냐' 묻고 저녁에 만나면 '잘 지냈느냐'고 묻는 만큼만 우리는 친했다. 일주일에 두어 번 교양 영어나 교양 세미나 같은 필수 교양수업을 듣는 사람들을 같은 강의실에서 만났다.[9] 나는 내 주위에 앉은 사람들의 이름을

---

8 이를테면 키에슬로프스키 감독이나 타르콥스키 감독의 영화. 이해하며 보지는 않았던 것 같다. 그들의 영화를 보면서 아주 느리게 흘러가는 시간을 실감했을 뿐. 나는 그 정도의 속도로 내 인생이 흘러가길 바랐다.

몇 차례 듣고도 잘 외우지 못했다. '정말 미안한데 네 이름이 뭐였더라?'라고 물어보지도 못했다. 그중 한 사람이 무슨 말인가를 하다가 갑자기 정색하며 '너희, 우리 god 오빠들이 짱인 거 알지?'라고 당당하게 물었던 기억이 지금도 선명하다. 그때 나는 약간 놀라서 '그걸 내가 어떻게 알지?'라고 되물을 뻔했다. 머지않아 내 또래 서울 사람들은 말의 앞이나 뒤에 습관처럼 '알지?'라는 말을 붙인다는 것을 알아챘다.[10]

나는 혼자 수업을 듣고 밥을 먹었다. 공강 시간에는 도서관에서 책을 읽었다. 애매하게 아는 사람을 불쑥 마주치는 순간이 잦아지자 도서관이란 장소도 불편해졌다. 학교 곳곳을 돌아다니다가 혼자 있기에 가장 좋은 장소(대강의동 옥상)를 찾아냈다. 옥상 구석진 자리에 학교 신문을 깔고 앉아서 커피를 마시고 담배를 피우며 도서관에서 빌린 책을 읽었다. 시험기간이 다가오자 다들 한글 프로그램이나 워드 프로그램으로 리포트를 썼다. 난 컴퓨터가 없었다. 교내 공용 컴퓨터실은 늘 붐볐고 사용 시간에 제한이 있었다. 나는 A4 용지에 색색의 볼펜으로 리포트를 써서 냈다.

여름방학은 고향에서 보냈다. 이따금 중고등학교 친구를 만났다. 친구는 동아리, 엠티, 과선배, 복학생, 미팅, 연애, 학회, 아르바이트

---

9 처음 만났을 때부터 나를 제외한 사람들은 서로 친해 보였다. 입학 전 오티에서 만나 친해진 사이라는 것을 나중에 알았다.

10 동의를 구하는 것도 같고 잘난 척을 하는 것도 같고, 편을 가르는 것도 같은 알쏭달쏭한 그 말은 정말 세련되게 들렸고 나는 결코 따라 할 수 없었다.

등에 대한 이야기를 하다가 '누구누구는 이제 눈썹도 잘 그리고 정말 어른이 되었다'고 말했다.[11] 나는 여전히 할 수 있는 말이 없었다.

2학기도 별반 다르지 않았다. 날이 추워질수록 대강의동 옥상에 머무르기가 힘들어졌다. 나는 옥상으로 올라가는 계단 끄트머리로 자리를 옮겼다. 그곳에는 녹색과 회색 계열의 청소도구들이 가지런히 놓여 있었다. 청소도구를 등지고 앉아 도스토옙스키의 소설을 거의 다 읽었다. 겨울방학이 시작되기 전에 다음해 기숙사 추첨이 있었다. 내가 뽑은 종이에는 엑스 표시가 그려져 있었다. 아쉬운 마음은 조금도 들지 않았다.[12]

2학년이 시작될 무렵 고향 친구와 돈을 합쳐 자취방을 얻었다. 친구는 근처의 유명한 대학교에 다녔다. 친구는 자취방에 책장과 책상과 컴퓨터와 옷장과 텔레비전과 냉장고와 밥솥과 기타 등등을 들여놓았다. 내 짐은 이불과 옷과 책 몇 권뿐이었다. 같이 방을 얻었지만, 살림의 규모로 봤을 때는 내가 그 친구에게 얹혀사는 것만 같았다.[13]

---

11 그 말을 듣고 '그렇다면 나는 어른이 되려면 아직 멀었구나'라고 생각했다. 왠지 안심이 됐다.

12 부모님에게는 미안했지만, 나는 기숙사 생활이 불편했다. 3박 4일 뒤에 떠나야 할 곳 같았다. 기숙사 생활을 하면서 한 번도 짐 가방을 제대로 풀지 않았다. 돌이켜보면 대학을 다니는 내내 그랬던 것 같다.

13 실제로 친구는 내게 입지 않는 옷이나 신지 않는 신발을 줬다. 그중에 닥터마틴 단화가 있었다. 내 용돈으로는 절대 살 수 없는 신발이었다. 친구는 자기의 기초화장품을 써도 된다고 했다. 냉장고에는 친구의 어머니가 보내준 반찬이 있었다. 나는 친구를 좋아했고 고맙다고 생각했지만 친구의 기초화장품을 쓰고 싶지도, 친구의 냉장고에서 음식을 꺼내 먹고 싶지도 않았다.

개강 뒤 다시금 옥상으로 올라가는 계단 끄트머리에 앉아 김밥을 먹으면서, 고향 친구들이 지난 일 년 동안 해냈다는 것들을 떠올렸다. 그중에서 내가 해야 하고 할 수 있는 것은 아르바이트뿐이었다.[14] 무기력의 잔잔한 노랫소리가 들려왔다. 정신을 차리기 위해 도스토옙스키의 인물을 생각했다. 무라카미 하루키의 인물도 생각했다. 나는 도스토옙스키의 인물에게 훨씬 매료되었지만 그렇게 살고 싶지는 않았다. 하루키의 인물처럼 살고 싶었다.

수업이 끝난 뒤 지하철역까지 걸어가며 상가를 둘러봤다. 아르바이트생을 구한다는 전단지가 곳곳에 붙어 있었다. 규모가 꽤 큰 편의점에 들어갔다. 지금 사장님이 안 계시니 전화번호와 이름을 남기면 연락을 주겠다고 아르바이트생이 말했다. 프랜차이즈 제과점에도 들어가서 묻는 말에 답하고 연락처를 남겼다. 제과점에서 멀지 않은 분식집에도 들어갔다. 김밥을 말던 어른이 여기는 낮에 일할 사람을 구한다고 했다. 문을 열고 나가려는데 그가 심드렁한 목소리로 나를 불렀다.

학생. 여기 2층 레스토랑에서도 사람 구하던데 거기는 저녁에 일할 사람을 구할 거야. 생각 있으면 한번 올라가보든가.

2층으로 올라갔다. 입간판에 '베네치아'라고 적혀 있었다. 고향에도 '베네치아'라는 레스토랑이 있었다. 잘은 모르겠지만 인천에도 원

---

14 나는 늘 돈이 없다고 생각했다. 그 생각은 엠티나 동아리나 연애를 모른 척하기에 아주 좋은 핑계가 되었다.

주에도 전주에도 있을 것만 같았다. 돌이켜보니 일자리를 구하겠다고 들어간 곳은 전부 고향에서도 본 상호였다. 베네치아의 유리문을 밀었다. 문 위에 달린 종에서 쟁그랑쟁그랑 소리가 났다.

카운터에 서 있던 여자와 눈이 마주쳤다. 그는 흰색 셔츠에 검은색 앞치마 차림이었다. 흰색과 검은색 머리카락이 뒤섞인 짧은 커트 머리였으며 검은색에 테가 얇은 안경을 쓰고 있었다. 몸은 왜소하고 얼굴은 작았다. 그날 본 사람 중 무라카미 하루키의 인물에 가장 가까워 보였다.[15] 나는 나의 용건을 말했다. 그는 나이와 신분과 사는 곳과 아르바이트 경험과 일할 수 있는 시간 등을 물으며 메모했다.

근데 전공은 뭐예요? 뭘 공부해요?

그날 처음 들은 질문이었다.

학교는 재밌어요? 다닐 만해요?

나는 애매하게 웃었다. 그는 '대답을 듣지 않아도 네 사정을 알겠다'는 표정으로 내 웃음을 받았다.

사장님이 전화해서 몇 가지 더 물어볼지도 몰라요. 사장님 있을 때 다시 와서 면접을 봐야 할 수도 있고요.

사장님들은 전부……

나는 작은 소리로 중얼거리다가 말끝을 흐렸다. 그가 내 눈을 바라봤다.

---

15 그래서인지 그날 내가 본 다른 사람은 모두 도스토옙스키의 인물처럼 (뒤늦게) 느껴졌다.

없어서요. 제가 오늘 다닌 곳마다 사장님은 없고……

나는 또 말끝을 흐리며 어깨를 조금 으쓱거렸다. 평소에는 거의 하지 않는 행동이었다. 그런 식으로 행동한 내가 낯설고 어색했다. 그는 내 말을 늦게 알아듣고 짧게 웃었다.

우리 이름이 같아요.

그가 말했다.

근데 나는 이유진. 최유진 아니고.

나는 아아, 소리를 내며 고개를 끄덕였다. 아르바이트를 구하기 위해 가는 곳마다 내 이름을 알려줬지만 내게도 자기 이름을 알려준 사람은 베네치아의 이유진뿐이었다.

난 넉넉한 보배라는 뜻인데.

나의 대답을 기다리는 것 같았다.

저는 생각하는 별이요.

아.

농담이에요. 아름다운 별이에요.[16]

이유진은 내 농담을 듣고 웃지 않았다. 생각하는 표정을 지었다. 나는 머쓱해졌다.

베네치아에서 나온 뒤 더는 아르바이트 자리를 찾아다니지 않았다. 어디서든 연락이 오지 않을까 생각했고, 이왕이면 베네치아에서

---

16 하지만 나는 생각하는 별이고 싶었다. 별은 원래 아름다우니까.

연락이 오길 바랐다. 아직 일자리를 구한 것도 아닌데 큰일을 해낸 기분이었다. 학교로 돌아가 매점에서 삼각김밥과 컵라면으로 저녁을 때웠다. 도서관에서 밀란 쿤데라의 소설을 빌렸다. 집으로 가는 가장 먼 길을 골라 걸었다. 집 근처에 도착하고도 놀이터의 그네에 앉아 시디플레이어로 음악을 들었다.[17] 유진이란 이름을 생각했다. 예전에도 이름이 같은 사람을 꽤 만났다. 나는 '유진'보다 '최유진'으로 불렸다. '작은 유진'이라고 불린 적도 있다. 이름의 뜻을 물어본 사람은 처음이었다. 그동안 만난 유진들은 무슨 뜻이었을까? 우리도 서로를 인디언처럼 부르면 좋겠다고 생각했다. 아름다운 구슬. 동쪽의 빛. 지혜로운 돌. 무성한 열매. 찬란한 칼. 참된 마음. 넉넉한 보배. 핸드폰이 울렸다. 전화를 받았다. 베네치아라고 했다.

베네치아의 아르바이트생이 되었다.[18] 나와 같이 홀을 담당하던 공미는 인근의 다른 대학 휴학생이었다.[19] 공미는 집중력과 승부욕이 대단해서 엄청 열심히 일했다. 일하는 틈틈이 공미는 베네치아에

---

17 그런 식으로 집으로(1학년 때는 기숙사로) 들어가는 시간을 최대한 지체하곤 했다.

18 월요일은 매장 휴무일이었다. 사장은 화요일부터 금요일까지, 저녁 다섯 시부터 열한 시까지 일해달라고 했지만 나는 화요일과 목요일 수업이 다섯 시 삼십 분에 끝나서 그럴 수 없다고 대답했다. 이유진이 나서서 나의 출근시간을 조정해줬고 그로 인해 일어나는 불상사는 자기가 책임지겠다고 했다.

19 공미는 내 룸메이트와 같은 대학을 다녔다. 공미는 학교로 돌아가고 싶지 않다고 했다. 일단 돈을 모아서 인도 여행을 다녀올 계획이라고 했다. 여행을 하며 생각을 정리할 거라고 했다. 그런 식으로 계획을 짜고 실행하는 공미는 어른 같았다.

관해 많은 것을 알려줬다.[20] 베네치아에는 총 여섯 명의 아르바이트 생이 있었다.[21] 손님이 있을 때는 반드시 자기를 '매니저님'이라고 불러야 하지만 쉬는 시간이나 매장 밖에서는 '언니'라고 불러도 된다고 이유진은 말했다. 이유진은 품위 있는 말투와 자세를 강조했다. 목소리는 너무 낮지도 높지도 크지도 작지도 않게 일정한 톤을 유지할 것. 화장은 하지 않아도 좋지만 머리는 반드시 묶을 것. 유니폼에 이물질이 묻거나 구김이 생기면 당장 갈아입을 것. 발을 끌면서 걷

---

20 공미가 알려준 것들: 1. 공미가 아르바이트를 시작했을 때 앞서 오랫동안 일한 남자가 있었다. 그는 공미를 싫어했는데 그 이유는 우습게도 공미가 자기를 좋아한다고 착각했기 때문이다. 실제로 공미는 자기를 싫어하는 그와 잘 지내보려고 초콜릿을 선물했는데 그 바람에 그는 더 큰 착각에 빠져버렸다. 하지만 걔는 처음부터 나를 싫어했어. 아마 학교 때문일 거야. 걔는 내가 다니는 대학에 지원했다가 떨어졌고 거기에 들어가려고 재수했다가 또 떨어졌어. 결국 원하지 않는 대학에 입학했는데 자기 학교 학생들과 급이 안 맞는다는 이상한 우월감에 빠져서 거의 자퇴할 지경이었다는 거야. 근데 자기가 가고 싶던 대학에 다니는 날 보고 배알이 꼬인 거라고 매니저님이 말해줬거든. 남자는 공미가 잔꾀를 부리고 얌체 짓을 한다고 사장에게 계속 불평했다. 하지만 매장을 지키는 사람은 이유진이었고 이유진은 공미가 어떻게 일하는지 알고 있었다. 공미와 남자의 대립은 이유진과 사장의 갈등이 되었으나 사장은 아르바이트생의 불만과 존속에 별 관심이 없었다. 결국 남자는 온갖 오해와 착각을 끌어안고 매장을 떠났다. 그런 과정을 겪으며 공미는 어른들이 말하는 '사내 정치'란 것을 간접 체험한 것만 같다고 했다. 2. 이유진은 베네치아의 매니저다. 3. 영업이 끝나고 뒷정리하는 시간까지 포함해 시급으로 챙겨주는 곳은 별로 없는데 이유진이 투쟁해서 사장에게 그것을 얻어냈다. 4. 이유진은 사장의 동생이다. 5. 사장은 인근의 편의점도 운영하는데 편의점 관리는 사모가 맡아서 하고 베네치아 관리는 이유진이 한다. 그럼 사장은? 사장은 편의점 건물 이층의 당구장에서 매일 당구를 치지. 당구장도 사장님 거야? 아니. 당구장은 사장 남동생 거. 남동생은 당구장 사장인데 이유진은 어째서 베네치아 매니저야? 사실 이 건물이랑 편의점 건물이랑 전부 사장 엄마 거야. 사장 엄마는 아들들한테만 사장을 시키고 이유진한테는 오빠 밑에서 착실히 일하다가 결혼이나 하라고 그랬다는 거지. 결혼만 하면 뭐든 해주겠다고. 6. 아주 가끔 이유진이 사장을 '야!'라고 부르면서 화낼 때가 있다. 그럴 땐 놀랄 것 없이 싸움을 구경하면 된다.

21 나와 같이 주중에 일하는 공미(공미는 정오에 출근해서 나와 같이 퇴근했다), 주말에 일하는 세영과 지란 언니와 원 오빠, 주방 보조인 동주 오빠(동주 오빠는 유진 언니와 주방의 임실장님 다음으로 베네치아에서 가장 오래 일한 사람이었다).

는 것과 종종걸음 금지. 홀에서 잡담 금지. 큰 소리로 웃지 말 것. 일할 때 향수와 액세서리, 특히 반지 착용 금지. 손톱은 바짝 깎아야 하고 매니큐어 금지. 이유진은 뚜껑 없는 쓰레기통을 끔찍하게 여겼다. 이틀에 한 번씩 의자를 밟고 올라가 샹들리에와 조명의 먼지를 닦았다. 퇴근하기 전에 행주를 삶고 출근하자마자 바짝 마른 행주를 탈탈 털어서 식기와 유리잔에 묻은 물 얼룩을 말끔히 지운다고 공미는 말했다. 이유진은 치우고 닦고 정리하는 행위에 희열을 느끼는 것 같았다.

베네치아는 고급 레스토랑이 아니었다. 하지만 이유진은 고급 레스토랑의 분위기를 추구했다.[22] 그런 문제로 사장과 이유진은 종종 크게 다퉜다. 사장은 '장사 잘되는 식당'을 원했고 이유진은 '품격 있는 식당'을 원했다. 품격을 보여줘야 품격을 챙길 수 있다고 이유진은 주장했다. 격식 있는 분위기를 갖춰놔야 손님들이 무례하게 굴지 않는다고. 일하는 입장에서 손님의 무례 때문에 고생하는 것보다는 품격을 지키느라 고생하는 게 낫다고. 나는 이유진의 주장을 수긍했지만, 일하는 입장에서 민망한 순간도 없진 않았다. 음식을 흘리고 침을 튀기고 욕설을 섞어가며 와자하게 수다를 떠는 사람들을 고급스러운 말투와 자세로 대한다는 게. 이유진은 댄스곡을 틀어놓고 막춤을 추는 야유회에서 혼자 진지하게 발레를 하는 사람 같았다.

---

22 베네치아의 조명과 음악과 인테리어는 근처의 수두룩한 경양식집과 확실히 달랐다. 백화점에서나 볼 수 있는 유럽 브랜드의 식기를 사용했고, 늘 클래식을 틀었다. 음식 재료에도 돈을 아끼지 않았다.

이유진은 내 편의를 많이 봐줬다. 출근하면 내게 밥은 먹었느냐고 먼저 물었다. 당시 내게 그런 걸 매일 물어보는 사람은 이유진뿐이었다. 내가 밥을 먹지 못했다고 하면 임실장님에게 간단한 요리를 부탁해서 내가 밥을 먹고 일하게끔 했다. 나는 학교나 자취방보다 베네치아가 편했다. 주말 아르바이트생이 대타를 부탁하면 기꺼이 대신 일했다. 지칠 정도로 바쁘게 일한 날은 조금 짜릿하기도 했다. 응대하기 까다로운 손님이 있을 때는 이유진 매니저를 부르면 모두 해결됐다.

이유진은 확실히 매니저와 언니로 나뉘었다. 매니저 이유진은 아주 짧은 말로 상대의 기를 죽였고 잘못에는 인정을 베풀지 않았다. 매니저 이유진의 눈빛이 변하면 아르바이트생들은 바짝 긴장하면서 방금 전 자기의 말과 행동을 곱씹어 잘못을 찾아냈다. 우리는 매니저 이유진을 좋아하면서도 어려워했다. 언니 이유진은 친구 같았다. 고개를 끄덕이며 '그럴 수도 있지'란 말을 많이 했는데, 그건 매니저 이유진의 입에서는 절대 나올 수 없는 말이었다. 매니저 이유진과 언니 이유진을 가르는 가장 강렬한 잣대는 향수였다. 영업이 끝나면 유진 언니는 손목에 향수를 뿌려서 귀 뒤에 문질러 발랐다. 그 향기는 '유진 언니로 돌아오는 향기'였다. 언니는 매장 주방에서 야식을 만들어주기도 했다. 일요일 밤이면 아르바이트생들을 모두 불러서 회식도 했다.[23]

회식을 하며 처음으로 칵테일 바에 가봤다.[24] 회를 안주 삼아 소주를 마셔보는 경험도, 치킨과 맥주를 같이 먹어보기도, 공원에서 캔

맥주를 마셔보기도 처음이었다. 마피아 게임과 눈치 게임도 처음 해 봤다. 나도 모르게 '이런 건 처음이다'는 말을 많이 했나보다. 바람 이 쌀쌀한 늦가을의 일요일 밤, 매장 문을 닫고 야식을 먹던 중에 동 주 오빠가 심각한 표정으로 '너 정말 대학생 맞느냐' '엠티도 안 가봤 느냐' '친구들이랑 대체 뭘 하고 노는 거냐'고 물었다. 사람들은 내가 대학생 같지 않은 여러 이유를 대면서 나를 가짜 대학생으로 몰았다. 그들은 내가 모르는 나의 말투나 습관 같은 것을 흉내내며 배가 아 프도록 웃었다. 그들과 함께 웃으며 나는 며칠 전 강의실에서 들었던 대화를 떠올렸다.

쉬는 시간이었다. 서로의 얼굴과 이름은 알지만 친하다고 할 수 는 없는 동기들이 내 옆에 앉아서 이런 대화를 나눴다. 쟤 남자친구 서울대 다니잖아. 진짜? 어떻게 만났대? 소개팅. 서울대 다니는 애가 왜? 쟤가 그렇게 예뻐? 쟤 서초동 살잖아. 알지, 쟤 눈이랑 코랑 다 한 거잖아.[25] 교수가 들어오자 그들은 '끝나고 다시 얘기하자'고 했다. 나는 불편한 감정에 사로잡혔다. 왜냐면, 그들의 대화가 유치하다고 생각하면서도, '쟤 남자친구 서울대 다니잖아'라는 말을 들었을 때 그들이 눈짓으로 가리키는 사람을 힐끔 바라봤으니까. 그렇게 예쁜

---

23 회식 비용은 언제나 언니가 계산했다. 그때 우리는 언니가 계산하는 걸 당연하게 생각했다. 언니 는 나이 많은 어른이고 사장의 동생이고 어쨌든 우리보다 돈이 많을 테니까.

24 마티니와 준벅을 마셨다.

25 누구의 핸드백은 샤넬 한정판이고 누구의 남자친구 차는 벤츠이며 누구의 엄마는 어느 대학 교 수라더라. 그들은 누구가 자리에 없을 때는 비난하고 경멸하다가도 누구와 어울려 다녔다.

가 생각했으니까. 그 연애가 오래갈까 의문을 가졌다가 서초동에 산다는 말을 듣고 이상하게 이해가 됐으며 말도 안 되는 박탈감을 느꼈으니까. 그들의 관심사인 명문대와 강남과 명품 등에서 나는 엄청 멀리 있는 사람이었지만 그들의 대화는 나의 껍질을 자꾸 벗겨냈다. 자기들끼리 나누는 몇 마디 대화만으로, 모른 척하고 싶어서 아주 깊은 곳에 숨겨둔 나의 근성을 눈앞에 드러냈다. 나는 그런 대화 속에 있고 싶지 않았다. 베네치아에 있고 싶었다. 돈가스와 파스타를 시켜놓고 시끄럽게 떠드는 또래들에게 우아한 자세로 서빙하고 싶었다.

웃고 떠들던 분위기가 잠시 가라앉았을 때 나는 담배를 피우러 매장 문을 열고 나갔다. 계단을 내려가는데 종소리가 들렸다. 뒤를 돌아봤다. 유진 언니가 나를 따라왔다. 언니일 때 이유진은 담배를 피웠다.[26]

담배를 피우면서 언니는 내게 대학 생활이 별로냐고 물었다. 다른 애들은 친구들이 매장에 밥 먹으러 오기도 하는데 너는 그런 친구가 여태 없지 않았느냐고. 나는 친구가 없다고 말하는 대신 학교에서 들은 그 대화의 일부를 전하며 그런 애들과는 어울리고 싶지 않다고 했다. 나는 안다고. 내게 다정하고 상냥한 친구들이 언제든 적으로 돌변할 수도 있다는 걸. 그건 충격이나 배신이라고 말할 수도 없

---

26 아주 어둡고 으슥한 곳에 숨어서 피웠다. 사장 오빠가 알면 안 되기 때문에. 여자가 담배를 피우면 결혼도 못하고 절대 안 된다며 엄마가 난리를 친다고 했다. 나도 고향에 가면 숨어서 담배를 피웠지만 서울에서는 그러지 않았다. 마흔 살의 어른이 숨어서 담배를 피우다니 이해되지 않았다. 처음 이유진을 봤을 때 하루키의 인물 같다고 생각했었지. 매니저 이유진은 확실히 그랬다. 언니 이유진은 애매했다.

을 만큼 흔한 일이라고. 나는 사람 안 믿는다고. 분위기를 믿는다고.

하지만 안 그런 사람도 있을 텐데. 모두가 그럴 거라는 편견은 위험해.

알아요. 있겠죠. 어딘가에는.

내 말은, 친구가 꼭 필요한 건 아니지만 군이 피할 필요도 없다는 거지. 너 여기서는 잘 지내잖아. 그럼 우리는 뭐야? 친구 아니야?

언니는 내 말을 오해하고 있었다. 나는 고등학생 때 제법 가깝게 지내던 친구와 있었던 일을 털어놨다.

*

공부도 잘하고 예쁜 무영. 무영은 아파서 조퇴나 결석을 할 때가 꽤 있었다. 선생들은 무영이 야자를 빠지겠다고 하면 순순히 허락했다. 어떤 학생들은 그의 잦은 조퇴와 결석을, 선생들과 스스럼없이 지내는 태도를 아니꼽게 생각했다. 예쁘고 공부 잘한다고 특혜를 주는 거라 여겼다. 2학년 때 무영과 같은 반이 되었다. 나는 1학년 때부터 무영을 알았지만 무영도 나를 알 거라고 생각하지 못했는데 무영은 첫날부터 내게 자연스럽게 말을 걸었다. 사실 무영은 누구에게나 그렇게 다가갔다. 무영은 편견이나 어색함이나 방어를 모르는 사람 같았다. 무영은 내게 같이 자판기 커피를 마시러 가자고 했다. 체육 시간이면 손짓으로 나를 불러 같은 팀을 하자고 했다. 토요일에 학교가 끝나면 자기 집으로 놀러가자고 했다. 나는 거의 끌려가다시피 무영과 가까워졌다. 나는 무영을 좋아하면서도 어려워했다. 무영이 내게 다정하고 친절한 이유를 찾아내려고 했다. 처음 무영의 집에 놀러 갔을 때, 나는 무영의 방이 내뿜는 분위기에 완전히 압도되었다. 책상에는 문제집이나 교과서가 아니라 무라카미 류와 마르그리트 뒤라스의 소설이 책등을 보인 채로 펼쳐져 있었다.[27] 책상 구석에는 모서리가 나달나달한 작은 스케치북이 있었다. 스케치용 연필과 외국에서 산 것만 같은 파스텔 세트도 있었다. 무영은 리모컨으로 미니 오디오를 틀었다. 재즈 음악이 흘러나왔다. 방에는 천으로 만든 작은 텐트가 있었다. 텐트 속에는 노란 조명이 달려 있었고 책이 쌓여 있었다. 방의 구석에는 특이한 모양의 유리병이 나름의 규칙과 질서로 모여 있었다. 바닥에는 특이한 무늬의 카펫이 펼쳐져 있었고 창문에는 보석을 매단 것 같은 모빌이 달려 있었다. 무영은 내게 원두커피와 오렌지를 주면서 말했다. 《슬픔이여 안녕》의 주인공 세실은 아침으로 커피와 오렌지를 먹으며 담배를 피운다고. 세실은 우리와 또래라고. 무영은 담배에 불을 붙이며 보라색 작은 철제 통의 뚜껑을 열었다. 담배꽁초와 담뱃재가 들어 있었다. 피우지 않느냐고 물으면서 무영이 내게 박하향 담배를 건넸다. 나는 주저하다가 담배를 받았다. 어떻게 알았느냐고 물었다. 그냥 알았다고 무영은 대답했다. 그런 친구는 처음이었다. 누군가와 같이 담배를 피우기도 처음이었다. 원두커피도 오렌지도 처음이었다. 그 방에서, 어둠이 내릴 때까지, 무영과

---

27 《한없이 투명에 가까운 블루》와 《연인》이었다.

나는 이상하고 지루한 사람들에 대해 얘기했다. 가끔 꾸는 악몽과 죽은 사람들에 대해 이야기했다. 천박한 어른과 한밤의 산책과 가끔 엄습하는 자해 욕구를 말했다. 없애버리고 싶은 기억과 박제해두고 싶은 기억을 조금씩 말했다. 그리고 좋아하는 것을 말했다. 매일 다른 날씨와 하늘. 구름. 햇살. 장마. 눈. 첫눈. 노을. 겨울철 별자리. 바람. 봄과 여름과 가을과 겨울. 그리고 마침내 좋아할 수밖에 없는 사람들.[28] 할 말이 없으면 담배를 피웠다. 그날 집으로 돌아가며 나는 약간 멍한 상태로 생각했다. 무영은 다른 친구들과도 이런 얘기를 나눌까? 이제 막 친해지기 시작한 내게 아무렇지도 않게 비밀을 털어놓는 이유는 뭘까?[29] 나는 무영에 관한 소문을 떠올렸다. 어떤 소문은 무영의 친구 입에서 나왔을 것이다.

이후에도 무영의 집에서 자주 놀았다. 무영은 자기가 읽은 소설이나 시를 얘기해주기도 했다. 우리는 편지도 주고받았다. 나는 내가 무영의 비밀 친구인 것만 같았다. 왜냐면 무영과 나는 늘 둘이서만 놀았으니까. 무영이 여러 친구와 함께 있을 때 나는 일부러 무영을 못 본 척했으니까. 여럿과 함께일 때 무영은 나를 그쪽으로 부르지 않았으니까.

---

28 주로 속으로만 하던 생각이었다. 일기장에나 적던 생각이었다. 그런 생각을 소리 내어 누군가와 나눠보기는 처음이었다.

29 그때 나는 우리의 대화를 '아주 은밀한 비밀'이라고 생각했다. 뒤늦게 무영은 그렇게 여기지 않았을 것이란 생각이 들었다.

여름방학이 끝나고 며칠 지나지 않아 무영은 결석했다. 담임은 무영이 맹장 수술을 해서 며칠 입원할 거라고 전했다. 나는 무영과 친하게 지내는 무리를 쳐다봤다. 그들의 분위기는 평소와 다르지 않았다. 마음이 불편했다. 몇몇 아이들 사이에 오가는 말을 이미 들었으니까. 그들은 무영이 낙태를 해서 병원에 있는 거라고 했다. 무영은 이전에도 여러 악의적인 소문에 휩싸이곤 했다. 본드, 자해, 폭력, 가출, 담배와 술과 남자가 뒤섞인 소문. 실제로 무영과 나는 같이 담배를 피웠고 서로의 자해 경험을 얘기했다. 그건 병원에 입원할 수준이 아니라는 걸 나는 잘 알았다. 나는 소문이 조금씩 짙어지는 과정을 말없이 지켜봤다. 야자를 끝내고 밤늦게 집에 갔다. 씻고 나오는데 집전화가 울렸다. 무영이었다. 너무 지루하고 심심하다고 했다. 내일 토요일이니까 학교 끝나면 병원으로 놀러올 수 있느냐고 물었다. 다음날 나는 혼자 병원에 갔다. 무영은 반가워했다. 나는 무영을 살펴보며 생각했다. 무영은 정말 맹장 수술을 한 걸까. 무영은 어째서 오늘도 나만 따로 불렀을까. 그 많은 친구들은 왜 오지 않을까.

　　무영이 학교로 돌아왔을 때 몇몇 아이들은 무영을 경멸하고 따돌렸다. 무영은 그들과 싸우지도 않았으며 소문의 내용을 알려고 하지도 않았다. 무영은 변함없이 지냈다. 말도 잘하고 잘 웃고 누구에게나 스스럼없이 다가갔다. 무영이 그렇게 다가가면, 무영을 경멸하던 사람이라도 무영에게 무례하게 굴지 못했다. 무영의 분위기는 그걸 가능하게 했다. 돌아서서 욕하고 따돌릴지라도 무영이 다가온 순간만큼은 무영에게 다정하게 대하도록 했다. 나는 죄책감과 부담감을 동시에 가졌다. 사람들의 시선과 소문을 두려워하지 않는 무영의 태도에 두려움을 느꼈던 것도 같다. 계속 무영과 가깝게 지내면 나 역시 그런 소문에 휩싸일 것만 같았다. 담배를 피웠을 뿐인데 본드를 하는 아이로 소문이 날 것만 같았다. 나는 무영처럼 대처할 자신이 없었다. 나는 무영과 같은 사람이 되고 싶었으나 무영과 같은 사람이 될 수 없음을 너무 잘 알았다. 나는 무영을 조금 밀어내는 시늉을 했고 무영은 바로 알아차렸다. 너도 별수 없구나 생각하며 무영이 먼저 나를 버렸는지도 모른다. 그렇게 생각하면 마음이 조금은 편해진다. 하지만 아니다. 확실히 내가 먼저 도망쳤다. 나는 무영을 믿지 않았다. 분위기를 믿었다.

*

나는 나를 못 믿는 거예요. 분위기를 믿는 나를.

내 얘기를 들으며 언니는 담배를 세 대나 피웠다.

너 평소에 책 많이 읽어?

언니가 담배를 끄며 물었다. 나름 비밀을 털어놓았는데 뜬금없는 질문을 던지니까 허탈했다.

모르겠어요. 많이 읽는 편인지.

너는 작가가 될 거야?

당황스러웠다. 언니는 내가 이야기를 지어냈다고 생각하는 건가? 그런데 무영은 그런 말을 했었다. 작가가 되고 싶다고. 다른 친구들에게도 그런 말을 했을까? 까맣게 잊고 있었는데, 언니가 무영의 그 말을, 그 말을 할 때의 표정을, 그날의 빗소리와 샘이 나도록 아름답던 말투를 되살렸다.

그런 생각해본 적 없어요. 한 번도.

나는 기분 나쁘다는 투로 말했다. 언니가 그렇게 물어서 억울했다. 어째서 억울했는지 모르겠다. 최선을 다해 감추던 욕망을 언니가 너무 쉽게 알아봐서? 그래서 완강하게 부정했지만 거짓말이었다. 무영이 작가가 되고 싶다고 했을 때, 그렇게 소리 내어 꿈을 말할 줄 아는 무영이 부러워서, 무영은 진짜 그런 사람이 될 것만 같아서, 하지만 나는 절대로 그런 사람이 될 수 없을 테니까, '나도 그런 생각을 한다'고 차마 말하지 못했던 그때부터 이미 나는 무영을 조금씩 밀어냈던 건지도 모른다.

뭘 그렇게까지 싫어해. 생각해본 적 없으면 한 번 정도는 생각해봐.

언니는 너무 쉽게 말했다.

언젠가 그런 걸 글로 써보란 뜻이야.

그렇게 말하는 언니가 미웠다. 무영을 생각했다. 무영의 소식을 듣고 싶었다. 무영을 만나고 싶지는 않았다. 무영은 나의 죄책감을 비웃을 것만 같았다.

사람들과 매장을 정리하고 나와 다 같이 길거리에 섰다. 다들 헤어지기 아쉬운 눈치였다. 공미가 장소를 옮겨 조금만 더 놀자고 말했다. 어디로 가면 좋을지 아무도 선뜻 정하지 못했다.

야, 너무 쌀쌀하다. 그냥 우리집으로 가자.

유진 언니가 말했다.[30] 우리는 편의점에서 술과 안줏거리를 사들고 유진 언니를 따라 걸었다. 나는 언니의 방을 상상했다. 무영의 방이 떠올랐다. 이유진과 무영의 방은 정말 잘 어울렸다. 번화가를 지나자 작은 공원이 나왔다. 공원 너머로 주택가가 시작되었다. 주차공간이 마땅치 않은지 갓길에 세워둔 승용차와 트럭이 많았다. 차 한 대가 간신히 지나갈 정도로 길이 좁아서 차가 다가오면 주차된 차와 차 사이에 몸을 구겨넣어야 했다. 검붉은 벽돌의 다세대주택이 끝없이 나타났다. 오르막길이 시작될 즈음 언니가 걸음을 멈췄다. 비슷한 색깔, 비슷한 높이, 비슷한 모양의 집들이 다다다닥 붙어 있었다. 혼자서는 도저히 찾아올 수 없을 것 같았다. 언니가 가방에서 열쇠를 꺼내 철문의 자물쇠에 꽂았다. 그리고 철문을 열었다. 이층 양옥이 나타났다. 현관으로 가려면 돌계단 서너 개를 올라가야 했다. 언니는 내려갔다. 타다다다닥 계단을 내려가며 조용히 당부했다.

마지막에 들어오는 사람 철문 꼭 제대로 닫아.

언니는 지하의 문을 열었다. 그걸 반지하라고 할 수 있을까? 모르겠다. 완전히 지하였다. 언니가 스위치를 누르자 형광등이 잠깐 깜빡였다. 어둠 속에서 유진 언니의 향기를 느꼈다. 불이 완전히 켜지자

---

30 우리들 중 유진 언니 집에 가본 사람은 동주 오빠뿐이었다. 언니는 집이 매장에서 멀지 않다고, 걸어서 갈 수 있는 거리라고 했다.

정면의 작은 싱크대가 보였다. 싱크대 옆에 미니 냉장고와 3단 선반이 있었다. 화장실 문은 활짝 열려 있었다. 언니는 사람들을 방으로 안내했다. 방에는 싱글 사이즈 침대와 협탁과 한 칸짜리 옷장이 있었다. 좁고, 깔끔하고, 적막하고, 고급스러운 향이 번지는 지하방이었다.

언니는 작은 교자상에 술과 안줏거리를 차렸다. 우리는 서로 무릎을 맞대고 앉았다. 우리는 귓속말하듯 조용히 말했다. 소리 없이 웃었다. 지하인데도 발끝으로 걸었다. 어떤 얘기 끝에, 여기는 다 세들어 사는 사람들이야, 집주인은 다른 동네에 살아, 하고 언니가 말했다. 공미가 물었다.

근데 언니, 언니는 왜 이런 데서 살아요?

이런 데가 어때서?

언니가 되물었다.

여기보다는 차라리 매장에 딸린 쪽방이 낫지 않아요? 여기는 진짜 언니랑 안 어울리는데.

이런 데가 어때서?

언니는 다시 물었다.

언니는 나이도 많고 집도 부자고 사장님이 오빠잖아요. 언니 엄마는 건물도 많다면서요.

나도 공미처럼 묻고 싶었다. 하지만 나는 밖으로 나가고 싶었다. 언니와 담배를 피우고 싶었다. 그런 질문은 언니와 나 둘만 있을 때 하고 싶었다.

여기도 사람 사는 데고 나한테는 소중한 방이야. 너 지금은 부모님 집에서 부모님 살림을 네 것처럼 쓰고 살지. 근데 거기에 정말 네 것이 얼마나 있을 것 같아?

공미는 반항하듯 대꾸했다.

저는 돈 많이 벌 거예요. 돈 많이 벌어서 일찍 독립할 거예요. 오피스텔에서 살 거예요.

공미는 말하면서 다짐하는 것 같았다.

그래, 많이 벌어. 꼭 많이 벌어라. 근데 나도 여태 안 벌고 산 건 아니다, 공미야.

언니는 웃으면서 대답했다. 언니와 둘만 있을 때 내가 공미처럼 물었다면 언니는 다른 대답을 했을까?

너와 나는 다르지. 너와 나는 다를 거야.

언니는 미래를 보는 사람처럼 시선을 깔고 중얼거렸다. 그러다가 공미를 똑바로 쳐다보며 물었다.

근데 너 인도 갈 거라며. 거기서도 그렇게 물을 거야? 왜 이런 데서 살아요, 왜 이렇게 살아요, 묻고 다닐 거야?

아니죠, 언니. 왜 그렇게 말해요. 내가 바보도 아니고 거긴 외국이잖아요.

공미가 재빠르게 대꾸했다.

글쎄, 그러니까, 거기까지 가서 네가 무슨 생각을 어떻게 정리하겠다는 건지 지금 내가 잘 모르겠어서.

그날 새벽 이유진의 집에서 나와 어두운 밤길을 걸으며 우리는 서로에게 서늘한 질문을 던져댔다.[31] 집으로 돌아왔을 때 친구는 자고 있었다. 만약 친구가 같이 방을 얻자고 하지 않았다면 나는 이유진의 집보다 좁고 어두운 곳에 살았을 수도 있었다. 나는 집을 나와 DVD방으로 갔다. 그곳에서 쪽잠을 잔 뒤 시내를 돌아다녔다. 친구가 학교에 갈 시간까지 집으로 들어가지 않았다.

이후 이유진을 대하는 사람들의 태도는 조금씩 달라졌다. 매니저 이유진의 눈빛이 변해도 예전처럼 얼어붙지 않았다. 이유진의 꼼꼼함을 결벽증이라며 비아냥거렸다. 동경하며 배우려 했던 이유진의 품위 있는 말투와 걸음을 질 나쁘게 비웃었다. 흰머리와 검은머리가 뒤섞인 이유진의 헤어스타일을 매력적이고 귀족적이라고 평했던 공미는 혹시 이유진이 게으르고 돈이 아까워서 염색을 하지 않는 것 아닐까 의심했다. 언젠가 지란 언니가 고자질하듯 내게 말했다.

야, 이유진이 쓰는 향수 랑콤인 거 알아? 그거 한 병에 얼마짜리인지 알아?

지란 언니는 이유진이 그런 집에 살면서 그런 향수를 쓰면 안 된다고 했다. 그러니까 이유진이 발전이 없는 거라고 했다. 아주 통쾌하다는 듯 그런 말을 계속 했다.

.

31 형, 사장님 집 어딘지 알아요? 그럼 매니저님 월급도 알아요? 진짜? 왜 그것밖에 안 돼? 정말 가족 맞아? 근데 이유진은 그 돈 받으면서 왜 그렇게 열심히 일하는 거야? 이유진은 왜 결혼을 안 하지? 이유진은 왜 자꾸 회식을 잡는 걸까? 이유진은 왜 한참 어린 우리와 어울리는 거지? 설마 친구가 없나?

한 달이 지난 일요일 밤, 이유진은 평소처럼 회식을 잡았다. 원 오빠였던가, 지란 언니였던가. 이제부터 회식을 할 때는 회비를 걷자는 말을 꺼냈다. 유진 언니는 그 말을 듣고 그냥 너희끼리 놀라고 했다.

우리는 우리끼리 맥주를 마시면서 또 이유진 얘기를 했다. 이유진을 이해할 수 없는 이유를 끝없이 늘어놨다. 함부로 추측하고 과장했다. 나는 분위기를 느꼈다. 그것은 냄새처럼 열기처럼 우리를 휘감았다. 그것은 우리를 들뜨게 했다. 우리가 보고 듣고 느끼는 모든 것을 부풀렸다. 그 분위기를 이유진도 느꼈을 것이다. 이유진은 베네치아의 모든 것을 보고 있으니까. 이유진은 내가 애써 감추려는 욕망도 집어내는 사람이니까. 나는 겁이 났다. 속내를 너무 쉽게 드러내는 그들이 위험해 보였다. 그렇다고 이유진 편에 서고 싶지도 않았다. 나 또한 이유진을 도무지 이해할 수 없었으므로. 이유진은 우리를 크게 혼내야 했다. 돈으로 사람을 평가하는 멍청한 짓을 그만두라고 가르쳐야 했다. 그런 다음 우리의 분위기를 예전으로 되돌려놓아야 했다. 이유진이라면 충분히 그럴 수 있을 테고, 그래야만 한다고 나는 생각했다. 왜냐면 이유진은 우리 중 가장 어른이니까. 이런 상황을 다 알면서 아무 말도 하지 않는 이유진이 정말 미웠다.

베네치아는 학교보다, 자취방보다 불편한 곳이 되어버렸다. 일을 그만두겠다고 말하자 이유진은 나를 물끄러미 쳐다봤다. 이유진의 눈빛을 다 받아내면서 '너는 작가가 될 거야?'라고 묻던 그날의 이유진을 떠올렸다.[32] 아르바이트생들이 일요일 밤에 송별회를 하자고 했지만 나는 마다했다.

그리고 일요일 밤, 베네치아 근처 건물에서 이유진을 기다렸다. 퇴근하고 나오는 이유진의 뒤를 따라 걷다가 언니, 하고 불렀다. 유진 언니가 고개를 돌려 나를 봤다. 나는 언니의 눈을 보며 한번 더 언니, 하고 불렀다.

언니의 집으로 갔다. 침대에 등을 기대고 앉아서 많은 얘기를 나눴다. 대화가 잦아들면 담배를 피웠다. 담배를 피우며 생각했다. 나는 분위기를 믿지. 분위기를 만드는 건 사람. 그럼 사람을 믿어야 하나? 믿는다는 건 대체 뭐지? 밤이 깊어 집을 나설 때 언니는 자기가 쓰던 랑콤 향수를 내게 선물로 줬다. 그리고 큰길까지 바래다주겠다고 했다. 나는 향수를 손에 꼭 쥐고 걸었다. 큰길이 보이자 나는 헤어지기 아쉽다고 했다. 집에 가고 싶지 않다고 했다. 우리는 먹을거리를 사서 언니의 집으로 돌아갔다. 나는 언니의 잠옷을 입고 언니의 기초화장품을 발랐다. 그리고 우리는, 다가오는 새벽처럼, 좀더 밝은 이야기를 나누었다. 그래서 나는 언니를 이해하게 되었나? 그땐 아니었다. 아니었던 것 같다. 헤어지면서 언니는 '종종 연락해' 같은 말은 하지 않았다. 나 역시 '또 놀러올게요' 같은 말은 하지 않았다.

겨울방학은 고향집에서 보냈다. 3학년이 되었다. 학교 앞 고시원으로 짐을 옮겼다. 편의점 아르바이트를 시작했다. 더는 대강의동 옥상으로 올라가지 않았다. 사람들이 많은 곳에서도 눈치보지 않고 완

---

32 이전에도 이후에도 내게 그런 질문을 한 사람은 이유진이 유일하다.

벽하게 혼자일 수 있었다.

*

이나와 겨울을 보내면서 자주 이유진을 떠올렸다. 처음에는 기억 자체가 버거웠다. 부고를 들어서겠지. 생각을 거듭하다 보니 조금씩 맑아졌다. 맑은 기억은 일그러진 기억. 일렁이는 수면을 통해 물속을 바라볼 때처럼 울렁거렸다. 그 시절의 이유진만큼 나이를 먹고서 그 시절의 나를 돌아보는 일은 그처럼 울렁거렸다. 이나가 나의 방을 보고 '고모는 가난하니까 이런 데서 사는 거잖아'라고 말했을 때도 유진 언니를 떠올리지 않을 수 없었다.

이나와 찜질방에서 놀던 날, 삶은 계란을 먹으며 이나에게 물었다.

이나는 내가 어른 같아?

고모는 어른이잖아.

이나 생각에는 몇 살이면 어른 같아?

음…… 몰라. 스무 살?

스무 살?

근데 있잖아. 외갓집에 주찬미 언니가 있는데 그 언니는 고등학생인데도 어른 같아. 어른같이 말해.

그래? 주찬미 언니가 뭐라고 말했는데?

몰라. 그냥 어른같이 말해.

270

그렇구나.

응. 주찬미 언니는 어른처럼 웃어.

어른처럼 웃는 건 어떤 거야?

혼잣말하면서 웃는 거.

혼잣말하면서 웃는 거?

응. 혼잣말하면서 안 웃는 것처럼 혼자 웃어.

그렇구나. 그럼 나도 그렇게 웃어?

아니. 모르겠어. 고모는 주찬미 언니랑은 다르게 웃는데.

어떻게 다르게?

고모는 그냥 막 웃잖아. 근데 고모, 강아지도 웃는 거 알아?

이나는 유튜브로 강아지 동영상을 찾아봐달라고 했다. 이나와 나는 핸드폰으로 웃는 강아지 동영상을 찾아보며 막 웃었다. 혼잣말하지 않고 서로에게 들리도록 말하면서 막 웃었다.

어릴 때 어른스러워 보이려고 애쓴 적이 있다. 그땐 어렸으니까 어른스러운 척을 할 수도 있었겠지만 어른이 되고서도 어른스러워 보이려고 애쓰다니. 여전히 나는 어른스러운 게 뭔지 잘 모르고, 모르니까 긴장됐다. 긴장했을 때 나는 좀더 이나를 신경쓸 수 있었다. 이나 입장에서 생각할 수 있었다. 최소한, 어른이랍시고 이나를 무시하는 말이나 행동을 피할 수는 있었다. 어른스럽다는 건 아이의 입장에서 생각한다는 뜻일까. 그렇다면 어린 시절 어른스러운 척했던 건 뭐였을까. 이십 년 전에 나는 이유진을 이해할 수 없었다. 이유진은 나를 이해했을까? 그때 우리를 야단치지 않았던, 우리를 돌려놓지 않았던 이유진의 마음을 이제는 조금 알 것 같은데. 마흔 살의 이유진과 마흔 살의 내가 대화할 수 있는 방법은 없을까. 공미와 유진 언니가 연락하며 지냈다는 사실은 여전히 놀랍다. 공미는 하고 나는 하지 않는 차이를 생각하면 까마득해진다.

겨울방학이 끝나기 며칠 전, 이나는 아빠의 차를 타고 웃으며 돌아갔다. 나는 다시 혼자 남았다. 그리고 오늘도 이유진을 생각한다. 📕

가벼운 점심

장은진

1976년 광주에서 태어났다. 2002년 전남일보 신춘문예에 단편 〈동굴 속의 두 여자〉가, 2004년 중앙일보 중앙신인문학상에 단편 〈키친 실험실〉이 당선되며 문단에 나왔다. 소설집 《키친 실험실》《빈집을 두드리다》《당신의 외진 곳》, 장편 《앨리스의 생활방식》《아무도 편지하지 않다》《그녀의 집은 어디인가》《날짜 없음》 등을 출간했다. 문학동네작가상, 이효석문학상 대상을 수상했다

아버지가 돌아왔다. 가출한 지 10년 만이었다.

그해 봄, 아버지는 어머니 앞으로 장문의 편지를 남겨놓고 떠났다. 어머니는 그 편지에 대해 우리 형제에게 아무런 말도 해주지 않았다. 읽고 바로 짝짝 찢어 변기에 버려서 기억에 남은 게 하나도 없다고 했다. 다만 한 달 후, 집안의 금기어가 되다시피 한 '아버지'란 말이 밥을 먹던 동생 입에서 무심코 튀어나왔을 때 어머니는 수저를 내려놓으며 날카로운 목소리로 말했다.

"더러운 인간! 포기하겠다는 거야. 전부 다."

우리는 그것이 편지의 요점이란 걸 어렴풋이 알게 되었다. 자세한 내용은 기억나지 않더라도 요점이란 잊어버릴 수 없는 것이니.

그러나 어머니가 굳이 그런 식으로 알려주지 않아도 우리는 이미 짐작하고 있었다. 떠났다는 것 자체가 포기를 의미하는 것이므로. 어쩌면 어머니는 '포기'가 아니라 '버렸다'라는 단어를 쓰고 싶었는지도 모르겠다. 포기는 왠지 자기 것만 놓고 가는 것 같은데 '버리겠다'라는 건 어머니와 우리 형제까지도 포함되는 것 같으니까. 그때까지도 어머니는 '버리겠다'를 '포기하겠다'로 표현함으로써 희망을 버리지 않으려 했던 게 아닐까, 하고 나는 생각했다.

아버지가 '버렸'는지는 모르겠으나 적어도 '포기'했다는 걸 나는 아버지가 가출하던 날 알았다. 아버지는 떠나면서 아무것도 가져가지 않았다. 아끼던 책 한 권, 학자의 상징이라며 조부로부터 물려받았던 오래된 만년필조차 챙기지 않고 맨몸으로 집을 나갔다. 다 놓고 간 아버지한테 진짜 필요한 게 무엇이었는지 나는 아직도 알지 못한다.

아버지를 공항에 데려다주러 가는 길이다. 10년 만에 돌아온 아버지는 조부의 장례식을 마치고 다시 뉴욕으로 떠난다. 그동안 친가와도 연락을 끊고 살았던 아버지는 조부가 위독하다는 삼촌의 연락을 받고 나흘 전 급하게 한국으로 들어왔다. 평소 존경하던 조부의 임종마저 지키지 못했다면 아버지는 불효자가 되고 말았을 것이다. 그래선지 내가 느끼는 10년이란 시간의 무게에 비해 아버지의 마음은 조금 가벼워 보였다.

"좋은 날 받아서 가셨다. 그치?"

아버지가 도로 오른편으로 반짝거리며 흘러가는 강을 쳐다보며 말했다. 목소리 끝이 떨리면서 갈라지는 것이 또 우는 것 같았다. 가벼움이 지닌 한계였다. 장남인 아버지는 미안함 때문에 장례식 내내

물 한 모금 마시지 않고 목 놓아 울기만 했다. 조부를 위해 아버지가 할 수 있는 건 그것뿐이었으리라. 자지도 않고 먹지도 않으면서 마냥 우는 것. 눈물에는 한계가 없어서 먹은 게 없는데도 아버지 눈에서는 하염없이 눈물이 흘러나왔고, 잠을 자지 않는데도 아버지 입에서는 지치지 않고 울음소리가 터져 나왔다. 눈물'샘'과 소리'샘'은 몸이 아니라 마음의 기관에 해당하는 것 같았다. 샘처럼 물을 쏟아내고 있어서인지 식구 누구도 아버지한테 10년의 세월에 대해 질책하지 않았다. 그렇다고 그동안 어떻게 지냈느냐고 안부를 궁금해하거나 다가가 위로의 말을 건네는 가족도 없었다. 단지 여기저기서 수군대는 소리만 들려왔다. 호상이라 아무도 눈물이 나지 않는 장례식에서 아버지는 3일 동안 대신 울어 달라며 고용된 사람처럼 보였다. 열심히 울어서인지 아버지는 장례식 동안 철저하게 혼자였다.

"상치를 사람들 생각해서 봄에 가고 싶다고 입버릇처럼 말씀하셨는데……."

강이 끝나자 아버지가 전방을 응시하며 숨을 골랐다.

"계절이 효자다."

"봄은 떠나기에도 돌아오기에도 좋은 계절 같아요."

조부를 닮아 아버지도 봄을 무척 좋아했다.

"아버지도 좋아했죠, 봄을."

"좋아해서 좋아하지 않았어."

침울한 목소리에 실린 좋아해서 좋아하지 않았다는 말에 묘하게 이끌리던 참에 자동차는 벚꽃이 환하게 핀 가로수 길로 접어들었다.

그 광경에, 깊은 슬픔에 잠겨 있던 아버지 얼굴이 갑자기 벚꽃처럼 밝아졌다. 아버지 자신도 조금 놀란 것 같았지만 그렇다고 애써 감추려 하지는 않았다. 아버지는 가까이서 벚꽃을 보고 싶다며 갓길에 잠시 차를 세워 달라고 부탁했다.

차에서 내린 아버지는 조금 빠른 걸음으로 다가가 벚나무 가지 하나를 낮게 잡아당긴 뒤 눈을 감고 향을 맡았다. 숨을 깊게 들이마셨다 내쉬는 아버지의 입가에, 자세히 살피지 않으면 모를 정도로 아주 옅은 미소가 번졌다. 상중만 아니면 누구의 눈치도 보지 않고 세상이 다 알도록 소리 내어 웃었을 것만 같았다. 모든 게 낯설었다. 아버지가 내 앞에 있다는 것도, 슬픔에 잠긴 표정으로 내내 우는 얼굴만 보여주던 아버지가 저렇게 웃고 있는 것도, 꽃을 보려고 일부러 차를 멈춰 달라더니 향을 맡고 서 있는 모습도. 10년 전 내가 알던 아버지는 분명 아니구나, 하는 생각이 들었다. 그동안 숨겨 왔던 것일까, 아니면 오랜 타국 생활로 자연스럽게 변한 것일까. 혹, 그날 집을 떠나면서 지금껏 가지고 살던 모습마저 옷처럼 훌훌 벗어놓고 갔던 것일까. 아버지는 진짜 아무것도 걸치지 않고 맨몸이나 다름없는 상태로 그해 봄 우리를 떠났던 것일까.

늙긴 했으나 마른 체형이었던 아버지는 보기 좋게 살이 올랐고, 당시 남자들은 잘하지 않던 단발형 헤어스타일은 스포츠형으로 바뀌었다. 머리숱은 좀 줄었지만 건강한 윤기가 흘렀고, 날카로웠던 인상은 깎아놓은 듯 중후해져 있었다. 무엇보다 남의 옷을 빌려 입은 것처럼 아버지는 늘 품이 크고 펑퍼짐한 양복만 입고 다녔었는데 몸에 잘 맞는 캐주얼 차림을 한 건 처음 봤다. 분명 낯선데, 이상한 건 옛날의 아버지보다 지금의 아버지가 훨씬 가깝고 편하고 친근하게 느껴진다는 것이었다. 그 낯선 친근감 때문일까. 나는 차 문에 기댄 채 아버지를 지켜보다 벚나무로 천천히 걸음을 옮겼다. 벚꽃 향에 잠긴 바람이 은은한 감촉으로 다가왔다. 벚나무 아래 서자 어찌나 가지마다 벚꽃이 알차게 피었는지 몇 개 꺾어 신부 손에 쥐여주면 그대로 부케가 될 것 같았다.

"예전에는 이런 봄꽃들이 밉고 싫었어."

아버지가 작고 부드러운 꽃잎 한 장을 손끝으로 지그시 매만지며 말했다.

"사람을 밖으로 불러내는 꽃들이."

"왜요?"

"나만 방에 틀어박혀 있는 것 같았거든."

"아버지도 나가면 됐잖아요."

"우울증이 도졌어. 봄만 되면."

아버지의 말끝에 힘이 없었다.

"식욕도 떨어지고."

"그래서 좋아해서 좋아하지 않게 된 거예요?"

"봄이 되면, 특히 벚꽃이 필 시기가 되면 비가 오게 해달라고 빌었어."

나는 진중한 아버지의 말에 귀를 기울였다.

"다 망가지라고. 애써 핀 꽃도, 화창한 날씨도, 약속도. 어쩌면 미

래까지도. 꽃이 질 때까지는 방에서 꼼짝도 하기 싫었으니까. 할 수
만 있다면 볕이 없는 지하 동굴 같은 데서 며칠 지내고 싶을 정도였
어."

나는 동굴처럼 유난히 어두웠던 아버지의 서재를 떠올렸다.

"그럴 수 없어서 매일 속으로 되뇌었어. 모두 간절하게 불행해지
길. 딱 나만큼만 불행해지길. 더도 덜도 말고 나만큼만……."

아버지를 불행하게 한 건 무엇이었을까. 돌이켜 보면 아버지의
봄은 늘 그랬던 것 같았다. 신경이 곤두선 상태의 아버지는 가족한테
엄하고 까칠한 사람이었다. 사소한 일에도 화를 잘 냈고, 얼굴은 인
상을 찌푸리고 있을 때가 많았으며 불평불만을 입에 달고 살았다. 신
경쇠약에 걸린 사람처럼 작은 소리에도 예민하게 구는 데다 자주 소
화불량과 불면증에 시달려서 낯빛은 창백했다. 그러한 감정 상태는
봄이 되면 더욱 도드라져서 봄이 왔다는 걸 꽃이 피는 것보다 신경질
을 내고 느닷없이 고함치는 아버지 때문에 먼저 알게 되는 경우가 있
었다.

"어머니랑 연애할 때도 그랬어요?"

아버지가 붙들고 있던 벚나무 가지를 손에서 놓고 저 멀리 산등
성이로 시선을 둔 채 눈을 깜빡거렸다. 이어 속으로 내쉬는 아버지의
가벼운 한숨 소리가 들려왔다.

"네 엄마와는 여름에 만나 그해 겨울에 바로 결혼했으니까."

"제가 생겨서였죠."

아버지와 어머니는 아버지 대학교 은사의 중매로 만났다. 가난

때문에 학자의 꿈을 접어야 했던 조부는 아버지가 자신의 꿈을 대신 이뤄 주길 바라서 없는 살림에 다른 자식들보다 공부를 많이 시켰다. 아버지는 조부의 아낌없는 뒷바라지와 자신의 피나는 노력으로 비교적 이른 나이에 대학 강단에 섰고, 장가갈 나이가 됐을 때 욕심이 생긴 조부는 교수 며느리를 보는 게 마지막 소원이라는 뜻을 아버지에게 내비쳤다. 아버지보다 키가 크고 두 살 연상이란 게 마음에 조금 걸렸지만, 조부는 어머니의 명민함과 자신감 넘치는 현대적인 모습에 매우 흡족해했다.

"결혼하고 이듬해도 네 엄마는 임신중독증 때문에 봄을 즐길 여유가 없었어. 네가 태어나자 삶은 전쟁으로 돌입했고."

그러고 보니 어머니의 봄은 어땠는지 기억나는 게 없다는 생각이 들었다.

"해보면 알겠지만, 결혼은 낭만과는 거리가 멀어."

내가 알던 것과 달리 아버지의 본질은 낭만을 추구하고 싶은 사람이었을까. 그때 갑자기, 바람이 세게 불더니 향과 함께 꽃잎들이 하얗게 흩날렸다. 봄에 내리는 차갑지 않은 눈. 봄눈이 아버지의 희끗한 머리와 늙어버린 어깨를 여러 번 스치고 지나갔다. 아버지는 그럴 때마다 약간 흥분된 표정으로 꽃잎을 받아내려고 순발력 있게 양쪽 손바닥을 펼쳤다. 몇 번의 시도 끝에 매니큐어 바른 아가씨의 작은 손톱을 닮은 꽃잎 한 장이 손바닥으로 떨어졌다. 아버지가 그걸 쳐다보며 지그시 웃었다. 아까보다는 분명해서 자세히 살피지 않아도 어디서 기인한 것인지 알 것 같은, 누구나 다 볼 수 있는 주름이 선명하게 잡히는 웃음이었다. 아버지는 주먹을 가만히 쥐더니 그만 가자, 라고 말하며 차에 올라탔다.

안전벨트를 매고 시동을 거는데, 아버지가 손에 쥐고 있던 꽃잎을 배낭에서 꺼낸 수첩 갈피에 세심하게 끼워 넣으며 말했다.

"떨어지는 꽃잎이나 낙엽을 받으면 그 계절에 사랑이 찾아온단다."

아버지는 이제야 장례식의 슬픔에서 벗어난 것처럼 보였다. 자동차는 공항을 향해 다시 출발했고, 벚꽃길이 끝나는 곳까지 아버지와 나는 말없이 조용한 음악을 들으며 각자의 봄을 가졌다.

주말의 공항은 출국하려는 사람들로 붐볐다. 모두 나라를 떠나는 사람들인데, 왠지 나는 그들이 봄을 떠나려는 사람들로 보였다. 아버지가 떠났던 날도 봄이었고, 이 공항을 통해서였다. 아버지는 그날 어떤 표정으로 장애물 같은 저 많은 게이트를 통과했을까. 공항에 올 일이 생길 때마다 상상해 본 적이 있었다. 상상할 때마다 아버지의 표정은 항상 달랐지만, 나라를 떠나는 것보다 여기 봄을 떠나는 사람의 표정이라면 왠지 비장하고 단단했을 것 같았다. 좋아해서 좋아하지 않았다는 봄이었으니 왠지 그랬을 것만 같았다. 주차를 시키고 시동을 끈 차 안에서 내가 넌지시 말했다.

"아버지, 이대로 진짜 가실 거예요?"

"미안하다."

눈을 맞추지 않으려는 듯 아버지의 시선이 창밖으로 향했다. "그쪽 일이 워낙 바빠서."

진짜 바빠서인 걸까. 오래전 삼촌으로부터 아버지가 뉴욕에서 사업을 한다고 듣긴 했다.

"아버지가 제 결혼식에 꼭 참석하셨으면 좋겠어요."

아버지가 고개를 창 쪽으로 더 외틀며 깊은숨을 내쉬었다.

"다른 결혼 선물은 필요 없어요. 2주밖에 안 남았으니까 저희 신혼집에 머물면서 맛있는 것도 먹고 친구도 좀 만나시고……."

"축하받아야 할 날이다. 내가 가면……."

"아버지가 자식 결혼식에 간다는데 누가 뭐래요."

"네 엄마 보기도 그렇고……."

장례식장에서 어머니와 아버지는 한 번도 서로에게 눈길을 주지 않았다. 아버지는 미안해서였고, 어머니는 미워서였다.

"자격이 없잖니, 난."

결혼식은 장례식과는 다른 걸까. 장례식에서는 아버지에게 우는 역할이라도 주었지만 결혼식에서 목 놓아 울라고 하기도 그렇고, 가족을 버리고 떠난 사람이 10년 만에 아들의 결혼식장에 나타나 환하게 웃고 있으면 하객들 눈에 뜬금없고 염치없어 보일까.

"널 잘 키워낸 네 엄마가 축하받아야 할 자리다."

"아버지."

"윤주는 예쁘고 착한 아이더라. 너랑 잘 어울려."

그러면서 아버지는 뒤에 들릴 듯 말 듯한 목소리로 다행이다, 라고 말했다. 아버지는 배낭을 굽은 어깨에 메며 탑승 시간까지 아직 3

시간이나 남았으니 가볍게 점심이나 하자며 서둘러 차에서 내렸다. 아버지의 고집. 그거 하나만은 10년이 지나도 그대로인 것 같았다. 아버지는 내가 붙잡을까 봐 빠른 걸음으로 터미널을 향해 걸었다. 나는 차에서 내려 아버지 뒤를 터벅터벅 따라갔다.

가볍게 먹자더니 아버지는 패스트푸드점을 가리키며 햄버거에 콜라를 마시고 싶다고 했다. 나의 아버지는 소화불량이 심해서 밀가루 음식이나 패스트푸드를 먹지 않았다. 고기도 소화를 잘 못 시켜서 주로 채식 위주의 식사를 했다. 전업주부가 아닌 어머니는 까다로운 아버지 식성 때문에 육식과 채식 두 개의 밥상을 차리느라 부엌에서 고생을 좀 했다. 어머니는 부엌에서 자기 시간을 많이 할애하는 걸 못마땅해하는 사람이었고, 어느 날부터 아버지는 신경질 부리는 어머니의 모습이 보기 싫어서 밖에 식당을 몇 군데 정해 두고 아예 밥을 먹고 들어왔다. 식사 문제가 해결되자 어머니와 아버지는 싸울 일조차 생기지 않았다. 한집에 살면서 식사를 같이하지 않으면 식구는 멀어지게 된다. 어머니는 아버지가 가출해서 '좋은 건 하나 있네!'라고 조금은 들뜬 목소리로 외치며 소갈비를 3일 내내 뜯은 적이 있었다.

"햄버거 같은 건 안 좋아하셨잖아요."

"먹어 보니 꽤 먹을 만하더라. 밥 먹을 시간도 없이 바쁠 때가 많은데 간편하고 어디 거든 맛도 좋아서 자주 먹는 편이야."

"소화는 잘되고요?"

"이젠 가리는 거 없이 다 잘 먹어."

암막 커튼에 가려진 아버지의 지난 10년의 삶, 그리고 그 삶을 있게 한 것들. 조금씩 열리기 시작한 커튼 틈새로 빛이 들어가 그 삶에 윤곽이 돋아나고 그림자가 생기고 있었다.

로스팅비프버거 세트가 담긴 쟁반을 들고 자리로 가서 앉았다. 아버지는 누군가와 문자메시지를 주고받다 휴대폰을 얼른 껐다. 아버지 말대로 패스트푸드가 좋은 건 주문하면 빨리 나오고, 어딜 가나 맛이 똑같아서 가게를 고를 필요가 없다는 것이었다. 서울의 KFC나 광주의 KFC나 가게 인테리어, 메뉴, 서비스, 가격, 품질이 똑같아서 그것을 먹을 때는 여기가 서울인지 광주인지 모르는 순간이 있었다. 뉴욕의 KFC라고 다르지는 않을 것이다. 혹시 아버지는 10년 만에 한국에 돌아온 게 적응되지 않고 불편해서 굳이 햄버거 가게를 찾은 것일까. 아들과의 마지막 식사라 근사한 점심을 대접하고 싶었는데. 내 서운한 마음을 알아챈 아버지가 콜라에 꽂혀 있는 스트로를 빨다 말고 물었다.

"너 햄버거 좋아하지 않았니?"

좋아했다. 매달 출시되는 맥도날드 해피밀 장난감을 모으면서 맛있는 햄버거를 착한 가격으로까지 먹을 수 있어서 행복했던 시절이 있었다.

"대학 다닐 때 학비 벌려고 아르바이트를 했어요."

나는 햄버거를 집어 들며 말했다.

"좋아하던 것도 일이 되니까 나중에는 쳐다보기도 싫더라고요."

아버지는 내가 왜 아르바이트를 하며 대학을 다녔는지 의아해하는 것 같았다.

"일산 사는 어머니 친구분 효숙 아줌마 알죠?"

나는 햄버거를 한입 베어 문 뒤 이어서 말했다.

"효숙 아줌마 천연화장품 사업에 어머니가 투자했는데, 잘 안 돼서 잠깐 생활이 어려웠어요."

아버지의 표정이 갑자기 콜라 색처럼 어두워졌다. 자신의 탓이라고 생각하는 것 같았다.

"다 지난 일이에요. 오랜만에 먹으니까 옛날 생각도 나고 맛있는데요."

나는 아버지가 불편해할까 봐 일부러 입을 크게 벌려 햄버거를 먹었다. 그러고는 언제 말을 꺼내는 게 좋을까 기회를 엿보던 나는 지금이 좋겠다 싶어서 휴대폰을 열어 아버지에게 사진 한 장을 보여주었다. 내가 사진을 처음 봤을 때처럼, 아버지도 무슨 사진인지 얼른 알아채지 못하다, 신비로운 표정으로 깜짝 놀랐다.

"몇 개월이냐?"

"3개월이요."

나는 손가락으로 가운데 부분을 짚으며 말했다.

"요 강낭콩처럼 생긴 게 아기래요. 신기하죠?"

아직 뚜렷한 형태를 갖추지 않은 아기는, 커다란 점의 형태로 흑회색 부채꼴 안에 떠 있었다. 아기는 작은 잠수함 혹은 우주 캡슐 안에 담긴 것처럼 보였다. 아기를 감싸고 있는 어두운 바탕은 거칠게

폭풍우 치는 바다 같기도 하고, 신비한 우주의 어딘가를 찍은 사진 같기도 했다. 어쩌면 저 작은 '한 점'에게 그곳은 망망한 바다이기도 우주이기도 할 것이다. 흑회색의 거친 질감 때문인지 처음 윤주가 사진을 보여주었을 때 아기가 몹시 외로워 보인다고 느꼈다. 아무도 없고, 아무도 다가갈 수 없는 어두운 곳에 갇혀 혼자 밥을 먹고 잠을 자며 지내는 '한 점' 사람의 외로움. 사람은 시작부터가 외롭구나. 절대 고독과 암흑 속에서 살아가는 거구나. 그러자 나도 모르게 눈물이 났고 윤주가 내 머리를 쓰다듬으며 그래야 만날 수 있어, 라고 말해 주었다. 윤주의 말대로 녀석이 그걸 견디며 자라는 중이란 생각이 들었을 때는 눈물이 웃음으로 바뀌었다. 녀석은 거친 바다와 우주를 제 영역으로 만들어 가며 나와의 거리를 조금씩 좁히고 있는 것이었다. 모두가 그렇게 생겨나는 것이고, 그렇게 생겨났던 것이다. 그날의 나처럼, 사진을 들여다보던 아버지의 눈시울도 붉어졌다. 나는 아버지에게 냅킨을 건넸다.

"네가 벌써 장가를 가고 애 아빠가 되는 나이가 됐다니. 언제 그렇게 컸니……."

아버지가 숨을 참았다 내쉬며 냅킨으로 눈가를 닦았다.

"요 녀석 태어나는 것도 못 보겠구나."

"못 보긴요."

나는 아버지의 손등에 내 손을 얹었다. 거칠어서 조금 놀랐다.

"사진, 아니 동영상 매일 보내드릴게요."

"그래."

"이름은 아버지가 지어 주세요."

"누굴 닮았을까?"

"아버지 손주니까 아버지 닮았을 거예요."

"난, 날 안 닮았으면 좋겠는데."

"……"

"속도를 안 지킨 건 날 닮았다."

"아버지 아들이니까요."

"윤주는 어떻게 만났니?"

"협력업체 경쟁 입찰 PT가 있었어요."

갑자기 신나는 기분이 들었고, 아버지도 그걸 눈치챈 것 같았다.

"총 다섯 군데서 경쟁이 붙었는데 윤주가 단연 돋보였어요. 아나운서 못지않은 말솜씨로 PT를 끌고 가는 윤주한테 입사 동기들이 전부 반해버렸어요."

"윤주네 회사가 선정됐겠구나."

"물론이죠. 그러고는 진짜 경쟁이 시작됐죠. 무려 석 달을 졸졸 쫓아다녔다니까요. 돌부처 같다며 동기들은 하나둘 나가떨어졌는데 전 끝까지 포기하지 않았어요. 콧대가 어찌나 높은지 데이트 신청 한 번 하는데 정말 애먹었어요."

"넌 끝까지 가정을 지킬 거다."

"……"

"날 안 닮아 다행이야."

아버지는 또 그 '다행'이란 말을 썼다.

빠르게 나오는 음식처럼 테이블에 앉아 있는 손님들도 빨리 먹고 자리를 일어나서 아버지와 얘기를 한참 나누다 옆자리를 보면 다른 손님이 앉아 있었다. 아버지와 내가 가장 오래 앉아 있는 것 같았지만 그렇다고 눈치를 주는 종업원은 없었다. 자리는 다른 데서 빨리 날 것이기에. 빨리 먹고 나가게 하려고 패스트푸드점은 의자를 불편하고 딱딱한 것으로 들여놓는다. 음식을 내주고 계산하기도 바쁜 종업원은 손님의 자리를 챙겨줄 여력이 없다. 손님들은 알아서 자리를 찾거나 없으면 아쉬워하지 않고 돌아선다. 아니 종업원은 모른다. 저 손님이 몇 시간째 앉아 있는지 모를뿐더러 관심도 없다. 그저 모두다 방금 계산을 마치고 주문한 음식이 나오길 자리에 앉아 기다리는 새 손님일 거라고 생각한다. 내가 그랬었다. 그게 패스트푸드의 효율성이었다. 빠름과 셀프서비스. 음식은 단순화하고, 절차는 간소화시켜서 손님에게 음식을 가져가고 치우게 하는 것. 빠름은 종업원에게도 요구되어서 그들은 시급에 비해 많이 움직여야 하고, 셀프서비스로 인해 종업원과의 친밀감은 생길 틈이 없다. 어떤 종업원도 손님에게 맛이 어땠느냐, 잘 드셨냐고 묻지 않는다. 안녕히 가세요, 또 오세요라는 말도 하지 않는다. 말을 건네지 않는 건 손님도 마찬가지다.

손님들이 빠르게 들고나기 때문에 가게 안은 시끄럽고 어수선한 편이었다. 진지하고 심각한 얘기를 나누기 위한 약속 장소로는 바람직하지 않았고, 가볍고 즐거운 말을 주고받기엔 나쁘지 않은 곳이었다. 아버지는 햄버거에 감자튀김까지 다 먹고 아메리카노를 주문했다. 나는 차라리 잘 됐다는 생각이 들었다. 무거운 얘기를 조용하고 분위기 좋은 데서 꺼내는 것보다 이런 어수선한 곳에서 하는 게 서로한테는 편할 수 있겠다 싶었다. 아버지가 커피 두 잔을 테이블에 내려놓았고, 나는 한 모금 들이켠 뒤 가볍게 물었다.

"왜 떠났어요?"

너무 가벼워서 마치 어제 있었던 일에 대해 묻는 것 같았다. 그래도 가벼우면 대답도 어려움 없이 쉽고 가볍게 해줄 수 있지 않을까. 아버지가 김이 모락모락 올라오는 종이컵을 내려다보며 잠시 빠르게 눈을 깜빡거리다 옆에 놓인 휴대폰을 집어 들었다. 그러고는 10년이란 시간 앞에 더는 망설일 게 없다는 듯 보여준 사진 한 장. 새해를 몇 분 앞둔, 뉴욕의 타임스퀘어를 배경으로 찍은 사진 속에는 밝은 표정의 아버지와 다정하게 팔짱을 낀 금발의 푸른 눈의 사람이, 있었다. 외로운 '한 점'에서 시작됐을 한 사람. 나는 보자마자 알 수 있었다. 사랑, 이었다.

"그녀는 영국계 미국인이야."

아버지는 침착하게 말했다.

"나보다 아홉 살이 어리고."

사진 속에서 해맑게 웃고 있는 그녀라는 사람은 아버지로부터 모든 걸 포기하게, 아니 버리게 한 사람이었다. 평생을 이루고 쌓아 온 것과 맞바꿔도 좋을 만큼 아버지한테 소중한 사람이란 뜻이기도 했다. 내가 이전에 알던 아버지의 수많은 모습을 지워버리게 한 사람. 나쁘게 말하면 우리 가족한테 아버지란 자리를 빼앗아간 사람. 나는 거기서 무서운 힘을 느꼈다. 어쩌면 위대함일까. 그런데 이상한 건 그 사람이 원망스럽거나 밉다는 생각은 별로 안 든다는 것이었다. 10년이나 지나버려서일까. 아버지가 떠났을 때 한편으론 안심되었던 게, 아버지가 지옥을 벗어났으므로 적어도 다시는 죽으려 하지 않겠구나, 라고 생각했던 당시가 떠올라서일까.

"놀란 걸 보니, 엄마가 아무 얘기도 안 한 모양이다."

나는 고개를 끄덕였다. 아버지한테는 사랑이겠지만, 다른 사람들한테는 바람나서 가족과 직장을 버린 아버지이자 남편이자 아들이었다.

"네 엄마 성격에 창피하고 화났을 거야."

아버지가 아랫입술을 살짝 깨물었다.

"자존심도 상하고 용납이 안 돼서 말을 안 했을 거야."

"그렇다고 지금까지 얘기를 안 한 건 왜일까요?"

"시간이 가길 기다린 게 아닐까."

"왜요?"

"너희들이 나이를 먹기를."

"……."

"너희 엄마 다혈질인 데다 급한 성격이지만 현명한 사람이야. 나이를 먹으면 경험하지 않아도 이해하게 되는 것들이 있으니까. 어떤 일에 충격을 덜 받기도 하고 누군가가 죽더라도 잘 견디기도 하잖니. 나이가 사람을 단단하게 만들거나 무디게 하는 것들이 있어."

그건 어머니에게는 해당하지 않는 말 같았다. 당시 어머니는 이미 나이를 많이 먹은 상태였기 때문일까, 아니면 이해하고 받아들이는 것에도 한계가 있어서일까.

"엄마는 잘 지냈지?"

"전보다 더 열정적으로 지냈어요."

"그랬을 거다."

아버지가 고개를 끄덕였다.

"네 엄마라면."

"어쩌면, 열정적으로 지내려 했다고 보는 게 맞을지도 모르겠어요."

중국의 역사와 문화를 연구하는 어머니는 자신에게 닥친 불행을 잊으려고 일을 많이 했다. 일중독 덕에 학술발표를 꾸준히 했고, 연구 논문 또한 가장 많이 가진 학자가 되었다. 헛생각을 하지 않으려고 자투리 시간에는 틈틈이 번역까지 했다. 그래도 시간이 남을 때는 세탁기에서 빨랫감을 꺼내 손빨래를 하거나 찬장 깊숙이 넣어 둔 그릇을 끄집어내 먼지를 닦았다. 어머니가 괴로움을 견디는 방법은 시간의 틈을 주지 않는 것이었다. 아버지보다 오래 살려고 끊었던 담배를 한 대씩 피울 때는 도저히 다른 어떤 것으로도 그 틈을 메울 수 없는 순간이 왔다는 뜻이었다.

"날 키운 건 9할이 더러운 그 인간이다."

어느 날 어머니는 담배를 삐딱하게 입에 물고 창가에 서서 그렇게 말했다. 나는 그걸 증오심으로 이해했다. 심장 깊숙이 증오를 품은 어머니는 아버지 보란 듯 학자로 성공하고자 피나는 노력을 했다.

아버지가 끝까지 가보지 못한 길. 그게 어머니 딴에는 아버지에게 복수하는 것이었고, 복수는 굉장히 성공적이었다.

그럼에도 어머니의 심장을 뛰게 하는 것이 증오만은 아니었다. 나는 남은 1할을 애증일 거라고 생각했다. 아버지는 모든 걸 포기했으나 어머니는 아버지를 끝까지 포기하지 않았다는 걸 나는 아버지 서재를 통해 알았다. 유명한 사람의 생가를 평소 생활하던 대로 보존해 두듯 어머니는 아버지 서재를 그렇게 했다. 어머니는 아버지 물건을 하나도 버리지 않았고 정리해서 어두컴컴한 창고에 처박아 두지도 않았다. 아버지만 돌아와 책상에 앉으면 바뀌거나 달라지는 거 없이, 아무 일도 없었다는 듯 예전의 삶이 그대로 이어지게 하고 싶었던 것 같았다. 게다가 어머니는 한 번씩 서재를 청소했다. 물론 몰래 하는 청소였지만 서재에 자주 드나들던 나는 어머니의 1할에 대해 알고 있었다.

내 말을 들은 아버지가 괴로운 표정을 지으며 고개를 푹 숙였다.

"언제 아셨어요?"

아버지가 고개를 들어 내 눈을 똑바로 바라봤다.

"어머니를 사랑하지 않는다는 걸요."

"널 낳고 나서."

"근데 왜 동훈이를 낳으셨어요?"

"네가 외로울까 봐."

이번에는 내가 고개를 숙였다.

"그때까지 참았지."

아버지는 '그때까지'라고 했지만 동훈이가 대학에 들어갈 때까지 참았으니 아버지로서는 최선을 다해 참았던 건지도 모르겠다. 아버지가 나의 외로움까지 생각해 동훈이를 낳고, 거기다 20년을 더 참아준 덕에 나의 10대는 조금도 외롭지 않았다. 동훈이와 나는 이성과 성욕에 대한 고민을 허심탄회하게 공유하며 자랐기에 정신적으로 건강할 수 있었다. 공부에 지쳤을 때는 함께 게임과 농구를 하며 스트레스를 풀었다. 공중목욕탕에 가면 우애 좋게 서로의 등을 밀어주었고, 패싸움에서 맞고 들어오던 날 동훈이는 내 허리에 찜질팩을 얹어 주며 반드시 복수해 주겠다고 주먹을 쥐었다. 아버지의 자리가 비어 있는 상태에서 사춘기를 보냈다면 분명 동훈이도 나도 성격 한쪽이 삐뚤어졌을 것이다. 아버지에 대한 존경과 존재의 무게를 의식하는 것만으로 우리 형제는 공부에 매진할 수 있었고, 서로를 도와 가며 유혹을 아슬하게 뿌리칠 수도 있었으니까. 우리의 10대 시절을 아버지 없이 자라게 하지 않는 건, 아버지가 아버지의 젊음을 소진하고 감정을 억눌러 가며 지키고자 했던 마지막 소임이었는지도 모르겠다.

나는 두 사람의 사진을 본 순간 좋아해서 좋아하지 않게 됐다는 그 봄이 무엇으로부터 비롯된 것인지 알 것 같았다. 아버지를 온전히 이해할 수 없지만 그게 생의 전부라면 아버지의 봄에는 도저히 꽃이 필 수 없었겠다는 것을.

아버지와 나 사이에 침묵이 흘렀다. 패스트푸드점의 소란이 침묵

속으로 끼어들어서 그 공백이 어색하지는 않았다. 나는 슬쩍슬쩍 아버지의 백발 섞인 머리를 훔쳐봤다. 내가 모르는 세월이 윤기 나는 은빛으로 입혀진 머리칼. 소란은 이내 잠잠해졌고, 공백이 조금이라도 어색하게 느껴질까 봐 물었다.

"두 분은 어떻게 만났어요?"

아버지는 교수로 지내면서 가장 힘들고 바쁘고 외로웠던 시절에 관한 얘기를 꺼냈다. 아버지의 대학과 미국의 한 미술대학이 '환경과 미술'이란 주제로 공동 프로젝트를 기획한 적이 있었다. 아버지는 아트페스티벌 성격의 그 프로젝트에서 한미총괄 책임자였다. 양측 대학에서도 야심 차게 지원한 사업이라 당시 취재 열기도 뜨거웠던 것으로 나는 기억하고 있다.

"그녀는 한국어를 잘하는 유능한 일간지 기자였어. 그 프로젝트를 취재하러 왔을 때, 일주일을 머무는 동안 인터뷰 때문에 매일 만났어."

아버지는 신나 보였고, 나는 그걸 눈치챘다.

"인터뷰 내내 심장이 두근거렸어. 그녀도 그렇다는 걸 단번에 알았지. 내 앞에서 부끄러워하는 것 같았거든. 가끔 입술을 파르르 떨기도 했는데, 그게 미치도록 사랑스러웠어."

어머니 얘기를 들을 때만 해도 굳어 있던 아버지 표정이 그녀와의 첫 만남을 얘기하자 설레는 표정으로 바뀌었다. 도저히 감추기 어려워서 자연스럽게 나오는 얼굴이었다.

"웃을 때 빨간 입술 사이로 보이는 치아는 희고 깨끗했는데, 그것도 너무 좋았어."

나는 어머니의 치아를 떠올렸다. 담배 때문에 누렇게 변색된 치아 때문일까. 단지 치아만의 문제는 아니겠지만 그걸 알았다면 어머니는 아버지를 붙잡기 위해 치아에 페인트칠이라도 하고 싶었을까.

"그분은 미혼이었어요?"

"아니."

"자식은요?"

"결혼한 지 1년 정도 됐을 때라 다행히 없었어."

수학여행이라도 가는지 배낭을 멘 여고생들이 단체로 우르르 몰려들어서 패스트푸드점은 그들의 수다로 다시 소란스러웠다. 옆 사람의 목소리조차 들리지 않을 정도라 아버지와 나는 잠시 이야기를 멈추고 식은 커피를 조금씩 나눠 마셨다. 아버지도 생각에 잠겼고, 나는 그 시간 동안 현재의 모습을 기반으로 아버지의 10년의 삶을 상상했다. 왠지 아버지 입으로 직접 듣는 것보다 상상하는 게 덜 거북하게 느껴졌다. 바람나서 해외로 도피한 그렇고 그런 연인의 이야기를 아름다운 영상과 멋진 대사로 입혀 예술영화로 둔갑 시켜 버린 것처럼. 상상을 하다 보니 아버지의 삶 중 어느 한때나마 영화 같은 장면이 있기를 바라게 되었다. 그렇게 영화처럼 떠났으면 이후의 삶도 악착같이 영화 같아야 한다고도 생각했다. 질척질척한 현실에 관한 이야기는 상상하지 않아도 충분히 짐작이 가능한 것이라 굳이 들을 필요가 없을 것 같았고, 듣고 싶지도 않았다.

여행에 한껏 들뜬 여고생들이 손에 햄버거와 콜라를 들고 한꺼번에 패스트푸드점을 나가자 점포 안은 금방 조용해졌다. 아버지가 냅킨으로 테이블에 떨어진 햄버거 소스와 물기를 닦으며 다시 말을 이어 갔다.

"그녀도 나 때문에 많은 걸 잃었어."

아버지의 표정이 착잡해졌다.

"기자를 관두게 됐고, 가족과도 멀어졌어."

"그래서 사업을 하게 된 거예요?"

"사업?"

"삼촌이 사업을 한댔어요."

"그놈도 창피해서 말을 그렇게 전했나 보다."

"사업이 아니면요?"

"그냥 자그마한 세탁업을 해."

아버지가 다른 사람을 사랑해서 우리를 떠났다는 사실보다 세탁일을 한다는 게 내 말문을 막히게 했다. 교수였던 아버지를 더 근사하고 훌륭하다고 생각해서일까. 아버지가 할 줄 아는 건 공부뿐이라고 단정해서일까. 아버지는 양말 한 번 손수 빨아 본 적이 없는 사람이었다. 드디어 들어버리고 만 아버지의 질척질척한 현실이었다.

"당장 일자리가 필요해서 찾다 보니 어쩔 수 없었어. 처음에는 불안했어. 내가 할 수 있는 일이 있을까."

아버지가 종이컵을 두 손으로 감쌌다.

"근데 막상 해보니까 재밌더라. 적성에도 맞고. 일도 많아서 항상 바빠."

나는 아버지의 손을 유심히 쳐다봤다. 그러고는 아버지의 옛날 손이 어땠는지를 떠올려 보려고 애썼다. 학자였을 때 아버지의 손은 말랑했지만 왠지 삭막하고 창백하고 무디게 느껴지는 손이었던 걸로 기억한다. 세탁을 한다는 현재 아버지 손은 거칠어도 섬세함에서 나오는 부정하기 힘들 만큼의 생기가 감돌았다.

"교수 관둔 건 후회되지 않으세요?"

"응."

섭섭할 정도로 아버지의 대답은 단호했다. 그러고는 이어서 말했다.

"그건 네 할아버지가 원하는 삶이었어. 예전부터 책상에 앉아 공부하고 연구하는 생활이 답답했어. 이 일을 해보니까 육체노동이 나랑 맞는다는 걸 알게 됐고."

아버지는 두 손으로 감싼 종이컵을 이리저리 돌리다 슬리브를 컵에서 빼서 납작하게 눌렀다.

"땀 흘리고 먹는 밥이 어찌나 맛있던지, 몸을 움직이고 마시는 물은 또 얼마나 달콤하고. 이런 게 진짜 노동이구나 싶더라."

슬리브를 만지작거리던 아버지가 나를 쳐다보며 말했다.

"근데 그녀도 나랑 똑같은 걸 느꼈다는 거야."

아버지에 대해 제대로 아는 사람이 아무도 없었다는 생각이 들었다. 아버지 자신조차도. 나는 조부를 떠올렸다. 아버지는 조부의 유일한 자부심이었다. 그걸 누구보다 잘 아는 사람은 아버지였다. 아버지는 어머니에게 편지를 남겼을 때 조부에게만은 비밀로 해달라고 부탁했을 것이다. 그리고 삼촌은 조부에게 차마 진실을 얘기할 수 없었을 것이다. 그러나 아무리 비밀이 지켜졌어도 가족과 교수직을 내던지고 떠난 사람이란 사실은 감춰질 수 없었다. 그 사실이 조부를 10년 동안 괴롭혔다. 호상이라 했지만 조부의 10년 삶은 아버지에 대한 배신감과 분노와 욕으로 점철되어 있었다. 작년 봄에 유산을 정리할 때도 조부는 괘씸한 아버지 앞으로는 한 푼도 남기지 않았다. 그 덕에 유산을 조금 더 갖게 된 고모들과 삼촌은 은근히 아버지의 부재를 반기는 것 같았다. 그런데도 조부의 분은 조금도 풀리지 않았다. 급기야 현실을 받아들이고 싶지 않아서 차라리 치매에 걸렸으면 좋겠다고까지 말했다. 하지만 조부는 아버지에 대한 증오의 기억을 악착같이 끌어안고 살았고, 죽음을 앞두면서도 아버지를 용서하지 않았다. 의식불명 상태로 돌아가셨기에 조부는 아버지가 돌아온 것조차 못 본 채 눈을 감았다. 그래서 아버지는 울어야만 했다.

"떠났을 때 한 번만 더 생각해 보지는 않았어요?"

"왜 안 했겠니. 하지만…… 생각만 하다 20년이 흘렀어. 떠나기 전에 한 번은 생각해 봤지만 더 할 필요는 없었어."

아버지가 고통스럽게 말을 이었다.

"끝에 다다랐다는 걸 알아버렸으니까. 그녀를 만난 순간."

"확신인가요?"

"자신이 있었어. 이룬 걸 전부 내려놓더라도 후회하지 않을 자신. 어떤 상처나 고통도 이겨낼 수 있을 거란 자신. 애정 없는 삶을 20년이나 살아 봐서 그 고통도 잘 아니까."

나는 윤주를 떠올렸다. 그녀가 없는 삶을 20년 동안 산다고 생각해 봤다. 삶이 끔찍해지면서 모든 의미가 한순간에 사라져 버렸다. 돈을 벌고, 음악을 듣고, 영화를 보며 사는 것의 의미가. 내가 어떤 멋진 생각과 올바른 행동을 해도 그 안에 영양분이 쌓이지 않아서 나무가 자라지 않을 것 같았다. 맛있는 걸 먹고 좋은 책을 읽는 시간들은 어디에도 흔적이 남지 않고, 가 닿지도 못한 채 알 수 없는 곳으로 사라지고 말 것 같은 두려운 생각이 들었다.

"무모하다 하겠지. 이기적이고 어리석은 선택이었다고도 하겠지. 그래도 난 현재에 만족하고 후회하지 않아."

어느새 아버지의 목소리는 단단해져 있었다.

"난 내 삶을 살고 싶다. 그때로 다시 돌아가더라도 똑같은 선택을 할 거야. 아무리 비난해도. 사는 것 같거든. 밥도 맛있고 물도 맛있는 삶이면 된 거 아니겠니. 잠을 잘 자면 좋은 인생 아니겠니."

아버지가 숨을 가다듬었다.

"다만 미안한 마음을 갖고 살면 돼. 그리고 행복하면 돼."

사실 아버지는 서재에 틀어박혀 미간을 찌푸리며 책을 읽던 모습보다 확실히 편하고 안정되어 보였다. 불면증 때문에 아버지는 커피는 입에 대지도 못하고 대신 따뜻하게 데운 밍밍한 우유를 억지로 마시며 살았다. 그때의 아버지는 늘 위태롭고 불안해 보였다. 아버지가 지금처럼 유연한 사람이었다면 나는 아버지한테 좀 더 살가운 아들이 되었을 것이다.

내가 스무 살이 되던 무렵으로 기억한다. 대학에 들어가고 몇 달

안 됐을 때니까 바깥 풍경은 벚꽃이 한창이었을 것이다. 읽고 싶은 책이 생겨서 아버지 서재에 노크도 없이 불쑥 문을 열고 들어간 적이 있었다. 새벽 2시가 넘은 시간이라 아버지가 서재에 없을 거라 생각했다. 방은 불까지 꺼진 상태였다. 책상의 독서 등을 켜고 서가 쪽으로 다가갔을 때 베란다 난간 하단에 두 발을 올린 상태로 상체를 구부리고 있는 아버지를 봤다. 이상한 느낌이 들어 베란다 문을 열며 아버지, 하고 부르자 아버지는 어, 바람 좀 쐬려고, 라고 말했다. 그러고 바로 이어 벚꽃도 좀 보고, 라고 읊조렸다. 밤에 16층 아파트에서 벚꽃이 보일 리 없었다. 바람이라 해도 그건 바람을 쐬려는 사람의 자세가 아니라 바람 속으로 뛰어들려는 사람의 외로운 뒷모습이었다. 나는 아버지 옆에 한참을 서서 계속 말도 안 되는 이상한 농담을 던졌던 것 같다. 무슨 말을 하는지 나조차도 몰랐지만 심장이 뛰는 것처럼 목소리가 떨리는 것만은 알고 있었다. 평소 농담을 주고받던 부자 사이가 아니었기에 아버지는 희미하게 웃으며 두 발을 바닥에 내려놓으며 말했다. 이제 보니, 너도 농담 좀 하는 놈이었구나.

그날 이후 나는 책을 빌리러 간다는 핑계로 아버지 서재에 노크하지 않고 자주 불쑥불쑥 쳐들어갔고, 아버지한테 나는 책 읽는 걸 좋아하는 아들이 되어 있었다. 실은 서가에서 집어온 책을 한 권도 읽은 적이 없는데도. 다만 나는 매일 아버지를 감시하던 그 불안의 책이 줄어들기를 바랐고, 내가 지쳐 갈 즈음 아버지는 다른 방식으로 바닥에서 두 발을 떼고 바람 속으로 가볍게 몸을 던졌다. 아마도 나는 그때부터 안심하며 책을 읽기 시작했던 것 같다.

아버지가 원하는 건 자유가 아니었을까. 자신이 머물고 있는 삶이 감옥이라면 거기서 벗어나는 방법은 두 가지다. 죽거나 탈옥하거나. 떠난 아버지가 한 번씩 원망스럽고, 죽이 잘 맞는 어머니와 조부가 아버지에게 험한 말을 퍼부을 때면 나는 고개 숙인 채 난간에 위태롭게 서 있던 아버지의 뒷모습을 떠올렸다. 그러면 다 괜찮아졌다. 무슨 짓을 하든 죽는 것보다는 낫다고. 어떤 죄를 지었든 다 용서가 된다고. 어머니와 조부도 난간 앞에 서 있던 아버지의 그 뒷모습을 봤다면 나처럼 괜찮아졌을 것이다.

그날, 아버지 말대로 베란다에서 벚꽃을 보려고 했던 거라면 아버지는 해마다 한밤중 남몰래 먼 데서 벚꽃을 훔쳐보는 것으로 봄을 견뎌 오고 있었으리라. 나는 환한 대낮에 벚나무 아래 자유롭게 서서 향을 맡던 아버지의 모습을 다시 떠올렸다.

"이젠 좋아해서 좋아졌어요?"

"더 좋아졌어."

아버지가 손으로 벚꽃을 받았을 때처럼 웃었다.

"봄뿐만 아니라 한겨울에도 꽃이 피어."

"다행이에요."

"봄이 왔는데도 행복하지 않다면 그 사람은 진짜 불행한 사람인 거야."

아버지의 주름진 얼굴이 분홍빛으로 물들었다. 즐겁게 나이를 먹어 생긴 주름 같았다.

"열 번의 봄은 열 번 환생한 느낌을 주었어."

질척질척한 현실 속에서도 다행히 아버지의 삶에 영화 같은 장면들이 있었구나, 라는 생각이 들었다. 나는 아버지한테 그녀의 사진을 한 번만 더 보여 달라고 했다. 다시 보니 서로를 의지하고 있는 사진 속 두 사람은 닮은 것 같았다. 내 기억 속 근엄했던 아버지가 아닌 지금이 진짜 아버지였다는 사실도 깨닫게 되었다. 그러자 아버지를 이해하게 됐으면 앞으로 닥쳐올 더 많은 복잡하고 어려운 진실을 이해하게 되리라는 믿음이 생기기 시작했다. 어머니는 현명했다. 10년 전이었다면 나는 아버지를 이해하지 못했을지도 모르겠다. 누구의 삶이든 10년의 삶은 그냥 흘러가는 것이 아닌 것이다. 그리고 어떤 사랑이든 누구나 다 똑같은 것이다.

아버지가 시계를 봤다. 다시 여기의 봄을 떠날 시간이 온 것이다. 패스트푸드점에 3시간 가까이 앉아 있어 본 건 처음이었다. 아버지도 마찬가지일 것이다. 아버지와 나는 자리에서 일어나 테이블을 치우고 출국 준비를 하기 위해 서둘러 움직였다.

아버지는 셀프체크인기기 앞에서 출국 절차를 끝내고 탑승구로 가서 줄을 섰다. 뉴욕으로 떠나는 사람들이 많아서 아버지 혼자 보내는 것 같지는 않았다. 나는 아버지와 포옹을 했고, 아버지는 손을 내밀어 악수를 청했다. 오늘 아버지와 처음 해보는 게 너무 많았다. 함께 벚꽃을 보고, 마주 앉아 소고기 패티가 들어간 햄버거를 먹으며 이야기를 나누고, 포옹을 하고, 거칠어진 손을 잡은 것까지. 아버지에게 봄이 왔기 때문이었다. 그리고 오는 봄을 가볍게 마주 볼 수 있게 되어서였다. 아버지의 그와, 아니 그녀와 함께.

　길었던 줄이 점점 짧아지고, 아버지는 사람들 속에 섞여 탑승구로 사라졌다. 위태롭지 않은 뒷모습이 '한 점'처럼 작아질 때까지 지켜보다 나는 천천히 탑승구에서 돌아섰다. 공항의 높고 거대한 유리창을 통해 바깥의 계절이 보였다. 나는 한참을 우두커니 서서 아버지의 것이 된 그것을 쳐다봤다. 그날도 아버지는 오늘과 똑같은 표정으로 여기의 봄을 떠났을 것이다. 비장하거나 단단하지 않고, 그렇다고 무수한 내 상상 속 어떤 표정도 아닌 아까 그 표정으로. 🔖

문학의 아름다움을
깨닫는 시간

    제21회 이효석문학상 본심에는 총 18편의 작품이 올라왔고 치열한 경합 끝에 여섯 작품이 최종심에 올랐다. 김금희의 〈기괴의 탄생〉은 스승과 제자의 관계가 완벽한 하모니를 이룬 것처럼 보이다가 스승의 불륜과 이혼을 계기로 점점 멀어져가는 과정에서 그들이 잃고 얻는 것은 무엇인가를 성찰하게 만드는 이야기다. 학생과 불륜을 저지른 스승에 대한 원망을 견딜 수 없었던 '나'는 스승에게 해서는 안 될 말을 하고 만다. "선생님, 걔하고 잤어요?" 돈독했던 두 사람의 관계를 단번에 냉각시켜버린 이 문장은 스승에 대한 기대와 원망과 미련이 모두 섞인 가슴 시린 문장이기도 하다. 여전히 스승과 제자의 관계는 계속되지만 서로를 향한 애틋한 공감의 기운은 사라져버린 그 틈새로 세련되고 지적인 리애라는 존재가 끼어든다. 김금희는 관계의 파국과 새로운 관계의 시작을 최첨단 현미경처럼 극대화시켜 '나'의 상처가 벌어진 틈새로 '기괴한 세상'의 진실이 쏟아져들어가는 순간의 고통을 명징하게 그려냈다. 생의 완전성이 깨어지면서 오히려 생의 불가해한 기괴성을 깨닫는, 더 깊은 진실과의 만남을 그린 수작이다.

박민정의 〈신세이다이 가옥〉은 후암동 적산가옥을 배경으로 불우한 유년의 기억을 복원하는 여성의 이야기다. 오래된 옛집의 쇠그릇에서 나던 비릿한 냄새는 모든 슬픔을 여성들이 도맡아 견뎌야 했던 어린 시절의 아픔을 소환한다. 프랑스 입양아 '야엘 나임(강장희)'은 '나'의 사촌이지만 어린 시절 여동생과 함께 입양되었기에 함께 자랄 수 없었다. 큰아버지의 딸 야엘이 남동생을 만나기 위해 한국으로 돌아오면서 봉인되었던 트라우마의 자물쇠는 뜻하지 않게 풀려 버린다. 장희, 장선, 장훈 삼남매 중 장희와 장선이 프랑스로 입양된 반면 장훈은 남자라는 이유로 입양되지 않았다. 할머니가 직접 지시하여 손녀들이 해외로 입양된 비극적인 가족사의 중심에는 항상 여성들이 모든 고통을 떠맡아야 하는 불합리한 사회분위기가 깔려 있었다. 광복 전에 지어진 일본인 소유의 신세이다이 가옥은 지긋지긋한 가족 내의 학대와 차별의 기억으로 얼룩진 트라우마의 장소다. 남성들이 무능하거나 부재한 상태에서 할머니가 가부장제의 대리 주체가 되어 딸들을 구타하고 멸시한 장소로서 이 부암동의 적산가옥은 트라우마의 '흔적'을 품은 장소로서 재소환된 것이다. 그러나 조부모-부모-나에 이르는 3세대의 이야기는 '나'와 입양아 장희를 통해 열린 결말로 갈무리됨으로써 윗세대보다는 훨씬 주체적인 삶을 살아내는 오늘날의 여성들에 향한 연대와 희망을 떠올리게 한다.

박상영의 〈동경 너머 하와이〉는 안정된 생의 터전을 마련하지 못하고 끝없이 떠돌거나 도망치는 남성들의 이야기다. 엄청난 규모의 탈루와 횡령을 저지르고 빚에 내몰린 처지이면서도 벤츠 S클래스를 당당히 신차로 뽑는 아버지는 '나'에게 돈을 구하러 와서도 결코 자존심을 굽히지 않으며 '가오'를 중시한다. 약물에 중독된 '애인 원모'는 월세 이백짜리 방에서 쫓겨날 위기에 놓였으면서도 걸핏하면 종적을 감추어 '나'를 아연실색하게 만든다. '나'는 간신히 '직장'과 '글쓰기'라는 생의 소중한 뿌리를 내리고 있지만, 뿌리 뽑힌 삶의 주인공인 '아버지'와 '애인'의 존재가 그에게는 항상 목구멍에 걸린 가시처럼 해결되지 않는 문제다. 그럼에도 불구하고 아버지를 뿌리칠 수없고, 원모를 여전히 좋아하는 '나'는 "결국에는 무엇으로도 채울 수 없는 수챗구멍"같은 인생을 묵묵히 견뎌내고 있다. 퀴어서사의 새로운 지평을 열기 위해서는 오토픽션의 한계를 넘어서야 한다는 심사위원들의 지적도 있었다. 박상영 소설에서 나타나는 남성-연인은 겉으로는 관계를 망치는 것 같지만 결국에는 '나'의 삶을 정화하는 존재이기도 하다. 나에게 결코 이롭지 않은 존재이지만 사랑에 빠질 수밖에 없는 존재에 대한 불가피한 사랑을 그려냈다는 점에서 박상영소설은 '사랑'의 본질을 묻고 있는 것으로도 해석된다.

신주희의 〈햄의 기원〉은 예술이라는 이름으로 고통마저 스스로 선택하는 예술가들의 고군분투를 형상화한다. '햄'은 자신의 죽음마저 예술의 일부이자 작품의 형식으로 승화시키는 예술가이지만 가족과 친구들은 그의 그런 태도를 이해하기 어려워한다. '나'의 대학

동기 '햄'은 자신의 삶마저 가볍게 예술로 승화시켜버렸지만, '나'는 불안정한 예술가의 길을 포기하고 보험회사에 다니면서 생활인의 길을 걸어간다. 하지만 이렇게 현실적인 선택을 한 '나'야말로 햄의 예술가형 삶과 죽음을 가장 잘 이해하는 사람이기도 하다. 그리스신화의 반인반수 케이론처럼, 햄은 정말 반은 인간이고 반은 말馬인 존재가 되려 했고 그런 그의 목숨을 건 기행奇行은 그 자체로 예술로 승화해버린 것이다. '나'는 햄의 예술가로서의 열정이 그를 지상의 가치와 공존할 수 없는 그 무엇을 향해 자신을 던지도록 했음을 깨닫는다. 예술가로 순교한 '햄'과 생활인으로서 정착한 '나' 사이, 그 두 극단 사이에서 아직 방향을 정하지 못한 '화 씨'가 등장하여 질문을 던진다. 피카소의 큐비즘처럼 보이는 것 외에 또 다른 것이 동시에 보인다고 호소하는 '화 씨'의 고통을 끌어안으며, '나'는 예술가란 무엇인가라는 질문이 여전히 자신의 삶에서 끝난 것이 아님을 깨닫는다.

최윤의 〈소유의 문법〉은 결코 소유할 수 없는 것들을 소유의 대상으로 삼는 인간의 탐욕을 묵묵히 응시하는 작품이다. 장애가 있는 딸을 키우며 목수의 꿈을 키워가는 '나'는 은사 P의 권유로 시골마을의 저택으로 이사를 가게 된다. 외국에 거주하는 P는 시골마을의 저택을 관리해줄 사람을 필요로 했고, 마침 '나'는 걸핏하면 절규하듯 비명을 지르는 딸의 증세를 완화시키기 위해 요양의 공간을 필요로 했던 것이다. '나'는 은사 P의 저택에서 아이와 평화롭게 지내던 중, 마을 주민들이 P의 다른 제자 장에게 집의 소유권을 이전하라는 탄원서에 서명하라는 황당한 압력을 가하고 있다는 것을 알게 된다.

이 모든 것과 상관없는 자리에서 홀로 우주와 소통하듯 즐겁게 지내는 딸은 가끔 '비명'을 통해 이 견딜 수 없는 불합리를 저 먼 곳을 향해 고발하는 듯하다. '나'는 딸의 비명을 이해할 수 없지만, 산골마을에서의 조용한 삶이 딸의 아픔을 치유하고 있음을 독자는 느낄 수 있다. "동아가 숲속이나 산책길에서 그날 주운 물건에 집중하는 시간 나는 나무들을 유심히 살핀다." 아무런 의미를 부여하지 않고 그저 자연의 사물들에 조용히 집중하는 딸의 행동이야말로 그 무엇도 소유하지 않은 채로 행복을 느끼는 낙원 같은 삶이 아니었을까. 집의 소유권을 둘러싸고 주인을 몰아내기 위한 기이한 협잡을 벌이는 동네주민들에게 물난리와 산사태가 덮침으로써 사태는 일단락되지만, 그 여름 '소유란 무엇인가'를 둘러싸고 갑론을박하며 서로 싸우던 어른들의 떠들썩함이 사라진 자리에서 '나'는 예술가로 성장하고, 딸은 글자를 읽을 수 있게 된다. 모두가 '소유권'에 집착하며 집주인을 내쫓는 공작을 벌이는 동안, '자연'이라는 그 누구의 소유권도 주장할 수 없는 대상을 향해 조용히 경외감을 느끼며 살아가던 '나'와 딸은 그 여름 훌쩍 성장하고 치유되어 더 나은 삶을 살아가게 된다. 그 어떤 소유의 문법에도 물들지 않고 자신만의 올바른 길을 찾으려고 애쓰는 '나', 그리고 소유라는 것이 어떤 것인지도 모르는 아픈 딸 '동아'가 오히려 가장 아름답게 '소유의 문법'을 벗어나 있는 사람들이라는 생각이 들었다. 소유와 탐욕의 시스템에 길들어 '이 세상에 올바른 모습으로 거하는 법'을 잊어가는 현대인에게 '소유의 문법'을 뛰어넘는 뜨거운 생의 진실을 깨우치는 수작이다. 심사위원들의 만

장일치된 의견으로 제21회 이효석 문학상 수상작으로 선정되었다.

최진영의 〈유진〉은 생일날 들은 동명 언니의 부음으로 인해 오랫동안 잊어온 과거를 되돌아보며 자신의 잃어버린 시간을 되찾게 해주는 '유진'의 이야기다. '나'와 같은 유진이라는 이름을 가진 언니는 '나'의 20대 시절 아르바이트생으로 일했던 레스토랑의 매니저였다. 유진은 지하방에 살면서도 일요일마다 레스토랑의 아르바이트생들을 집에 초대하여 정성스럽게 대접했다. '나'의 가난이 환경 때문이었다면 '유진 언니'의 가난은 선택이었다. 사람들은 부잣집을 박차고 나와 홀로 독립하여 가난을 선택한 유진 언니를 이해하지 못하지만 '나'는 편안함보다 자유를 택한 언니의 진심을 이해한다. 작가를 꿈꾸었지만 자신의 재능과 미래에 대한 확신이 없었던 '나'를 향해 유진은 따스한 연대감을 표현한 유일한 사람이었다. 아무도 주목하지 않은 두 유진의 이야기는 소설의 이야기를 통해 '오늘, 여기'에서 여전히 멈추지 않은 우울과 젊음과 희망의 이야기로 다시 태어난다. 유진 언니의 말 한 마디 한 마디는 생에서 진정으로 소중한 것이 무엇인지를 돌아보게 만드는 힘을 지녔다. 살아남은 유진은 죽은 유진의 기억을 놀랍도록 섬세하게 복원함으로써 더 나은 존재로 변신하고 있다.

간절히 동경하던 스승과 멀어지는 과정을 통해 뼈아픈 성장을 경험하는 젊은이의 이야기(김금희의 〈기괴의 탄생〉), 지나간 연대의 트라우마를 기억하며 더 나은 삶을 꿈꾸는 여성의 자각(박민정의 〈신세이다이 가옥〉), 매번 좌절을 안겨주지만 결코 인연을 끊을 수 없는 가족과 연인에 대한 성찰(박상영의 〈동경 너머 하와이〉), 예술가의 영원한 자유와 생활인의 안정 사이에서 끝없이 방황하는 사람들의 이야기(신주희의 〈햄의 기원〉), 모두가 더 많은 소유를 꿈꾸도록 충동질하는 세상에서 소유의 문법을 벗어난 삶의 소중한 가장자리를 매만지는 고결한 삶의 이야기(최윤의 〈소유의 문법〉), 한때 깊은 교감을 나누었지만 이제는 멀어진 동명이인의 죽음을 통해 오히려 '내가 잃어버린 시간'의 의미를 되찾는 젊은이의 이야기(최진영의 〈유진〉)가 각축을 벌인 가운데, 최윤의 〈소유의 문법〉이 만장일치로 이효석문학상 대상 수상작으로 선정되었다. 아름다운 문학작품을 읽으며 지금, 여기의 삶을 되돌아보게 만드는 시간의 소중함을 일깨워준 모든 작가들에게 깊은 감사와 우정의 인사를 보낸다.

오정희 강영숙 방민호 윤대녕 정여울

이효석 작가 연보
1907. 2. 23~1942. 5. 25

1907년 1907년 2월 23일, 강원도 평창군 진부면 하진부리에서 부친 이시후李始厚와 모친 강홍경康洪卿의 1남 3녀 중 장남으로 출생. 전주 이씨 안원대군의 후손인 부친은 한성사범학교 출신으로 교육계 사관仕官으로 봉직하였음. 아호는 가산可山, 필명으로 아세아亞細兒, 효석曉晳, 문성文星 등을 쓰기도 함.

1910년(3세) 서울에서 교편을 잡고 있던 부친을 따라 서울로 이주.

1912년(5세) 가족과 함께 평창으로 다시 내려왔으며, 사숙私塾에서 한학을 수학修學.

1914년(7세) 평창공립보통학교 입학.

1920년(13세) 평창공립보통학교 졸업. 경성제일고등보통학교(현재의 경기고등학교) 입학.

1925년(18세) 경성제일고등보통학교 졸업(제21회). 경성제국대학(현재의 서울대학교) 예과 입학. 예과 조선인 학생회 기관지인 《문우文友》 간행에 참가. 《매일신보每日申報》 신춘문예에 시 〈봄〉 입선. 유진오俞鎭午, 이희승李熙昇, 이재학李在鶴 등과 사귀며 《문우》와 예과 학생지인 《청량淸凉》에 콩트 〈여인旅人〉 발표.

1926년(19세) 〈겨울시장〉, 〈거머리 같은 마음〉 등 수 편의 시를 예과 학생지 《청량淸凉》에 발표. 콩트 〈가로街路의 요술사妖術師〉, 〈노인의 죽음〉, 〈달의 파란 웃음〉, 〈홍소哄笑〉 등을 《매일신보》에 발표.

1927년(20세) 예과 수료 후 경성제대京城帝大 법문학부 영어영문학과 편입. 시 〈님이여 들로〉, 〈빨간 꽃〉, 〈6월의 아침〉, 단편 〈주리면……—어떤 생활의 단편-〉, 제럴드 워코니시의 〈밀항자〉 번역판을 《현대평론》에 발표.

1928년(21세) 경성제대 재학 중 단편 〈도시都市와 유령幽靈〉을 《조선지광朝鮮之光》에 발표하며 문단의 주목을 받기 시작, 유진오와 함께 동반자작가同伴者作家로 불리게 되었으나 KAPF에 적극적으로 참여하지는 않았음.

1929년(22세) 단편 〈기우奇遇〉를 《조선지광朝鮮之光》에, 〈행진곡行進曲〉을 《조선문예朝鮮文藝》에 발표, 시나리오 〈화륜火輪〉을 《중외일보中外日報》에 발표.

1930년(23세) 경성제국대학 영어영문학과 졸업. 졸업논문은 〈The Plays of John Millington Synge, 1871~1909〉. 단편 〈마작철학麻雀哲學〉, 〈깨뜨러지는 홍등紅燈〉, 〈북국사신北國私信〉, 〈상륙上陸〉, 〈추억追憶〉 발표. 이효석, 안석영安夕影, 서광제徐光霽, 김유영金幽影 등은 조선시나리오작가협회를 결성하여 연작連作 시나리오 〈화륜〉을 바탕으로 침체의 늪에 빠진 조선 영화계에 활력을 줌.

1931년(24세) 시나리오 〈출범시대出帆時代〉를 《동아일보東亞日報》에 발표. 단편 〈노령근해露領近海〉를 《대중 공론大衆公論》 6월호에 발표하고, 같은 달 최초 창작집 《노령근해》를 동지사同志社에서 발간. 이 단편집에 서 자신의 프롤레타리아 문인적 성향을 보임. 함경북도 경성鏡城 출신의 미술작가 지망생 이경원李敬嫄과 결혼.

1932년(25세) 장녀 나미奈美 출생. 부인의 고향인 함북 경성鏡城으로 이주. 경성농업학교鏡城農業學校에 영 어 교사로 취직. 〈오리온과 능금林檎〉을 《삼천리》에 발표. 이 무렵 이효석은 순수한 자연을 배경으로 한 서정적 경향도 보이기 시작.

1933년(26세) 순수문학을 표방하는 문학동인회 구인회九人會를 창립함. 창립회원은 김기림金起林, 김유영 金幽影, 유치진柳致眞, 이무영李無影, 이종명李鍾鳴, 이태준李泰俊, 이효석, 정지용鄭芝溶, 조용만趙容萬임. 〈약령 기藥齡記〉, 〈돈豚〉, 〈수탉〉, 〈가을의 서정抒情〉(후에 〈독백獨白〉으로 개제), 〈주리야〉, 〈10월에 피는 능금꽃〉 발표.

1934년(27세) 〈일기日記〉, 〈수난受難〉 발표.

1935년(28세) 차녀 유미瑠美 출생. 〈계절季節〉, 〈성수부聖樹賦〉 발표. 중편 〈성화聖畵〉를 《조선일보》에 연재.

1936년(29세) 평양 숭실전문학교(현재의 숭실대학교) 교수로 부임. 평양시 창전리 48 '푸른집'으로 이 사. 대표작 〈메밀꽃 필 무렵〉을 비롯하여 〈산〉, 〈들〉, 〈고사리〉, 〈분녀粉女〉, 〈석류柘榴〉, 〈인간산문〉, 〈사냥〉, 〈천사와 산문시〉 등을 발표하며 대표적인 단편소설 작가로서 입지를 굳힘.

1937년(30세) 장남 우현禹鉉 출생. 〈개살구〉, 〈거리의 목가牧歌〉, 〈성찬聖餐〉, 〈낙엽기〉, 〈삽화揷話〉, 〈인물 있는 가을 풍경風景〉, 〈주을의 지협〉 등을 발표.

1938년(31세) 숭실전문학교 폐교에 따라 교수직 퇴임. 〈장미薔薇 병病들다〉, 〈해바라기〉, 〈가을과 산양山 羊〉, 〈막幕〉, 〈공상구락부空想俱樂部〉, 〈부록附錄〉, 〈낙엽을 태우면서〉 등을 발표.

1939년(32세) 평양 대동공업전문학교 교수 취임. 차남 영주煐周 출생. 장편 〈화분花粉〉을 인문사人文社에 서, 단편집 《해바라기》를 학예사에서, 《성화聖畵》를 삼문사에서 발간. 〈여수旅愁〉를 《동아일보》에 연재.

1940년(33세) 부인 이경원과 사별(1940. 2. 22). 3개월 된 영주를 잃음. 장편소설 〈창공蒼空〉을 총 148회 에 걸쳐 《매일신보》에 연재連載. 1941년 단행본으로 간행될 때에는 《벽공무한碧空無限》으로 개제改題. 〈은 은한 빛〉, 〈녹색의 탑〉 등을 일본어로 발표.

316

1941년(34세) 《이효석단편선》과 장편소설 《벽공무한碧空無限》을 박문서관博文書館에서 출간. 〈산협山峽〉, 〈라오콘Lacoön의 후예後裔〉, 〈봄 의상衣裳(일본어)〉 〈엉겅퀴의 장(일본어)〉 등 발표. 부인과 차남을 잃은 슬픔과 외로움을 달래며 중국, 만주 하얼빈 등지를 여행.

1942년(35세) 5월 초 결핵성 뇌막염으로 진단을 받고 평양 도립병원에 입원 가료. 언어불능과 의식불명의 절망적인 상태로 병원에서 퇴원 후, 5월 25일 오전 7시경 자택에서 35세를 일기로 생을 마감. 임종은 부친과 친구 유진오 그리고 지인 왕수복이 함께 지켰음. 유해는 평창군 진부면에 부인 이경원과 합장됨.

1943년 유고 단편 〈만보萬甫〉를 《춘추春秋》에 게재. 단편선집 《황제皇帝》가 박문서관에서 간행됨. 〈향수〉, 〈산정山精〉, 〈여수〉, 〈역사〉, 〈황제〉, 〈일표一票의 공능功能〉이 함께 수록되어 발간됨. 5월 25일 서울 소재 부민관에서 가산可山의 1주기 추도식 열림.

1945년 부친 이시후 별세(1882~1945).

1959년 장남 우현에 의해 편집된 《이효석전집李孝石全集》 전5권 춘조사春潮社에서 발간.

1962년 모친 강홍경 별세(1889~1962).

1971년 차녀 유미에 의해 《이효석전집》 전5권 성음사省音社에서 재발간.

1973년 강원도 영동고속도로 건설로 진부면 논골에 합장되었던 가산可山 부부 유해를 평창군 용평면 장평리로 이장함.

1980년 강원도민의 후원으로 영동고속도로변 태기산 자락에 가산 이효석 문학비 건립.

1982년 10월에 열린 문화의 날을 맞아 대한민국 금관문화훈장이 추서됨.

1983년 장녀 나미에 의하여 《이효석전집》 전 8권 창미사創美社에서 발간.

1998년 영동고속도로 확장개발공사로 묘소가 경기도 파주시에 소재한 동화경모공원으로 이장됨.

1999년 강원도 평창군 주최로 봉평에서 지역민과 함께 하는 효석문화제 창시.

2000년 〈메밀꽃 필 무렵〉의 산실인 평창군 봉평에서 지역 주민을 중심으로 한 가산문학선양회와 평창군의 주관으로 "문학의 즐거움을 국민과 함께"라는 염원을 담은 효석문화제가 활성화됨. 이효석문학상 제정. 정부의 재정지원으로 이효석 문학기념관 건립 추진.

2002년 이효석문학관 건립.

2011년 제목 미상 〈미완未完의 유고遺稿—미발표 일본어 소설〉 장순하張諄河 번역. 2011년 9월에 발행된

《현대문학》(통권 제681권 220~224페이지)에 발표.

2012년 재단법인 이효석문학재단李孝石文學財團 설립.

2016년 이효석문학재단 주관 하에 텍스트 비평을 거친 정본定本 《이효석 전집》 전 6권 서울대학교출판문화원에서 발간.

2017년 2월 23일 가산 이효석 탄신 110주년 기념식 및 정본 전집 출판기념회 개최.

2019년 이효석문학재단, 강원도 평창군 진부면에 지부 설립

이효석
문학상
수상작품집 2020

초판 1쇄 2020년 9월 15일

지은이 최윤 김금희 박민정 박상영 신주희 최진영 장은진
펴낸이 서정희
펴낸곳 매경출판㈜
책임편집 고원상
마케팅 강동균 신영병 이진희 김예인
디자인 김보현 이은설

매경출판㈜
등록 2003년 4월 24일(No. 2-3759)
주소 (04557) 서울시 중구 충무로 2(필동1가) 매일경제 별관 2층 매경출판㈜
홈페이지 www.mkbook.co.kr
전화 02)2000-2632(기획편집) 02)2000-2636(마케팅) 02)2000-2606(구입 문의)
팩스 02)2000-2609 **이메일** publish@mk.co.kr
인쇄·제본 ㈜M-print 031)8071-0961
ISBN 979-11-6484-170-7(03810)